BASTEI
LÜBBE

Bisher sind im BASTEI-LÜBBE-Taschenbuchprogramm von ROBERT ASPRIN nachstehende Bände erschienen:

Geschichten aus der Diebeswelt
20089 Die Diebe von Freistatt
20091 Der Blaue Stern
20096 Zum wilden Einhorn
20095 Die Rache der Wache
20098 Die Götter von Freistatt
20101 Verrat in Freistatt
20107 Der Krieg der Diebe
20113 Hexennacht
20122 Sturm über Freistatt
20140 Armeen der Nacht
20149 Die Farbe des Zaubers

20084 Ein Dämon auf Abwegen
20085 Ein Dämon kommt selten allein
20086 Ein Dämon macht noch keinen Sommer
20109 Dämonen-Futter
20110 Ein Dämon mit beschränkter Haftung
20137 Ein Dämon für alle Fälle
20144 Ein Dämon dreht durch

Robert Asprin & Lynn Abbey (Hg.)

Geschichten aus der Diebeswelt

DIE HERRIN DER FLAMMEN

Mit Illustrationen von
Helmut W. Pesch

Ins Deutsche übertragen von
Lore Straßl

BASTEI LÜBBE

BASTEI-LÜBBE-TASCHENBUCH
Fantasy
Band 20167

Erste Auflage: November 1991

Deutsche Lizenzausgabe 1991
Bastei-Verlag Gustav H. Lübbe GmbH & Co., Bergisch Gladbach
Originaltitel: Blood Ties
Lektorat: Reinhard Rohn
Titelillustration: Randy Lagana
Umschlaggestaltung: Quadro Grafik, Bensberg
Satz: Fotosatz Schell, Bad Iburg
Druck und Verarbeitung:
Brodard & Taupin, La Flèche, Frankreich
Printed in France
ISBN 3-404-20167-1

Inhalt

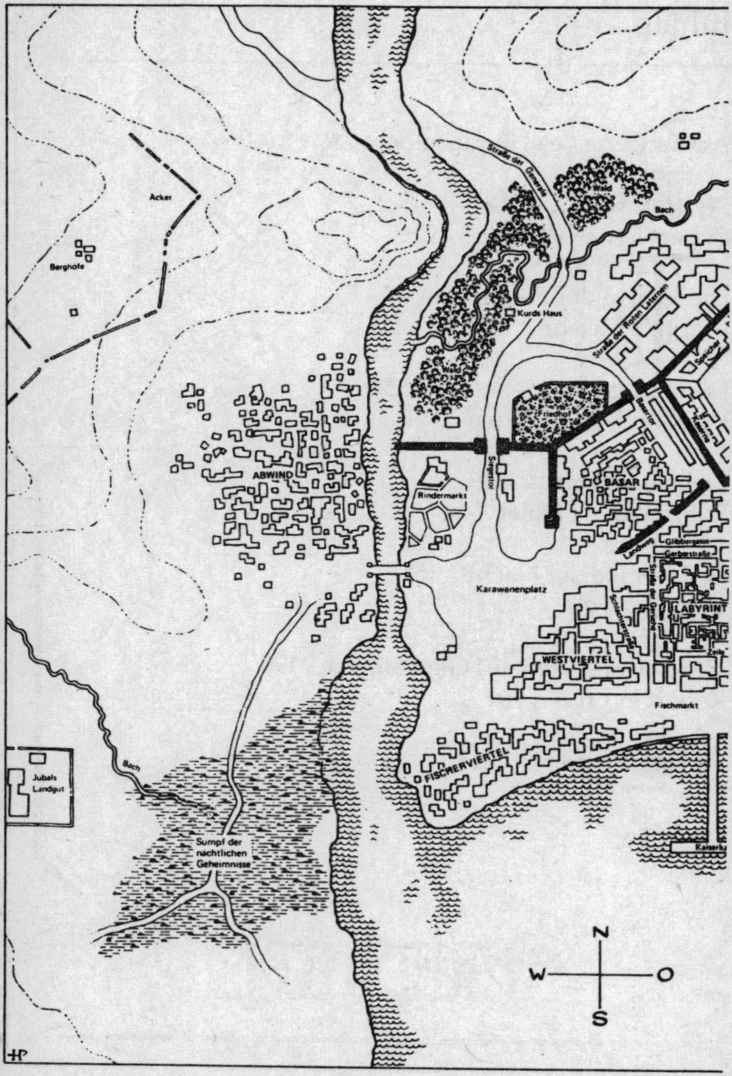
Acker
Berghöfe
Straße der Generäle
Wald
Bach
Kurds Haus
Straße der Roten Laternen
Speicher
Wald
Friedhof
Basartor
Kaserne
Singetor
ABWIND
Rindermarkt
BASAR
Landweg
Glibbergasse
Gerberstraße
Straße der Gerüche
Schlachterstraße
Karawanenplatz
LABYRINT
WESTVIERTEL
Fischmarkt
FISCHERVIERTEL
Jubals Landgut
Bach
Sumpf der nächtlichen Geheimnisse
N
W
O
S

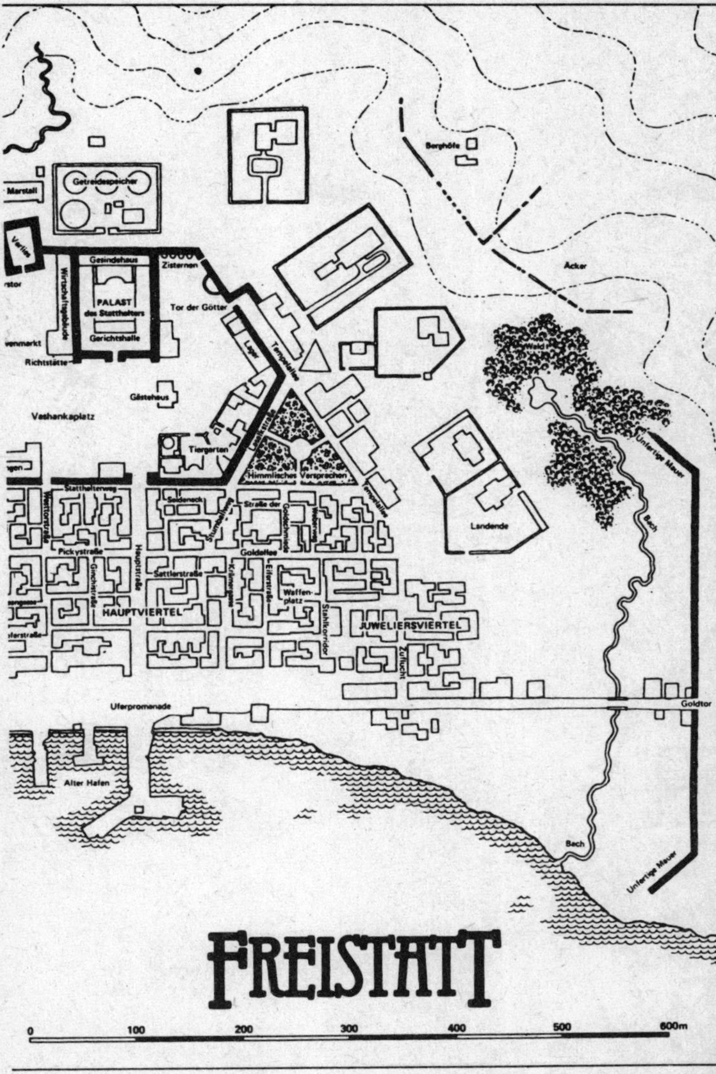
Berghöfe
Getreidespeicher
Marstall
Verlies
Gesindehaus
Zisternen
PALAST
des Statthalters
Wirtschaftsgebäude
Gerichtshalle
Richtstätte
Tor der Götter
Lager
Tempelallee
Äcker
Wald
Gästehaus
Vashankaplatz
Tiergarten
Himmlisches Versprechen
Unfertige Mauer
Bach
Landende
Statthalterweg
Seideneck
Straße der Goldschmiede
Weberweg
Westtorstraße
Pickystraße
Goldallee
Hauptstraße
Sattlerstraße
Krämergasse
Eisenstraße
Waffenplatz
Stahlkorridor
HAUPTVIERTEL
JUWELIERSVIERTEL
Zuflucht
Uferpromenade
Goldtor
Alter Hafen
Bach
Unfertige Mauer
FREISTATT
0
100
200
300
400
500
600m

Anmerkung des Herausgebers

Dem aufmerksamen Leser fallen möglicherweise kleine Unstimmigkeiten bei den Figuren dieser Stories auf. Ihre Sprechweise, ihre Darstellung bestimmter Ereignisse und ihre Ansichten, wer in der Stadt mehr oder weniger zu sagen hat, variieren von Zeit zu Zeit.

DAS SIND KEINE UNSTIMMIGKEITEN!

Der Leser sollte diese scheinbaren Widersprüchlichkeiten noch einmal genauer betrachten und dabei dreierlei bedenken:

Erstens: Jede Geschichte wird aus einer anderen Sicht erzählt, und jeder sieht und hört die Dinge eben ein bißchen anders. Selbst augenscheinliche Tatsachen werden durch Wahrnehmung und Standpunkt des einzelnen beeinflußt. So wird beispielsweise ein Spielmann ein Gespräch mit einem Magier anders wiedergeben als ein Dieb, der dasselbe Gespräch mit anhörte.

Zweitens: Die Bürger von Freistatt sind zwangsläufig mehr als nur ein bißchen paranoid. Sie neigen dazu, im Gespräch manche Dinge entweder ganz zu übersehen oder abzuwandeln. Sie tun das eher automatisch als vorsätzlich, weil es für das Überleben in dieser Gesellschaft notwendig ist.

Drittens: In Freistatt ist der Kokurrenzkampf groß. Man wird z. B. nicht angeheuert, wenn man von vornherein zugibt, ›der zweitbeste Schwertkämpfer der Stadt‹ zu sein. Man schneidet also nicht nur auf, was die eigene Person betrifft, sondern setzt auch seinen gefährlichsten Rivalen herab oder ignoriert ihn. Folglich variiert die Rangordnung in Freistatt je nachdem, wer erzählt – oder mehr noch, wem man glaubt.

Hakiem

Freistatt wohin?

Robert Lynn Asprin

Zum ersten Mal seit über einem Jahrzehnt ertappte Hakiem sich dabei, daß er ernsthaft überlegte, ob er seiner Wahlheimat Freistatt nicht lieber den Rücken kehren sollte.

Er lehnte sich, während er überlegte, aus einem oberen Fenster des Palastes und betrachtete die Stadt – doch nicht einmal das verbesserte seine Stimmung. Er war immer gern durch die Straßen geschlendert, anfangs als Geschichtenerzähler und später als Ratgeber der beysibischen Kaiserin. Solange er sich erinnerte, hatte die Stadt ihre eigene, herbe Ausstrahlung gehabt, ähnlich dem Zersetzungsgeruch des Sumpfes, und er hatte sie ebenso aufgesogen wie all die Gerüche, um die beruhigende Lebenskraft der Stadt zu spüren. Doch jetzt begab er sich kaum noch auf die Straße, um sie auf sich einwirken zu lassen.

Nicht, daß er um seine Sicherheit fürchtete, o nein. Ob es an seiner langjährigen Bürgerschaft lag, an seiner allgemein bekannten Unparteilichkeit und Harmlosigkeit, an der Achtung für sein Amt als Ratgeber der Beysa oder an all diesen Tatsachen zusammen, er wurde jedenfalls auf der Straße nie belästigt. Daß er sich soviel im Halbdunkel des Palasts verkroch, lag eher daran, daß er sich den Schmerz ersparen wollte, mitansehen zu müssen, wie es seinem geliebten Freistatt erging.

Der Geist der Stadt war durch das Elternpaar Armut und Verzweiflung gezeugt. Zwar hatte Hakiem, genau wie alle anderen Bürger, die Schandtaten und den Schmutz verdammt, aber er war auch insgeheim stolz auf die Unerschütterlichkeit und Zähigkeit der Freistätter gewesen. Ähnlich der herausfordernden Zuversicht eines Gassenbengels hatte die Überzeugung in der Luft gehangen, daß die Stadt überleben würde, egal welche Klötze das Schicksal oder das Rankanische Reich ihr in den Weg werfen würde. Scheinbar unbedeutende Augenblicke der Zärtlichkeit oder des aufopfernden Heldentums prägten sich hier als unanfechtbarer Beweis der Kraft des menschlichen Geistes um so stärker ein.

Dann ereignete sich zweierlei fast gleichzeitig: Die Beysiber trafen ein, und Rankes Sturmgott war plötzlich gestorben oder hatte sich ins Nichts zurückgezogen.

Als sich Freistatts wirtschaftliche Lage durch beysibisches Gold verbesserte, hatten Einfluß und Macht des Reiches zu schwinden begonnen – und das Wesen der Stadt hatte sich verändert. Statt kleiner, wilder Raufereien ums Überleben waren in der Stadt eigensüchtige Machtkämpfe ausgebrochen, die sich als zerstörerischer und tödlicher erwiesen als alles, womit die Bewohner bisher geplagt gewesen waren. Statt nach Verzweiflung und Armut stank es nun nach Habgier, und das fand Hakiem viel bedrückender.

Vielleicht sollte er die Stadt wirklich verlassen – bald, bevor die gegenwärtigen Unruhen auch noch die letzten angenehmen Erinnerungen verdrängten. Wenn die Stadt erst auf ihrem neuen Kurs festlag, konnte er nicht …

»Ihr seid so ruhig, Weiser, für einen, der sich den Unterhalt mit seiner geschickten Zunge verdient.«

Aus seinen Gedanken gerissen, drehte Hakiem sich um und sah, daß ihn Shupansea, das lebende Avatar der Mutter Bey und Erbmonarchin – wenngleich jetzt im Exil – des Beysibischen Reiches, mit dem glücklichen Lächeln eines Kindes bedachte, das seinen Lehrer auf einen Rechtschreibfehler aufmerksam machen kann.

»Verzeiht, o Beysa, ich hörte Euch nicht kommen.«

»Außer uns ist niemand hier, Hakiem. Förmlichkeit zwischen uns ist nur vor uns nicht wohlwollenden Augen erforderlich. Außerdem bezweifle ich, daß Ihr selbst den Aufmarsch einer ganzen Armee gehört hättet. Wo ist diese stete Wachsamkeit geblieben, die Ihr mir so angestrengt anzuerziehen trachtet?«

»Ich – ich habe nachgedacht.«

Das Lächeln schwand aus dem Gesicht der Beysa und machte Besorgnis Platz. Sie legte sanft eine Hand auf den Arm ihres Ratgebers. »Ich weiß. Ihr erscheint mir in letzter Zeit unglücklich, Weiser. Ich vermisse unsere anregenden Gespräche. Ich gestehe, ich habe mir heute Zeit genommen, um Euch aufzusuchen und zu erfahren, was Euch bedrückt. Ihr habt mir so oft geholfen, daß es mit Gold allein nicht aufzuwiegen ist. Verratet mir, was bekümmert Euch? Gibt es irgend etwas, was ich tun kann, um Euch zu helfen?«

Trotz seiner Niedergeschlagenheit war Hakiem gerührt durch die ehrliche Besorgnis dieser jungen Frau, die geboren und erzogen war, ein großes Reich zu regieren, und die es statt dessen nach Freistatt verschlagen hatte. Obwohl ein Teil seines Ichs instinktiv seine Gefühle verbergen wollte, sah er sich veranlaßt, ehrlich zu antworten.

»Ich habe Angst um meine Stadt.« Er warf wieder einen Blick durch das Fenster. »Die Freistätter haben sich verändert, seit die Beysiber hier sind.

Nicht, daß ich Euch die Schuld daran gebe«, fügte er hastig hinzu. »Ihr mußtet irgendwohin, und Eure Leute haben alles Erdenkliche getan, sich dieser für sie fremden und oft feindlichen Umwelt anzupassen.

Nein, was mit meiner Stadt geschehen ist, haben ihr jene angetan, die schon am längsten hier leben. Gewiß, viele der Veränderungen wurden ihnen durch das Rankanische Reich und seine Götter aufgezwungen – ich weiß auch, daß die Zeit nicht stehenbleibt und alles sich verändern muß. Trotzdem befürchte ich, daß die Freistätter den Willen verloren haben und gewißlich die Weisheit, die Veränderungen zu überleben, die so sicher folgen werden wie Donner auf Blitz. Der Rankanische Kaiser ist bereits dabei, Truppen zu rekrutieren, um ...«

Er hielt abrupt inne, als er bemerkte, daß die Beysa lautlos lachte.

»Es lag nicht in meiner Absicht, Euch zu belustigen«, sagte er steif, während Ärger in ihm aufwallte. »Es ist mir natürlich klar, daß die Probleme eines einfachen Geschichtenerzählers unbedeutend sind gegenüber ...«

»Verzeiht mir, Weiser, ich wollte Euch wahrhaftig nicht kränken. Es ist nur ... Bitte laßt ausnahmsweise einmal mich die Lehrerin sein.«

Zu Hakiems Überraschung trat sie neben ihn ans Fenster und lehnte sich so weit hinaus, daß gerade noch die Spitzen ihrer nackten Zehen den kühlen Boden berührten.

»Ich fürchte, Ihr seid dem Problem zu nah«, sagte sie ernst. »Ihr wißt soviel über Freistatt und beobachtet so viele seiner Bürger, daß Euch die oberflächlichen Veränderungen den Blick getrübt haben für die Strömungen unter der Oberfläche. Laßt mich Euch sagen, was ich, die ich verhältnismäßig neu in Freistatt bin, sehen kann.

Ihr unterschätzt Eure Stadt, Weiser. Ihr liebt sie so sehr, daß Ihr Euch einbildet, niemand sonst täte es – aber das ist ganz und gar nicht der Fall. In den zwei Jahren, seit mein Volk und ich hier ankamen, ist mir noch niemand – ob nun Mann, Frau oder Kind – begegnet, dem Freistatt nicht, trotz lautstarker, gegenteiliger Beteuerungen, ebenso am Herzen liegt wie Euch, auch wenn sie es auf andere Weise zeigen mögen. Und zu meiner Verwunderung muß ich feststellen, daß diese Gefühle sehr ansteckend sind.«

Sie bemerkte seinen überraschten Blick und lachte wieder. »Ja, trotz des Blutes von vierzig Generationen von Beysas und unseres Inselreichs in meinen Adern sind weder ich noch meine Göttin immun gegen die Verlokkung Eurer Stadt. Zuerst erschien sie mir grausam und barbarisch, und das ist sie wohl, aber sie hat auch einen Schwung und eine Lebenslust, die berauschend ist, etwas, das meinem eigenen, o so zivilisierten Volk fehlt. Während Ihr befürchtet, daß sich das geändert hat oder völlig verlorengegangen ist, kann ich, die ich es mit neuen Augen sehe, Euch versichern, daß es noch da und, wenn möglich, noch stärker ist als bei unserer Ankunft. Gewiß, es mag Streitigkeiten um Geld und Macht geben, die noch so neu hier sind, aber es ist nach wie vor Freistatt. Im Ernstfall werden die Menschen hier kämpfen oder tun, was immer nötig ist, um dieses Gefühl der Unabhängigkeit und Freiheit zu erhalten, für das sie so viel auf sich genommen haben. Die Beysiber werden Seite an Seite mit ihnen stehen, denn mein Volk und ich sind nun Teil davon, genau wie Ihr und die Euren.«

Danach schwieg sie, und gemeinsam – als lebende Symbole des alten und neuen Freistatt – studierten sie durch das Fenster die Stadt. Und jeder hoffte insgeheim inbrünstig, daß sie recht hatte.

Originaltitel: Introduction

Gilla

Die Herrin der Flammen

Diana L. Paxson

Ein Pfirsichbaum wuchs in dem Gärtchen, zu dem Lalos Stiege führte. Es war nur ein kleiner Baum, aber Gilla hatte seine Wurzeln mit Stroh bedeckt, um sie vor der Kälte zu schützen, und ihn mit kostbarem Wasser gegossen, wenn die Sonne heiß vom Himmel schien. Sie hatte für ihn gesorgt wie für ihre Kinder, und er hatte Krieg und Zauberwetter überlebt. Doch in dem bitteren Frühling, als der Kaiser nach Freistatt kam, stand er kahl, mit kaum einem Blatt an seinen krummen Zweigen.

Ehe er zum Palast ging, blieb Lalo neben dem Baum stehen und wünschte sich, er könnte ihm Leben einhauchen wie einst dem Werk seiner Hände. Doch seit der Zerstörung der nisibisischen Machtkugeln war offenbar alle Magie so lasch geworden wie Meister Ahdios billiges Bier. Seine eigene Magie wagte Lalo nicht auszuprobieren. Selbst in seiner besten Zeit hatte er lediglich Symbole umgewandelt, nichts Lebendes.

Er wußte nicht, ob er überhaupt noch etwas erschaffen könnte.

Das Haus hinter ihm war so still wie in jenen schrecklichen Tagen, als Gilla bei Roxane gefangen gewesen war. Latilla und Alfi befanden sich bei Vanda im Palast. Wedemir beobachtete neidisch die Stiefsöhne bei ihren Übungen, die sie wieder in Form für den Krieg bringen sollten. Und Gilla sorgte im Aphrodisiahaus dafür, daß Illyra allmählich von der Wunde genas, die ihr bei den Unruhen zugefügt worden war, als ihre kleine Tochter starb.

Wenn nur Illyras Körper der Heilung bedurfte, wäre es nicht so schlimm, dachte Lalo. Ihm schien, daß beide

Frauen ihr Leid wie ein Kind pflegten. Sein eigener Magen verkrampfte sich bei der Erinnerung – sein mittlerer Sohn, Ganner, war in den gleichen Unruhen, die Illyras Kleinen den Tod gebracht hatten, vor der Goldschmiedewerkstatt, wo er in die Lehre gegangen war, niedergeschlagen worden.

In der Stadt herrschte nun wieder Ruhe, aber es war die Ruhe der Erschöpfung – eher einem Koma gleich denn heilendem Schlaf, und wer konnte schon sagen, ob Freistatt oder irgendwelche seiner Bürger je wieder zum Leben erwachen würden?

Lalo schauderte und blinzelte zum Himmel. Auch wenn es sinnlos war, sollte er zum Palast gehen, noch ehe das Morgenlicht schwand. Als Teil einer Reihe politischer und religiöser Verhandlungen, die Lalo gar nicht zu durchschauen versuchte, hatte Molin Fackelhalter ihm den Auftrag erteilt, ein allegorisches Wandgemälde der Hochzeit des Sturmgotts mit Mutter Bey zu malen. Das Werk war so leblos wie alles, was er in letzter Zeit malte, aber er wurde dafür bezahlt. Außerdem wußte er nicht, was er sonst hätte tun können.

»Sie wäre sehr hübsch geworden ...« sagte Illyra in einem eigenartigen Plauderton. »Meine Lillis hatte goldenes Haar wie ihr Vater, erinnerst du dich. Wenn ich es kämmte, fragte ich mich oft, wie etwas so Hübsches aus meinem Schoß hatte kommen können ...«

»Ja«, sagte Gilla leise. »Ich weiß.« Sie hatte Illyras Töchterchen nur ein paarmal flüchtig gesehen, doch das war jetzt unwichtig. »Ganner war das hübscheste meiner Kinder ...« Ihre Kehle schnürte sich zusammen.

»Wie kannst du es verstehen!« rief die Halbs'danzo plötzlich heftig. »Du hast noch Kinder! Aber meine Tochter ist tot, und meinen kleinen Jungen haben sie mir weggenommen. Mir ist nichts geblieben!«

»Dein Kind war noch klein«, sagte Gilla schwer. »Du weißt nicht, wie sie einmal geworden wäre. Doch all die Arbeit, meinen Jungen zum Manne großzuziehen, ist vergeudet. Ich werde keine Enkelkinder von ihm haben. Ich mußte ein Baby begraben und habe eines noch ungeboren verloren. Der Junge, der nach Ganner kam, starb an Fieber, als er sechs Jahre alt war. Ich mußte sie in den verschiedenen Altern hergeben und kenne den Schmerz, den ich bei jedem einzelnen litt, und ich sage dir, Illyra, in welchem Alter einem sein Kind auch genommen wird, es ist immer das schlimmste. Doch ich werde keine mehr gebären. Du dagegen bist noch jung und kannst andere Kinder bekommen.«

»Wozu?« sagte Illyra rauh. »Damit diese Stadt auch sie umbringen kann?« Sie ließ sich auf das seidene Kissen zurückfallen, mit dem das Aphrodisiahaus sogar Krankenzimmer ausstattete, und schloß die Augen.

Irgendwo im Erdgeschoß erklang wie zum Hohn Musik. Die verblichene Seide der Kissen schimmerte weich in der Nachmittagssonne, aber Gilla erschien sie so farblos wie alles andere seit dem furchtbaren Tag, an dem so viele gestorben waren. Illyra hatte recht – warum dem boshaften Schicksal noch mehr Geiseln geben?

Jemand klopfte zögernd an die Tür. Als weder Gilla noch Illyra Herein riefen, wurde sie sanft geöffnet, und Myrtis trat ein. Sie war ein wenig dünner geworden, aber ihr Make-up war so untadelig wie immer und ihr Schmuck dezent.

»Wie geht es ihr heute?« Sie deutete auf die Halbs'danzo, die die Augen geschlossen hatte.

Gilla stand auf und ging der Älteren entgegen – man nahm zumindest an, daß Myrtis älter war, und heute sah sie wirklich so aus, als ließe auch der Zauber nach, mit dem Lythande ihre sagenhafte Schönheit erhalten hatte. Molin Fackelhalters Gold war Bezahlung für Illyras

Pflege hier, doch die berühmte Leiterin des Aphrodisiahauses hatte sich mehr als nur als eine Hauswirtin um sie gekümmert.

»Die Wunde vernarbt, aber Illyra wird immer schwächer«, antwortete Gilla leise. »Ich glaube, sie will nicht mehr leben. Und warum sollte sie auch?« fügte sie bitter hinzu.

Einen Moment lang funkelten Myrtis' Augen. »Ihr braucht einen Grund? Das Leben is alles, was man hat! Immerhin ist sie durchgekommen, und Ihr ebenfalls! Wollt ihr aufgeben und *sie* gewinnen lassen?« Ihre Gebärde schloß alle außerhalb des Gemachs ein. Dann zog sie rasch die Hand zurück, als wäre sie von ihrer eigenen Heftigkeit überrascht.

»Wie auch immer, es gibt andere, die sie brauchen«, fuhr sie ruhiger fort. Sie trat zur Seite, und nun sah Gilla eine zweite Gestalt an der Tür. Sie war hochgewachsen, schwarzhaarig, und nicht einmal das prunkvolle Gewand, das sie so ungeschickt trug, als wäre es ungewohnt, konnte ihre Geschmeidigkeit verbergen, auch nicht die Energie, die von ihr ausging, so daß sogar Gilla zur Seite wich, als sie an Myrtis vorbei hereinstürmte.

»Was habt Ihr vor? Es geht ihr nicht gut ...« entrüstete sich Gilla, als die große Frau zu Illyras Bett schritt und auf sie hinunterblickte.

»Man sagt, daß die S'danzo keine Götter haben und auch keine Zauberer«, sagte die Frau schroff. »Nun, die Götter, die wir übrigen hatten, reden zur Zeit nicht mit uns, und die Magier vermögen nichts. Ich brauche Auskunft. Meine alten Kameraden sagten, daß Ihr ehrlich seid. Was verlangt Ihr dafür, für mich zu lesen?«

»Nichts.« Illyra richtete sich auf und lehnte sich mit hartem Blick an die Kissen.

»O nein – viele meiner Kameraden gingen früher zu Euch, und so weiß ich, daß Ihr Euch an die herkömmlichen Regeln haltet. Wenn Ihr mein Geld nehmt, seid Ihr verpflichtet, mir zu antworten ...« Sie zog eine Goldmünze aus ihrem Beutel und streckte sie aus. Wütend schlug Illyra sie ihr aus der Hand.

»Wißt Ihr, wer ich bin?« fragte die Frau drohend.

»O ja, ich kenne Euch, Lady Kama, und es gibt nichts in Freistatt, was mich dazu bringen könnte, für Euch zu lesen!« Sie schluchzte auf. »Ich könnte es nicht einmal, wenn ich es wollte. Als meine ... Während der Unruhen wurden meine Karten vernichtet. Ich bin jetzt so blind wie alle anderen auch!« endete sie bitter.

»Aber ich muß es wissen!« rief Kama heftig. »Ich habe versprochen, Molin Fackelhalter zu heiraten, aber wenn ich ihn nach der Trauung frage, vertröstet er mich mit irgendwelchem theologischen Unsinn. Und die Stiefsöhne nehmen das 3. Kommando auf irgendeinen mysteriösen Feldzug mit – meine ganzen alten Kameraden! Ich könnte mit ihnen gehen – das möchte ich auch gern, aber ich muß wissen, was ich tun soll!«

Illyra zuckte die Schultern. »Tut, was Ihr wollt.«

Wenn man bedachte, daß Molin Fackelhalter Illyra ihr anderes Kind weggenommen hatte, war die Reaktion der S'danzo auf die Bitte dieser Frau noch milde, fand Gilla.

Kama beugte sich plötzlich hinab und packte Illyra an den Schultern. »Was hat das damit zu tun? Ich habe Eide geleistet, und ich bin an sie gebunden, auch wenn die Götter jetzt nicht mehr zuhören. Und ich habe zuviel Blut in dieser Stadt verloren, als einfach davonzumarschieren, ohne zu wissen, weshalb. Glaubt Ihr, ich bin keine Kriegerin mehr, nur weil ich dieses Zeug trage?« Sie zupfte wütend an den tiefen Falten ihres Rockes. »Ich verlange Antworten, Weib, und wenn ich sie Euch herauspressen muß!«

Illyra schüttelte den Kopf. »Könnt Ihr Blut aus einem Stein pressen? Tut mit mir, was Ihr wollt – ich habe keine Antworten mehr.«

»Nun, vielleicht ist in *Euren* Adern kein Blut mehr«, sagte Kama noch drohender, »aber wie sieht es bei Eurem Mann aus? Ich habe eine Menge in dieser Senkgrube gelernt, die Ihr Euer Zuhause nennt – werdet Ihr das gleiche Lied singen, wenn Ihr seht, daß ich einige dieser neuen Kenntnisse an ihm ausprobiere?«

»Nein ...« hauchte Illyra verstört. »Er hat nichts damit zu tun. Ihr dürft ihn nicht meinetwegen leiden lassen ...«

»Ihr habt Euch doch nicht etwa dem Eindruck hingegeben, daß das Leben gerecht ist?« Kama richtete sich auf und blickte auf sie hinunter. »Ich werde tun, wozu ich mich gezwungen sehe.«

Gilla blickte von Kama zu Myrtis, die mit einem schwachen Lächeln zuhörte. Hatte die Besitzerin des Aphrodisiahauses Kama veranlaßt, sich so aufzuführen, um Illyra aus ihrer Schwermut zu reißen? Myrtis traute sie es zu, doch es fiel ihr schwer, sich vorzustellen, daß Kama bei irgendwelchen Spielchen anderer mitmachen würde.

»Aber ich kann Euch nicht helfen ...« klagte Illyra mitleiderregend. »Ich habe es Euch schon gesagt. Ich habe keine Karten mehr. Und ich kann auch keine ausborgen – jedes Päckchen ist auf die S'danzo abgestimmt, der es gehört. Meine hatte ich von meiner Großmutter, und es gibt keinen S'danzokünstler, der ein neues Päckchen für mich malen könnte.«

Kama starrte sie an. Dann wanderten ihre grauen Augen nachdenklich von der S'danzo zu Gilla und zurück.

»Aber Ihr wißt, wie die Karten aussehen müssen ...«

Nun starrte Illyra sie an.

»Und *ihr* Mann ist ein Maler, der sogar gewisse Kräfte haben soll ...« Als Kama fortfuhr, las Gilla in Illyras Gesicht ihre eigene, bestürzende Erkenntnis, daß sie beide noch jemanden hatten, durch den man Druck auf sie ausüben konnte.

»Molin Fackelhalter ist des Malers Gönner. Er wird Lalo zu Euch schicken, und gemeinsam werdet ihr ein neues Päckchen Karten anfertigen. Und dann ...« Kama verzog die Lippen zu etwas, das sie für ein süßes Lächeln hielt. »Dann werden wir sehen, ob noch Magie auf dieser Welt übriggeblieben ist.«

Lalo heftete ein weiteres kleines, rechteckiges Blatt steifes Papier auf sein Zeichenbrett. Er spürte die Anspannung im Nacken und in den Schultern, und Illyra war beunruhigend bleich, und Schweiß glänzte auf ihrer Stirn. Die zwei Karten, die sie bereits fertiggestellt hatten, trockneten im Sonnenschein, der durch das Fenster fiel.

»Seid Ihr bereit?« Seine Stimme klang gedämpft durch die Maske, die er jetzt beim Arbeiten immer vor Mund und Nase trug, um zu verhindern, daß sein Atem seinem jeweiligen Werk ungewollt Leben einhauchte. »Wir können für heute aufhören«, schlug er vor. Auch wenn er noch die Kraft zum Weitermachen hatte, bezweifelte er, daß die S'danzo viel länger durchhalten würde.

»Eine noch ...« Illyra zuckte leicht zusammen, als sie sich höher auf das Kissen zog. Sie strengte sich viel zu sehr an. Lalo fragte sich, ob sie sich vielleicht ohne ein Päckchen Karten nur als halber Mensch fühlte, so wie es ihm immer ging, wenn er nicht Zeichenstifte und Papier bei sich hatte, oder ob sie es nur nicht erwarten konnte, Kama loszuwerden.

»Die nächste Karte ist die Flammen-Drei«, sagte Illyra. Ihre Stimme veränderte sich, wurde seltsam ausdruckslos, als könnte es sie bereits in die Trance der Seherinnen versetzen, wenn sie sich die Karten nur vorstellte. »Da ist ein unterirdischer Gang, dunkel an einem Ende und hell am anderen. In dem Gang sehe ich drei Gestalten mit brennenden Fackeln. Aber gehen sie auf das Licht oder auf die Finsternis? Ich kann es nicht erkennen ...«

Als hätten ihn die Worte der S'danzo in ihren Bann geschlagen, bemerkte Lalo, daß sich seine Hand bereits bewegte, daß der Pinsel in die dunkle Farbe für die Schatten tauchte und in die orangerote für die drei leuchtenden Flammenblüten. Während Illyra von der Bedeutung der Karte sprach, entstanden Form und Farbe auf dem kleinen Blatt Papier vor ihm, als wäre sein Pinsel ein Zauberstab, der sichtbar machte, was schon immer dort verborgen gewesen war.

Die Fackelträger waren Silhouetten, ihre Gesichter nicht zu sehen, aber einer war klein, einer breit, einer drahtig und lebhaft. Konnte die breite Gestalt Molin Fakkelhalter sein? Lalo malte die Zahl auf die Karte, und in dem Augenblick zwischen dem letzten Pinselstrich und seiner Rückkehr in normale Bewußtheit, vermeinte er etwas von Gilla in der breiteren Gestalt zu sehen. Vielleicht waren die beiden anderen Illyra und er selbst. Aber bewegten sie sich in die tiefere Dunkelheit oder auf das Licht zu?

Lalo richtete sich auf und blickte Illyra an, die still wie im Schlaf – oder in Trance – auf ihren Kissen lag. Dunkle Flecken hoben sich unter ihren geschlossenen Augen ab, als hätte er sie dort mit farbverschmierten Fingern berührt. Er hatte die Macht gespürt, die während des Malens durch ihn geflossen war, doch diesmal war ihm die Bedeutung seines Werkes verborgen, als er aus seiner eigenen Schöpfungstrance zurückkehrte und die Karten betrachtete.

Die drei fertigen Flammenkarten glühten im Sonnenschein und ihre Farben schienen mit eigener Energie zu vibrieren. *Ich sollte dankbar sein*, dachte der Künstler. *Jetzt weiß ich zumindest, daß noch Macht in meinen Händen ist.* Aber er verstand nicht, was er gemalt hatte, und sein

Magen verkrampfte sich, als er den Schmerz in Illyras verschlossenem Gesicht erkannte. Behutsam und ganz leise, aus Angst, sie zu wecken, räumte Lalo seine Farben auf.

»Die Karten sind schön«, sagte Gilla. »So viele von Lalos Aufträgen in letzter Zeit waren Wandgemälde. Ich hatte ganz vergessen, wie bezaubernd seine feineren Arbeiten sein können.« Sie legte die Wald-Eins ordentlich auf den Stoß zurück. Die kräftigen Grün- und Brauntöne des Urwalds schienen in ihrem eigenen Licht zu glühen wie Sonnenschein, der schräg durch unzählige Blätter filtert. Molin Fackelhalter hatte darauf bestanden, daß er sich mit dem Hochzeitswandgemälde beeilte, darum hatte es nun Vorrang über Kamas Auftrag, obwohl das Päckchen schon beinahe fertig war. Illyra war auch körperlich fast genesen. Aber sie und Gilla hatten sich daran gewöhnt, einander Gesellschaft zu leisten.

»Ich hasse sie«, murmelte Illyra.

Gilla blickte zum Bett, und eine wütende Verteidigung von Lalos Arbeit bebte auf ihrer Zunge. Die Augen der S'danzo waren geschlossen, aber Tränen quollen zwischen den Lidern hervor. Gilla schluckte ihren Ärger und ging zu ihr. Sie nahm ein feuchtes Tuch, damit tupfte sie ihre Wangen ab.

»Mein Liebes, es ist ja alles gut ...« Das war das instinktive Murmeln einer Mutter zu ihrem kranken Kind.

»Es ist *nicht* gut!« widersprach Illyra hart. »Um zu lesen, muß ich mich dem Großen Muster öffnen, muß eins damit werden und den Teil heraussuchen, der mit der Frage des Kunden zu tun hat. Aber ich glaube nicht mehr an das Große Muster.«

Gilla nickte. Männer, die einander umbrachten, war eines, ob nun in der Schlacht oder in den Gassen von Freistatt; aber wie konnte es einen Zweck in dem sinnlosen Tod eines Kindes geben? Der Gedanke brachte die plötzliche Erinnerung an Ganners achten Geburtstag, zu dem Lalo ihm Tonerde und Modellierwerkzeug geschenkt hatte. Ganner war der einzige unter den Kindern gewesen, der ein wenig von Lalos Begabung geerbt hatte. Doch nun würde er nie mehr Schönheit in die Welt bringen können. Sie schluckte schmerzlich und wandte sich wieder Illyra zu.

»Gut das halbe Päckchen ist bemalt. Kama wird mich zwingen, für sie zu lesen, sobald die übrigen Karten fertig sind, und ich kann es nicht«, sagte Illyra bitter. »Ich werde sie enttäuschen, und dann wird sie dafür Rache an Dubro nehmen. Bei allen nutzlosen Göttern Freistatts, ich hasse sie! Sie und die anderen klingenhungrigen, herumstolzierenden Kampfhähne, die meine Welt vernichtet haben!«

»Willst du selbst ein Schwert in die Hand nehmen und dich mit ihr anlegen?« fragte Gilla, die versuchte, den Haß, der ihr den Magen verkrampfte, in Spott umzuwandeln. »Illyra, sei vernünftig! Versuch, gesund zu werden und sei dankbar, daß das nicht deine Art von Macht ist!«

»Meine Art von Macht ...« sagte die S'danzo nachdenklich. »Nein – wenn Menschen meinesgleichen wegen Zauberei auf dem Scheiterhaufen verbrennen, dann gewiß nicht, weil sie die einfache Macht des Stahles fürchten ...« Illyra verstummte. Ihr dunkles Haar schwang auf die Brust hinunter, und Gilla konnte ihre Augen nicht sehen. Doch etwas an der Stille der anderen jagte ihr trotz des heißen Tages einen Schauder über den Rücken.

»Es ist verboten ...«, sagte die S'danzo leise. »Selbst in der knappen Ausbildung, die sie mir gegönnt haben, wurde darauf hingewiesen. Aber was scheren mich jetzt die Bestimmungen anderer?«

»Illyra, was hast du vor?« fragte Gilla besorgt, als sich die andere stöhnend aus dem Bett stemmte und zu dem Tischchen ging, wo die Karten lagen, die Lalo fertig hatte.

»Alles hat zwei Seiten«, sagte Illyra im Plauderton. »Sieh dir zum Beispiel diese Karte an. Es ist die Flammen-Drei. Wenn sie beim Lesen aufgedeckt wird, kann sie bedeuten, daß sich die Dinge verschlechtern, aber umgekehrt auch, daß sie besser werden; es kommt ganz auf die umliegenden Karten an. Und diese da, die Stahlkarte ...« Sie hielt die Erz-Zwei hoch. »In ihrer normalen Lage, wenn die Schwerter auf die Person deuten, für die ich lese, ist es die Todeskarte, andersherum aber bedeutet sie die Vernichtung seines Feindes.«

»Das ist bei einem Schwert selbst auch der Fall«, warf Gilla ein.

Illyra nickte. »Bei Magie ebenfalls. Macht ist Macht. Gut oder Böse liegt nie im Werkzeug selbst, sondern immer in der Absicht und dem Willen dessen, der es benutzt.«

Gilla starrte sie an. »Du kannst die Karten als Waffe benutzen?« Ihr Herz hämmerte, und plötzlich wurde ihr bewußt, wie sehr sie Lalo um die Gabe beneidet hatte, die ihm unbeabsichtigt gegeben worden war und derer er sich nur mit Zittern und Zagen bediente.

Illyra blätterte durch die Karten, die Lalo fertiggestellt hatte. »Vielleicht – wenn die richtigen Karten dabei sind ...« Sie nahm eine heraus, noch eine, dann drei weitere. »Wenn ich lese, sind der Kunde und die Karten und ich im Großen Muster verbunden, und die Karten, die aufgedeckt werden, spiegeln seine Verflechtung darin wider. Das Große Muster ist die Ursache, die Karten sind die Wirkung. Mein Lesen ist nur ein Deuten dessen, was bereits da ist.«

Gilla nickte, und die S'danzo fuhr fort: »Aber wenn ich

die Karten in einem bestimmten Muster lege und es durch meinen Willen an das Große Muster binde …«

»Kannst du den Vorgang umkehren?« wisperte Gilla. »Die Karten zur Ursache machen?«

»Ich könnte – ich würde – ich werde es!«

Entschlossen griff Illyra nach den Karten und trug sie zu einem Tischchen mit Einlegearbeit in einer Ecke. Sie hielt eine Karte hoch und zeigte sie Gilla. »Hier, diese soll für den Kunden und seine Umgebung stehen …« Sie legte sie auf den Tisch.

Gilla blinzelte. Sie sah nur die Sohne strahlend auf eine gemalte Stadt scheinen. »Was ist das für eine?«

»Wir nennen sie Zenit – die Mittagssonne –, aber dein Mann hat außer der Sonne auch eine Stadt gemalt.« Illyra hielt die Hände darüber, schloß die Augen und runzelte konzentriert die Stirn. »So, wie du Zenit warst, wirst du nun *diese* Stadt werden!« murmelte sie. Sie tauchte einen Finger in das Malwasser und spritzte einen Tropfen auf die Karte. »Mit Wind und Wasser gebe ich dir nun den Namen Freistatt und mache dich zum Kunden dieser Sitzung.«

Sie sollte das nicht tun! dachte Gilla, die zusah, wie Illyra unter den ausgewählten Karten suchte. Ihre Bewegungen bannten den Blick. Gilla erinnerte sich, wie Roxane den Blick gebannt hatte, und schauderte. Aber sie hatte nie verstanden, was die Beweggründe der Nisibisihexe gewesen waren, der trotz ihres gewaltigen Wissens die Freuden und Leiden gewöhnlicher Frauen fremd blieben. Illyra dagegen konnte sie nur zu gut verstehen. *Wir sollten das nicht tun!* dachte sie nun.

Gilla spürte, wie der Puls in ihren Schläfen pochte, und spürte die Wut einer Wölfin, deren Welpen getötet wurden. Ihr ganzes Leben lang hatte Angst sie gequält: in Notzeiten, Angst zu verhungern; in Zeiten des Überflusses, Angst, beraubt zu werden. Sie war damit aufgewachsen, stets auf verstohlene Schritte hinter sich zu lauschen, wenn sie aus dem Haus ging, und in Schatten und dunkle Ecken zu spähen, in denen etwas lauern mochte. Dann hatte sie Kinder geboren, und die Angst um sie war um so vieles größer, als die um sich selbst, wie der Schimmelfohlenfluß tiefer und schrecklicher war als die Abwässer von Freistatt. Und nie hatte es irgend etwas gegeben, das sie dagegen hätte tun können! Nie, bis jetzt ...

Unheildrohend wie ein Berg, der sich in Bewegung setzt, durchquerte Gilla das Gemach mit Schritten, die den Fußboden erschütterten. Sie ließ sich gegenüber der S'danzo an dem Tischchen nieder.

»Was steht dagegen, Seherin?« fragte sie.

»Das Lanzenschiff«, antwortete Illyra, »der Narwal, der eine gute Karte sein kann, aber immer Veränderung bedeutet. In dieser Stellung bringt sie Unglück.«

»Worauf hoffen wir?« setzte Gilla die Litanei fort.

Illyra hob eine neue Karte ab und legte sie über die beiden ersten. Gilla erkannte sie – es war die Erz-Zwei umgekehrt, mit dem Stahl drohend nach unten gerichtet.

»Und das haben wir bereits«, sagte die S'danzo. »Quecksilber, manche nennen sie auch Shalpas Karte, die Erz-Eins und das Fundament von Freistatt.« Die nächste Karte legte sie unter die beiden ersten.

»Was davor war, ist das Antlitz des Chaos ...« Illyra hielt eine Karte hoch mit dem Bild eines Mannes und einer Frau, verdreht und verzerrt wie in einem Fiebertraum. Sie lächelte grimmig und legte die Karte ab.

»Und was wird sein, Seherin – zeig mir, was sein wird!« forderte Gilla.

Sie spürte, wie Kraft von ihr zu der Frau gegenüber strömte, und wußte, daß mehr als nur S'danzogabe in dieses Lesen floß.

Illyra hob eine weitere Karte ab. »Die Zikkurat!« Sie

lächelte drohend. »Wir werden den Stolz der Zerstörer in den Schmutz treten!«

Gilla betrachtete das Bild des einstürzenden Stufenturms und dachte an den zusammengeflickten Frieden, der seit Ankunft des Kaisers für Ruhe in der Stadt sorgte. Bestimmt genügte ein Tupfen mit dem Finger, ihn ins Schwanken zu bringen.

»Wie?« flüsterte Gilla nun. »Seherin, zeig mir, wie es sein wird!«

Illyra griff nach den restlichen Karten und fächerte sie in der mageren Hand.

»Zuerst der Lanzenwind ...«

Die Karte, die sie auflegte, zeigte Sturm und Orkan. »Sie steht für unsere Entschlossenheit, es durchzuführen. Und diese ist für unsere Furcht ...«

Sie legte eine Karte darüber, auf der drei Gestalten in Talaren auf einen Knienden deuteten. »Gerechtigkeit«, flüsterte sie. Gilla benetzte ihre plötzlich trockenen Lippen und verstand auch ohne Erklärung, daß dies die toten Kinder darstellte, die sie rächen wollten.

»Unsere Hoffnung ist auf die Gerechtigkeit gerichtet, deshalb lege ich Freistatts Tribunal hierher ...« Illyras Stimme hatte einen rhythmischen Klang und ihre Augen schienen durch die Karte auf eine andere Wirklichkeit zu blicken. Gilla wurde bewußt, daß die S'danzo so wahr sah wie beim Lesen für einen Kunden, und sie fragte sich plötzlich, ob mehr als Zufall Illyra geleitet hatte, diese Karten als erste von Lalo malen zu lassen, und ob es ihr eigener Wille war, der sie nun in dieser Reihenfolge aufdeckte, oder doch das unmerkliche Wirken des Großen Musters, das Illyra verleugnet hatte.

Gilla schauderte, denn die S'danzo war jetzt vollkommen in Trance, und sie spürte eine Schwere in der Luft, als warteten unsichtbare Kräfte um sie herum auf die Enthüllung der letzten Karte. Die Magie der Zauberer war gebrochen, aber unverkennbar schöpften Illyra und sie nun aus tieferen Brunnen.

Ohne auf die Karten zu blicken, die noch in dem Stoß waren, nahm Illyra eine und legte sie über alle anderen. Gilla starrte sie an, geblendet von verwirrenden Mustern in Rot und Gold und der Schönheit eines Frauenantlitzes, das aus den Flammen blickte. Sogar auf dem Kopf stehend versengte dieses Gesicht schier den Blick. Sie zwang sich, ihn abzuwenden und sah das fast entsetzte Staunen in Illyras Augen.

»Was ist sie?« fragte Gilla heiser.

»Die Flammennacht – die Herrin der Flammen, deren Berührung wärmen oder vernichten kann.«

»Was wird sie in Freistatt tun?«

Illyra schüttelte den Kopf. »Ich weiß es nicht. Ich habe sie noch nie zuvor bei einer Sitzug verkehrtherum gezogen. O Gilla ...« Das Gesicht der Seherin verzog sich zu einem schrecklichen Lächeln. »*Ich* habe diese Karte nicht gewählt!«

In den folgenden Tagen kam die Feuergöttin nach Freistatt; nicht in himmlischen Flammen, wie Gilla und Illyra erwartet hatten, sondern verstohlen, als Flamme, die im Fleisch von Menschen brennt und sie langsam von innen verzehrt.

Seit Wochen war die Luft schwül und still – Seuchenwetter, obwohl das gewöhnlich erst später im Jahr nach Freistatt kam. In einer Stadt, deren Kanalisation besser als Schleichwege für die Menschen geeignet war, denn dazu, die Abwässer weiterzuleiten, waren Epidemien ein ebenso sicheres Zeichen, daß es Sommer war, wie die Insektenschwärme, die vom Sumpf der Nächtlichen Geheimnisse her über den Fluß schwirrten. Doch ein trockenes Frühjahr hatte den Stand des Wassers vorzeitig gesenkt, und nun war nicht genug da, die Kanäle durchzuspülen, so wurde die schmutzige Kanalisation zur Brutstätte der Krankheit, die sich rasch in der Stadt ausbreitete.

Sie begann in den Straßen um das Schlachthaus und fraß sich wie ein langsames Feuer ins Labyrinth und in den Basar, wo ein paar Leichen mehr am Morgen kaum auffielen, bis die Küsse der Dirnen, die ihr Gewerbe in den Sackgassen und in Hauseingängen betrieben, mit mehr als dem Feuer der Leidenschaft brannten und Männer im Wilden Einhorn von den Bänken kippten, ohne daß sie ihr Bier gekostet hatten. Soldaten, die in den Schenken zechten, brachten die Seuche in die Kaserne mit, und Dienstboten, die zur Arbeit in die vornehmen Häusern der Kaufleute gingen, trugen sie in die besseren Stadtviertel. Nur die Beysiber waren offenbar immun gegen sie.

Molin Fackelhalter erkannte die Gefahr, als seine Arbeiter neben seiner halbfertigen Stadtmauer zusammenzusacken begannen. Und als er in den Palast zurückkehrte, fand er den Prinzen in Panik vor, und er sah sich einer Krise größeren Ausmaßes gegenüber. An diesem Morgen hatte man den kopflosen Kadaver eines Hundes in den Ruinen des Dyareelatempels entdeckt, und auf dem Altarstein war mit Blut »Tod den Beysibern« geschmiert.

Lalo drehte sich um, und blaue Farbe spritzte an der Säule vorbei, als der Hohepriester, dicht gefolgt vom Prinzen und der Beysa, durch den Audienzsaal stürmte.

»Sie sagen, daß Dyareela Freistatt bestraft, weil wir uns vermählen wollen.« Shupanseas Hand in Kadakithis' verkrampfte sich. »Sie sagen, daß Eure Dämonengöttin erzürnt ist, weil die Stadt Mutter Bey anerkannt hat!«

»*Meine* Göttin!« Sowohl Prinz wie Beysa wichen unwillkürlich zurück, als Molin zu ihnen herumwirbelte. Er sah mit dem flatternden Umhang und dem Staub, der aus seinem zerzausten Haar stob, wie der Sturmgott höchstpersönlich aus. Es fiel Lalo schwer, in ihm den geschniegelten Priester zu sehen, der ihm vor so langer Zeit seinen ersten großen Auftrag erteilt hatte. Aber auch er selbst war in den vergangenen Jahren ein anderer geworden. Und Freistatt hatte sich gleichfalls verändert.

»Dyareela ist keine rankanische Gottheit, genausowenig wie eine ilsigische!« Molin zog Lalo unsanft hinter der Säule hervor. »Sagt Ihr es ihnen – Ihr seid ein Winder! Ist Daryeela eine Eurer Göttinnen?«

Lalo starrte ihn an. Er war eher verblüfft, weil der Priester dieses rankanische Schimpfwort benutzt hatte, denn gekränkt. Die achtlose Wortwahl war der beste Beweis, daß auch der Priester verwirrt und verängstigt war.

»Die gute Göttin war schon hier, bevor die Ilsiger kamen.« Er nahm seine Maske ab und fuhr fort: »Sie herrscht über Ödlande und die armen Teufel, die dort hausen. Aber gewöhnlich beten die Menschen nicht zu ihr.«

Kadakithis horchte auf. »Gewöhnlich? *Wann* beten sie dann zu ihr?«

Lalo hielt den Blick auf die gemusterten Fliesen gesenkt. Seine Haut prickelte, als könnte allein darüber zu reden, bereits das Fieber herbeiführen. »Ich war ein kleiner Junge, als die letzte große Seuche Freistatt heimsuchte«, sagte er leise. »Damals haben wir zu ihr gebetet. Sie bringt das Fieber. Sie *ist* das Fieber, und sie heilt es ...«

»Aberglaube der Winder«, begann der Prinz, doch es klang nicht überzeugt.

Molin Fackelhalter seufzte. »Ich möchte diese einheimischen Kulte nicht gern anerkennen, aber es könnte sich als notwendig erweisen. Ihr entsinnt Euch wohl nicht an Einzelheiten der Zeremonien?« Seine Hand verkrampfte sich fast um Lalos Schulter.

»Fragt die Ilspriester!« Lalo befreite sich mit einem Schulterzucken. »Ich war noch ein Kind, und meine Mutter ließ mich aus Angst vor den vielen Menschen nicht aus dem Haus. Es soll ein großes Opfer gegeben haben. Sie zerrten den Kadaver aus der Stadt, um die Dämonen wegzulocken, und verbrannten die Toten und ihre Habe auf einem gewaltigen Scheiterhaufen. Ich erinnere mich, daß Männer und Frauen engumschlungen auf den Straßen gelegen und daß Blutstropfen von dem Opfer noch frisch auf ihrer Stirn geglänzt haben.«

Kadakithis schauderte, aber Shupansea sagte, sie habe von ähnlichen Gebräuchen in den Dörfern ihres eigenen Reiches gehört.

»Das mag sein«, sagte der Hohepriester abwehrend, »aber die theologischen Auswirkungen sind fatal, vor allem im Moment. Prinz, ich fürchte, daß Eure offizielle Vermählung verschoben werden muß, bis sich die Dinge beruhigt haben.«

»Aber Ihr müßt sofort etwas unternehmen!« rief die Beysa besorgt. »Sonst opfern sie meine Leute statt Hengste oder Stiere!«

Molin Fackelhalters Miene war anzumerken, wie sehr er befürchtete, das von ihm so behutsam errichtete Gebilde gegenseitigen Vertrauens würde einstürzen. Wortlos stapfte er davon. Shupansea und Kadakithis folgten ihm. Lalo starrte ihnen nach.

Schließlich wandte er sich wieder dem Wandgemälde zu, an dem er gearbeitet hatte. Vor dem Hintergrund des blauen Meeres streckte Mutter Bey dem Sturmgott die Hand entgegen. Es war kein Zufall, daß der Gott wie Kadakithis aussah und die Göttin die Haltung und Kleidung Shupanseas hatte. Doch Lalo hatte diesmal nach seiner Vorstellung und aus dem Gedächtnis gearbeitet, er war klug genug, nicht die Seelen dieser beiden Modelle zu malen, daß alle sie sehen könnten.

Von der Ausführung her war das Werk gekonnt, doch die Gestalten wirkten leblos. Einen Augenblick fragte sich Lalo, was ein Hauch seines Atems bewirken würde. Doch da erinnerte er sich an die Kriege zwischen Vashanka und Ils, und er schauderte. Hastig zog er die Maske wieder über Mund und Nase. Das letzte, was Freistatt brauchen konnte, während Dyareela durch die Straßen pirschte, wären zwei neue Gottheiten, die mit allen Vorurteilen und Fehlern der Originale in der Stadt umherwandelten.

Er plagte sich noch mit dem Gemälde, als seine Tochter Vanda angerannt kam und aufgeregt berichtete, daß ihre Schwester Latilla das Fieber bekommen hatte und die Rankaner sie vor Anbruch der Dunkelheit aus dem Palast haben wollten.

Auf den Straßen um das Aphrodisiahaus trieben sich Menschenmengen herum, doch im Innern herrschte kaum Betrieb, denn die Männer befürchteten, die Glut der Liebe könne eine andere Art von Feuer entfachen. Die Stimmen der Angetrunkenen hörten sich wie das Knurren eines großen Raubtiers an. Schlagwörter schrillten in der stillen Luft. »Tod dem Fischvolk! Tod und das Feuer!« *Wenigstens sind Lalo und die Kinder im Palast sicher,* dachte Gilla. Dubro hatte sich Myrtis' Wachen unten angeschlossen.

Gilla zog trotz der abendlichen Schwüle den Vorhang vor das Fenster und setzte sich wieder. Illyra lag in ihrem Bett, und bei jedem Hetzruf drückte sie die Decke an die

Brust, als wäre ihr kalt, trotz des glitzernden Schweißes auf der Stirn. Gilla blickte auf ihre eigenen gefalteten Hände hinunter, die rot und von Arbeit gezeichnet waren, auf den Ehering, der tief ins Fleisch schnitt, und sagte sich, daß die Seuche jedes Jahr kam. Aber sie wußte, daß sie nicht auf die übliche Weise begonnen hatte. Sie und Illyra hatten sie mit ihrem Zauber über die Stadt gebracht.

Neues Gebrüll unten riß sie aus ihren selbstquälerischen Gedanken. Das Haus erzitterte, als die große Eingangstür zugeschmettert wurde. Dann hörte sie Gemurmel und Schritte auf der Treppe. Sie näherten sich ihrer Tür! Schwerfällig erhob sich Gilla, als die Tür aufschwang. Lalo kam herein mit Latilla auf seinen Armen, dicht gefolgt von Myrtis.

Illyra schrie auf, aber Gilla war bereits losgerannt und legte die Hand auf Latillas glühende Stirn. Da öffnete die Kleine die Augen und versuchte zu lächeln, als sie ihre Mutter sah.

»Mama, du hast mir so gefehlt. Mama, mir ist so heiß, kannst du was machen, daß mir nicht mehr so heiß ist?«

Mit zugeschnürter Kehle nahm Gilla das glühende Kind auf die Arme, dann flüsterte sie beruhigende, sinnlose Worte. Latilla war so leicht, ihr Fleisch schon halb von dem inneren Feuer verzehrt.

»Leg sie aufs Bett«, sagte Illyra mit gepreßter Stimme. »Wir brauchen kaltes Wasser und Tücher.«

»Beides wird gleich gebracht werden«, versicherte ihnen Myrtis ruhig. »Vielleicht hilft auch das ein wenig.« Sie winkte und eines ihrer Mädchen überreichte ihnen zwei der Federfächer, mit denen sie üblicherweise den Schweiß amouröser Anstrengungen von der Haut bedeutenderer Kunden fächerten, dann hastete es aus dem Gemach.

Illyra hatte die Decke bereits glattgestreift. Gilla legte Latilla darauf und griff nach der ersten Kompresse, ohne den Blick von der Kleinen zu nehmen. Aber sie war sich Lalos Nähe bewußt, und sie stärkte sich von seiner Kraft, so wie Illyra es bei ihr getan hatte, als sie den Zauber wirkten. Nach einer Weile schienen die kalten Umschläge und das Fächeln ein wenig zu helfen, denn Latilla schlief ein.

Nachdem die erste Krise überstanden war, ging Lalo zu seinem Arbeitstisch und ordnete seine Farben, als könnte er so auch das Chaos seiner Welt in den Griff kriegen.

»O Gilla«, sagte Illyra mit Tränen in der Stimme, »sie sieht meinem kleinen Mädchen so ähnlich!« Gilla blickte sie an, und die S'danzo errötete heftig. Bei ihren Worten sah Lalo auf. »Wo sind die fertigen Karten?« fragte er. »Es fehlen nur noch ein paar. Wenn das Spiel komplett ist, könnt Ihr vielleicht ein bißchen Hoffnung für uns lesen.«

Illyra starrte ihn an, und ihr Gesicht hob sich plötzlich kreidebleich unter der vollen Pracht ihres schwarzen Haares ab. Dann wanderte ihr Blick widerwillig zu dem Ecktischchen, wo die Karten so lagen, wie sie sie vor einer Woche aufgedeckt hatte. Noch ahnungslos ging Lalo auf sie zu, blieb stehen und blickte auf sie hinab.

Gilla war wie gelähmt. Lalo war zwar keine S'danzo, wohl aber ein Meister der Symbole, und er hatte diese Karten gemalt. Sie versuchte seine Reaktion aus der Haltung seiner Schultern zu lesen. Gewiß mußte er es erkennen!

»Das verstehe ich nicht«, sagte Lalo leise. »Habt Ihr versucht, mit einem unfertigen Päckchen zu lesen? Ist das Eure Lesung für das, was jetzt geschieht?« Plötzlich schoß seine Hand vor und fegte das tödliche Kartenmuster auf den Boden. Er drehte sich um und sah in ihren

Gesichtern die Antwort auf eine Frage, die er gar nicht gestellt hätte.

»*Ihr* habt das getan?«

»Ich weiß es nicht«, antwortete Illyra tonlos. »Wir wollten Rache für unsere Kinder ...«

»Gütige Göttin!« hauchte Lalo ungläubig.

»Nein – es gibt keine Götter, nur Macht ...« Illyras Lachen klang hysterisch.

»Und du hast es zugelassen – hast ihr geholfen?« Sein entsetzter Blick ruhte nun auf Gilla. »Du hast noch andere Kinder! Hast du denn nicht *überlegt* ...«

»Hast *du* überlegt, als du dem schwarzen Einhorn Leben gegeben hast?«* zischte sie, aber ihre Stimme brach. Sie deutete auf Latilla. »O Lalo – Lalo – hier ist meine Strafe!«

»Nein!« rief er heftig. »Hat es dir nicht genügt, *ein* Kind zu verlieren? *Sie* hat sich nicht schuldig gemacht! Warum soll sie für unsere Sünden büßen?«

»Schlag mich!« bat Gilla schluchzend. Vielleicht würde dann dieser schreckliche Schmerz ein wenig nachlasen.

Lalo starrte sie an, und sein Gesicht schien zusammenzufallen. »Weib, wenn ich dich schlagen könnte, hätte ich es vor Jahren getan!« Als Gilla ihr Gesicht in den Händen vergrub, wandte er sich wieder an Illyra.

»Ihr habt das getan – also bringt es wieder in Ordnung! Ich habe die Farben hier und die noch unbemalten Karten. Von uns würde in dieser Nacht ohnehin keiner schlafen. Ihr werdet mir die fehlenden Karten beschreiben, S'danzo, ich werde sie malen, und dann werdet Ihr sie noch einmal lesen!«

Mit kraftloser Hand streifte Illyra das dichte Haar zurück. »Maler, ich weiß, was ich getan habe«, sagte sie

* *Ein Hauch Nacht* von Diana L. Paxson in Geschichten aus der Diebeswelt: *Sturm über Freistatt*, Bastei-Lübbe 20122

dumpf. »Nehmt Eure Farben, und ich beschreibe Euch die Bilder, auch wenn es nicht helfen wird. Ich glaube, ich habe die Gabe, die ich mißbrauchte, verloren.«

Lalo schauderte, aber seine Miene blieb unerbittlich, als er an seinen Arbeitstisch trat und sich daranmachte, die kleinen Farbtiegelchen zu öffnen. Gilla starrte ihn an, denn diese Miene hatte sie an ihrem Mann noch nie gesehen.

»Die Erz-Sieben wird Roter Ton genannt, sie ist die Karte des Töpfers, des Handwerkers«, begann Illyra, als Lalo den Pinsel nahm. Dann fing Latilla zu wimmern an, und Gilla achtete nicht mehr auf die Worte der S'danzo, als sie sich über das Kind beugte, um es zu beruhigen.

In der Nacht begann der Mob, die Toten und ihre Habe auf die Straße zu ziehen, um sie zu verbrennen, doch der Anblick von versengendem Brokat oder schmelzendem Gold war zu viel für so manche der weniger gesetzestreuen Bürger, also legten die entschlosseneren Feuer an die Häuser, ohne gründlich nachzusehen, ob noch jemand in ihnen am Leben war. Sowohl die Stiefsöhne wie das 3. Kommando hatten die Hände voll zu tun, um zu verhindern, daß die Flammen auf das Kaufmannsviertel übergriffen, während Walegrin und die Garnison den Palast vor dem Mob beschützten, der nach dem Tod von Prinz Kadakithis und der beysibischen Hure brüllte. Als die Sonne wie ein rotes Auge am Horizont aufging, war der Himmel von einer Düsternis, die an Zauberwetter erinnerte, aber diesmal kam das Böse ausschließlich von Sterblichen.

Als Lalo schließlich aufwachte, brauchte er ein paar Augenblicke, bis ihm klar wurde, daß sein Kopf nicht von Fieber pochte, sondern weil er zusammengekauert an seinem Arbeitstisch geschlafen hatte, und daß das graue

Licht, das durch die Vorhänge filterte nichts mit dem kühlen Morgengrauen zu tun hatte, sondern mit einem schrecklichen Mittag. Ächzend richtete er sich auf, blinzelte und schaute sich um.

Vor ihm auf dem Tisch waren die letzten S'danzokarten. Illyra lag noch in ihrem Sessel. Entsetzt dachte Lalo flüchtig, sie sei tot, da wurde ihm bewußt, daß das Grauen und der Haß, die ihn in der Nacht erfüllt hatten, verschwunden waren und Verzweiflung zurückgelassen hatten. Gilla saß am Bett wie eine Statue, doch als er sich bewegte, öffnete sie die roten, verschwollenen Augen in dem abgehärmten Gesicht.

»Wie ...« Das Wort kam als Krächzen heraus. Lalo schluckte und zwang seine Stimme, ihm zu gehorchen.

»Sie lebt«, sagte Gilla, »aber sie glüht noch.« Sie blickte ihn angsterfüllt an.

Lalo plagte sich auf die Füße und ging zu ihr, und er erinnerte sich, wie er sich gefühlt hatte, als das schwarze Einhorn von der Wand gesprungen war. Das Einhorn war das Kind seines Stolzes gewesen und nur eine, wenngleich die schlimmste, seiner Sünden im Lauf der Jahre. Gillas einzige Sünde dagegen war aus ihrer Verzweiflung geboren. Vielleicht machte sie das zu passenden Lebensgefährten, doch das konnte er jetzt kaum zu ihr sagen.

Statt dessen legte er den Arm um ihre breiten Schultern und streichelte sanft ihr Haar. Latilla rührte sich unruhig im Fieberschlaf, dann lag sie wieder still. Ihr Gesichtchen war tief gerötet, und ihm schien, daß ihre Backenknochen sich stärker abzeichneten, so daß er den Schädel unter der Haut sah. Sein Arm verkrampfte sich ruckhaft, und Gilla drückte das Gesicht an seine Brust.

»Du hattest recht wegen des Einhorns«, sagte er leise. »Aber wir konnten es loswerden. Wir werden auch eine Möglichkeit finden, damit fertig zu werden.«

Gilla richtete sich auf und blickte ihn an, ihre Augen

glänzten von ungeweinten Tränen. »O du komischer Kerl! Du bringst es fertig, daß ich mich jetzt all der Jahre schäme, in denen ich mir eingebildet hatte, ich sei die einzige, die etwas zu verzeihen hat ...« Sie holte tief Atem und stemmte sich auf die Füße.

»Ja, wir werden etwas unternehmen! Aber zuerst wollen wir uns waschen und einen Bissen essen.« Der Boden erzitterte leicht, als sie zur Tür schritt und dem Mädchen rief, das sie bedient hatte.

Nach dem Essen fühlte sich Lalo ein wenig besser. In der Ferne vermischte der dröhnende Schlag der Tempeltrommeln sich mit dem bedrohlichen Brüllen des Mobs. Myrtis' Mädchen erzählten, daß der Hohepriester Ils' sich einverstanden erklärt hatte, Dyareela bei Sonnenuntergang ein Opfer darzubringen. Man hoffte, daß Stierblut die Göttin und den Mob besänftigen würde. Wenn nicht, könnte es leicht sein, daß nicht einmal die vereinten Kräfte von Stiefsöhnen und 3. Kommando zu verhindern vermochten, daß kaiserliches Blut dort strömte, wo zuvor Stierblut geflossen war; und bei einem solchen Frevel würde der Kaiser kaum bis zum neuen Jahr warten, ehe er ›befriedete‹, was von der Stadt übrig war.

Lalo setzte sich an seinen Arbeitstisch und betrachtete die bunten Bilder der Karten. Bei seinem körperlichen und geistigen Zustand in der vergangenen Nacht war es ein Wunder, daß sie ihm überhaupt gelungen waren. Aber die Vision der Seherin war durch seine Hände geströmt, und er wußte, daß diese Karten ihren früheren künstlerisch weit überlegen waren. Er unterdrückte den Stolz, den dieser Gedanke in ihm aufwallen ließ. Er konnte sich nicht erinnern, sie gemalt zu haben – folglich stand nicht ihm ein Lob zu, sondern der Kraft, die seine Hand geführt hatte. Und Schönheit wäre unbedeutend, wenn sie die Karten nicht benutzen könnten, um den Schaden zu beheben, den sie angerichtet hatten.

»Ich habe sie zu lesen versucht, während ihr beide geschlafen habt«, gestand Illyra, nachdem das Mädchen das Geschirr abgeräumt hatte. »Es ist hoffnungslos, Gilla. Die Karten kehrten immer wieder zu dem Muster zurück, zu dem wir sie legten.«

»Dann müssen wir etwas anderes versuchen.« Gilla nickte entschlossen.

»Legt sie zu einem anderen Muster auf«, riet Lalo. »Diesmal zu einem heilenden.«

»Das habe ich ja«, entgegnete die S'danzo hilflos. »Aber es steckte keine Kraft in ihm. Das konnte ich spüren.«

Sie versuchten es wieder, dann noch einmal, doch Illyra hatte sich leider nicht getäuscht. Die Karten waren nichts weiter als hübsche Bilder, die ein Muster auf der Tischdecke formten. Die bunten Farben leuchteten spöttisch in der grellen Nachmittagssonne.

Illyra tupfte Latillas Gesicht und Brust mit einem nassen Schwamm ab. Lalo seufzte und hob das Päckchen wieder ab. Die oberste Karte war nun das Tor. In den Schlußstein des Torbogens war ein Symbol eingemeißelt, dessen Bedeutung nicht einmal Illyra kannte. Durch das Tor vermochte man üppiges Grün zu sehen, ein Garten vielleicht. Lalo ließ den Blick schweifen, während er verzweifelt überlegte, was er sonst tun könnte. Grün vibrierte vor seinem inneren Auge, und plötzlich wußte er, daß es ihm vertraut war, aber nicht, woher.

Er blinzelte, betrachtete die Karte aufs neue und rieb sich die Augen. Mit normalem Blick vermochte er nichts zu erkennen, aber da war etwas gewesen ... Gilla beugte sich vor, um Wasser in sein Glas nachzuschenken, und die Bewegung ihres Arms löste die plötzliche Erinnerung an einen weißen Arm aus, der Caronnewein aus einer Kristallkaraffe in einen goldenen Kelch goß – es war der Arm Eshis im Reich der Götter gewesen.

»Lalo, was hast du?« fragte Gilla.

»Ich bin mir nicht sicher«, sagte er bedächtig. »Aber ich glaube, ich weiß jetzt, wo ich eine Lösung finden könnte.«

»Ihr dürft nicht hinausgehen!« rief Illyra erschrocken. »Hört doch!« Sogar hier in der Straße der Roten Laternen konnte man den Tumult aus der Stadt hören, und Lalo schauderte.

»Ich habe es gar nicht vor«, versicherte er ihr. »Ich gehe nach innen, hier hindurch ...« Er deutete auf den Torbogen der Karte. Illyra starrte ihn verwirrt an, aber Gilla verstand, und neue Angst wallte in ihr auf.

»Wenn du dich in Trance begeben willst, gehe ich mit dir und sorge dafür, daß du dich daran erinnerst zurückzukehren!« sagte sie scharf. »Ich habe nicht mehr die Möglichkeit, dich dazu zu zwingen wie damals.«*

Lalo hatte keine Ahnung, was sie damit meinte, doch jetzt war keine Zeit, sie danach zu fragen. »Wenn du es kannst, gut. Zweifellos hast du das Recht dazu«, sagte er. »Aber ob überhaupt einer von uns auf diese Weise dorthin gelangen kann?« Er zweifelte plötzlich an seinem Einfall. Trotzdem lehnte er die Karte gegen das Glas, so, daß sie beide sie sehen konnten, und deutete auf den anderen Sessel.

Er knarrte, als Gilla sich in ihm niederließ. Sie faltete die Hände im Schoß, dann blickte sie Illyra an. »Falls es funktioniert, dann sorge bitte dafür, daß uns auf keinen Fall jemand stört. Und im Namen deiner Lillis, kümmere dich um mein Kind!«

Die S'danzo schluckte, dann nickte sie und ihre Finger verkrampften sich um das feuchte Tuch, das sie in der Hand hielt. »Möge eure Göttin euch beschützen«, flüsterte sie und wandte sich rasch wieder Latilla zu.

* *Spiegelbild* von Diana L. Paxson in Geschichten aus der Diebeswelt: *Hexennacht*, Bastei-Lübbe 20113

»Und jetzt?« fragte Gilla ihren Mann. Lalo holte tief Luft.

»Randal hat mich einiges darüber gelehrt«, sagte er bedächtig. »Du mußt gleichmäßig atmen und dich entspannen. Schau auf die Karte, bis du sie dir gut eingeprägt hast. Dann versuche, *durch* das Tor auf den Ort dahinter zu blicken. Wenn du ihn sehen kannst, dann bewege dein Bewußtsein darauf zu und durch ...« Er blickte sie zweifelnd an. Als es ihm der Zauberer so beschrieb, hatte es vernünftig geklungen, doch jetzt befürchtete er, daß er sich zum Narren machte.

Da wimmerte Latilla wieder, und Gilla streckte die Hand nach seiner aus. Lalo atmete noch einmal tief ein und konzentrierte sich auf das Tor.

Auch jetzt begann das üppige Grün Lalos inneres Auge zu beherrschen und zu wirbeln. Er kämpfte gegen das Bedürfnis an, zu blinzeln und woanders hinzublikken, und versuchte, sich vorzustellen, er hielte einen Pinsel in der Hand. *Schau!* befahl er sich und atmete gleichmäßig. Nun war alles, was er noch spüren konnte, der Druck von Gillas warmer Hand. Würde sie ihn auf der Erde festhalten? Doch noch während er sich das fragte, beruhigte sich das wirbelnde Grün und nahm feste Form an – Blätter wiegten sich im Sonnenschein. Er stieß sich darauf zu, und dann war der Garten rings um ihn. Er war durch!

Einen Moment lang fühlte Lalo nur den weichen Rasen unter den Füßen und die duftende Luft, die ihresgleichen in Freistatt nicht fand. Dann wurde er sich bewußt, daß er nicht allein war. Er drehte sich um und zuckte zurück, als er die Göttin sah, die er an Molin Fackelhalters Wand gemalt hatte. Sie lächelte, und ihr Gesicht war plötzlich das des goldenhaarigen Mädchens, um das er im Frühling der Welt gefreit hatte, und dann waren beide Gillas Gesicht, ganz und gar Gilla, die ihn anblickte wie damals, nachdem sie sich zum ersten Mal geliebt hatten.

Doch der Garten war nicht mehr so schön, wie er ihn in Erinnerung hatte. Der Rasen war teilweise verdorrt, während er an anderen Stellen die häßlichen Flecken zeigte, die nur Hochwasser hinterlassen konnte. Ähnliches traf auf die Eichen zu, von denen viele Blätter von einer Pilzkrankheit befallen waren, die an Aussatz denken ließ.

»Auch hier ist es«, sagte Gilla. »Das gleiche, was in Freistatt geschehen ist.«

Lalo nickte und fragte sich, auf welcher Ebene es begonnen hatte. Doch das spielte nicht wirklich eine Rolle – wichtig war nur, daß er erfuhr, wie alles geheilt werden konnte. Er faßte Gilla bei der Hand, und sie schritten durch das fleckige Gras unter den Bäumen.

Es dauerte eine Weile, bis er den Teich und den Wasserfall fand. Aber die Lichtung, auf der er mit den Göttern Ilsigs gespeist hatte, war leer. Lalos Herz wurde schwer. Wenn selbst die Götterwelt leer war, mußte die Magie Freistatts wahrhaftig zerstört sein. Vielleicht hatte die S'danzo recht, und die Götter waren wirklich nur ein Wahn der Menschen. Doch noch während ihm dieser Gedanke durch den Kopf zuckte, bewegten seine Lippen sich im Gebet.

»Vater Ils, erhöre mich! Shipri Allmutter, laß Gnade walten! Nicht um meinetwillen, sondern um unseres Volkes ...«

»Und um meines Kindes!« vernahm er Gillas Stimme.

Ein Windstoß pfiff an ihnen vorbei und riß ein Blatt von einer Eiche. Lalo beobachtete fasziniert, wie es herunterwirbelte und schließlich in Gillas Ausschnitt zu liegen kam. Da ertönte eine neue Stimme hinter ihnen.

»Warum fleht ihr Ils und Shipri an? Dies ist das Antlitz, zu dem die Freistätter nunmehr beten!«

Lalo wirbelte herum. Er zuckte heftig zusammen, als er sah, wer auf ihre Anrufung erschienen war, dann stolperte er über seine eigenen Füße, während er versuchte, sich schützend vor Gilla zu stellen. Aber sie war schon immer kräftig und standfest gewesen, und sie faßte nach seinem Arm und blieb neben ihm.

Die Gestalt, die gesprochen hatte, lachte über seine Verwirrung. Lalo starrte sie an und erkannte entsetzt, daß es eine Frau in versengtem Gewand war, von dem bleiche Rauchfähnchen gespenstisch aufstiegen, und daß ihr ebenfalls versengtes Haar sich aufstellte und vom Wind zu Flammen angefacht wurde. Ihr Gesicht glühte wie eine Laterne, als käme das Feuer, das sie verbrannte, aus ihrem Innern, und die Züge waren zur dämonischen Maske verzerrt.

»Dyareela!« flüsterte er verstört.

Die Göttin dankte ihm mit einem furchterregenden Lächeln. »Stimmt, dies ist einer der Namen, den die Menschen mir geben, wenn sie zu mir beten. Doch du warst es, die mich als erstes rief, Tochter.« Sie winkte Gilla zu. »Wie soll ich dich belohnen?«

»Heb dich hinweg, Dämonin!« zischte Gilla vor Abscheu.

Dyareela lachte. »Du verstehst nicht! Ich komme weder, noch gehe ich – ich *bin*! Nur mein Gesicht ändert sich ...«

»Dann ändere es wieder!« stöhnte Lalo.

»Drei Hochzeiten wurden versprochen, eine davon eine kaiserliche, um das Land wiederherzustellen! Ich wäre zu ihnen als Göttin des Liebesfeuers gekommen! Aber Freistatt wollte mich anders sehen!« Der Wind wirbelte um sie alle, und wenn die fallenden Blätter das Haar der Göttin berührten, fingen sie Feuer.

»Zeig dein schönes Gesicht, Göttin, bitte, zeig dein schönes Gesicht für uns!« Tränen glänzten in Gillas Augen und schwangen in ihrer Stimme.

»Tochter, an diesem Ort bin ich nur ein Scheinbild, so wie ihr beide nur ein Traum seid. Eure Worte haben hier keine Macht über mich. Wenn ich euch segnen soll, müßt ihr mich in der Welt der Menschen rufen!«

Der Himmel schien sich zu verdunkeln, und das einzige, was Lalo zu sehen vermochte, war die Göttin, die wie eine Dämonenlaterne beim Totenfest leuchtete.

»Wir haben es doch versucht!« rief Gilla verzweifelt. »Aber die Karten hatten keine Kraft!«

»Die Karten hatten *nie* Kraft, sie lenkten nur die eure. Sorgt dafür, daß die Große Hochzeit in Freistatt wie versprochen stattfindet, dann zeige ich euch wieder mein freundliches Gesicht!«

Wind heulte um sie und Dunkelheit hüllte sie ein, nur von den brennenden Blättern gebrochen, die aufstoben und die kahle Nacht mit Sternen erfüllten. Plötzlich verschwand alles: die Göttin, der Eichenhain, sogar der feste Boden unter ihren Füßen. Vom Wind gepeitscht und herumgewirbelt vergaß Lalo, wer er war und woher er gekommen war, und als er das Bewußtsein verlor, war das letzte, was er spürte, der feste Druck von Gillas Hand.

Gilla fiel durch einen langen finsteren Schacht zurück in ihren Körper. Eine Ewigkeit später versuchte sie, sich zu rühren. Sie war steif und schwer, während sie sich zuvor so leicht bewegt hatte wie ... Sie stöhnte und öffnete die Augen.

»Den Göttern sei Dank!« rief Illyra. Im flackernden Lampenlicht sah sie verhärmt aus.

»Ich dachte, du glaubst nicht an sie«, murmelte Gilla. Sie hielt immer noch Lalos Hand. Behutsam öffnete sie die Finger und legte die Hand zur anderen in den Schoß. Lalo war noch bewußtlos, aber er atmete bereits schneller. *Gleich wird er aufwachen*, dachte sie, *was dann?*

Die S'danzo rieb sich die Stirn. »Im Augenblick glaube

ich an alles, was uns helfen könnte. Ich habe dem Umzug gelauscht – er hat die Stadt umrundet und dürfte inzwischen wieder bei den Tempelruinen angelangt sein. Wir haben nicht mehr viel Zeit.« Sie hob den Kopf und blickte Gilla eindringlich an. »*Wird* es uns helfen? Ihr wart beide plötzlich erloschen, wie ausgeblasene Kerzen. Habt ihr geschlafen, oder seid ihr wirklich an einem anderen Ort gewesen?«

Lalo schauderte und öffnete die Augen. »Wir sind dort gewesen. Wir haben die Göttin gesehen – *eine* Göttin ...« Wieder schauderte er. »Sie ist erzürnt. Sie will kein Opfer! Sie will, daß Shu-sea und Kittycat heiraten!« Er fing zu lachen an und war der Hysterie so nahe, daß Gilla sofort aufsprang und ihn an sich drückte, bis er aufhörte, am ganzen Leib zu zittern. Schließlich vergrub er das Gesicht an ihrem üppigen Busen und stöhnte. »Wir haben versagt!« flüsterte er. »Wir haben versagt!«

Gilla hielt ihn ganz fest und blickte über seinen Kopf. Vor ihrem inneren Auge sah sie den prächtigen jungen Mann, mit dem sie durch die andere Welt geschritten war. Er war so schön gewesen wie ein Prinz. Da erinnerte sie sich, wie leicht sie sich gefühlt hatte, daß sie fast geschwebt war neben ihm, und plötzlich fragte sie sich: *Wie hat er wohl mich gesehen?*

Gleich darauf richtete sie den Blick auf das stille Figürchen im Bett, dann wieder auf Illyra. »Wie ist es Latilla gegangen?«

Tränen glänzten in den Augen der S'danzo. »Sie hat das ruhelose Stadium des Fiebers hinter sich. Ihr Schlaf ist jetzt tiefer, als Eurer war. Ich habe versucht, das Fieber zu senken, aber die nassen Umschläge trocknen von ihrer Glut, kaum daß ich sie ihr auflege. Ich habe es versucht, Gilla. Ich habe es *versucht*!« Sie beugte den Kopf und schlug die Hände vors Gesicht.

»Das weiß ich, Illyra«, sagte Gilla sanft. »Doch jetzt

muß ich dich bitten, es ein Weilchen länger zu versuchen, während ich etwas noch Schwierigeres tun werde. Ich muß versuchen, die Göttin schön zu machen.«

Lalo wich zur Seite und verfolgte Gilla mit staunendem Blick, während sie ans Bett trat und ihre kleine Tochter sanft auf die Stirn küßte. Dann schritt sie majestätisch zur Tür und rief nach der Besitzerin des Etablissements.

Myrtis' Augen weiteten sich, als sie Gillas Wünsche vernahm, doch dann nickte sie, und ihre Augen leuchteten. »Ja, das stimmt, doch es gibt kaum eine ehrbare Frau in Freistatt, die verstehen würde, was Ihr meint. Von Euch hätte ich gewiß nie erwartet, daß *Ihr* …« Als Gilla sie anfunkelte, schluckte Myrtis den Rest des Satzes hinunter und wandte sich ab, um ihren Mädchen Anweisungen zu erteilen.

Ich selbst hätte auch nie gedacht, daß ich so was tun würde, dachte Gilla. Sie strich mit den Händen über den üppigen Busen und die gewaltige Rundung ihrer Hüfte. *Aber bei den Brüsten der Göttin, ich werde es versuchen!*

Während kichernde Sklavinnen sich ihrer im Bad annahmen, fand Gilla ihren Einfall lächerlich. Sie hatte erwachsene Kinder, ihr Blut hatte schon vor zwei Jahren aufgehört, dem Ruf des Mondes zu folgen, und Lalo war nur noch selten mehr als angenehme, wärmende Gesellschaft in ihrem Bett. Als sie in das marmorne Badebecken gestiegen war, hatte ihre Masse das duftende Wasser in einer wahren Flutwelle über die Seiten gespült.

Sie versuchte sich vorzustellen, wie die Mädchen in dem anderen Becken Lalos erkahlenden Kopf und dürre Beine schrubbten, und dachte, daß er in all dem Luxus noch ungewohnter aussehen mußte als sie. Sie fragte sich, weshalb im Namen der Götter er sich einverstanden erklärt hatte. Aber natürlich, *das* war der Grund – wegen der Gottheiten und wegen eines Bildes, dessen Modell sie, Gilla, gewesen war, wie er ihr geschworen hatte.

Dann steckte sie in einem wundervollen, weich fließenden Gewand aus durchsichtiger seegrüner Seide, ein Kranz aus süßduftenden Gartenkräutern krönte ihr feuchtes Haar, und singende Mädchen geleiteten sie zu einem Gemach, wo der Duft brennenden Sandelholzes den Rauchgestank ferner Feuer überlagerte.

Das Gemach war mit Zedernholz getäfelt, und die Fenster hinter den feinen Vorhängen waren mit Marmorgitterwerk geschützt. Was an Bodenfläche von dem Bett nicht eingenommen wurde, bedeckte ein dicker Teppich, auf dem Seidenkissen lagen. Es gab auch ein Rosenholztischchen, auf dem eine Karaffe und zwei goldene Kelche standen. Doch natürlich war das Bett der Mittelpunkt, und Lalo wartete bereits davor. Er trug mit majestätischerer Haltung, als sie für möglich gehalten hätte, einen langen Kaftan aus jadegrün-goldenem Brokat. Er sah aus, als studiere er das Teppichmuster. Gilla dachte: *Wenn er mich auslacht, bring' ich ihn um!*

Da hob er den Kopf, und die Augen in seinem abgespannten Gesicht leuchteten auf wie in der anderen Welt, als er sie angeblickt hatte. Hinter sich konnte Gilla das Rascheln von Seide hören und ein wie abgeschnittenes Kichern, als die Sklavinnen das Gemach verließen und die Tür hinter sich schlossen.

»Auf deine Gesundheit, mein Gemahl und Gebieter.« Gillas Stimme zitterte nur ganz leicht, als sie diese Worte sagte.

Lalo benetzte die trockenen Lippen, während er vorsichtig zu dem Tischchen trat und Wein einschenkte. Er reichte ihr einen Kelch. »Auf deine Gesundheit«, erwiderte er und hob den anderen Kelch an die Lippen, »meine Gemahlin und Königin.«

Sie stießen an, und die Kelche klingelten. Gilla spürte, wie das süße Feuer des Weines durch ihre Kehle hinab zu ihrem Magen brannte, und eine andere Art von Feuer entfachte in ihrem Körper, als sie Lalo in die Augen blickte.

»Auf die Gesundheit des ganzen Landes«, flüsterte sie, »und das heilende Feuer der Liebe ...«

Fackeln färbten den Schutt von Dyareelas Tempel mit ihrem roten Schein und vertieften das Rot der blutbespritzten Roben der Priester und des abgetrennten Schädels des Opfers. Der süßliche Geruch von Blut hing schwer in der Luft, und die Soldaten des Kordons beobachteten wachsam die betende, murmelnde Menschenmenge, die sich in die Ruine gedrängt hatte, damit ihr nichts entgehe. Die Priester beteten nun und blickten angespannt zu der dunklen Wolken- oder Rauchdecke hinauf, welche die Sterne verbarg.

»Was immer sie auch erwarten, es wird Zeit, daß es anfängt«, sagte einer vom 3. Kommando. »Ihr Gebrabbel wird diesen Mob nicht lange halten können. Die Leute haben Blut gerochen und wollen bald mehr!«

Sein Kamerad zur Rechten nickte. »Dumm von Kittycat, daß er es zugelassen hat – jeder konnte doch sehen, wohin es führen ...« Er verstummte hastig, als Syncs strenger Blick den Kordon entlangwanderte, aber dann fügte er so leise hinzu, daß nur sein Kamerad es zu hören vermochte – der sein Vertrauen unter den Umständen rührend fand –, »das hätte nicht passieren können, wenn Tempus hier wäre!«

»Dyareela, Dyareela, erhöre uns! Erhöre uns!« rief die Menge, und die Echos hallten von beschädigten Säulen und Wänden. »*Erbarme* dich!« Ein Zittern der Erwartung rann durch die Menge, und die Soldaten erstarrten, denn sie wußten, was nun folgen würde.

Fackeln flackerten wild in einem gewaltigen Windstoß, einem feuchten Wind, der vom Meer her kam. Stärker brauste der Wind herbei, und es wurde dunkler in der Ruine, denn er blies viele der Fackeln aus. Ein Priester haschte hilflos nach seinem davonstürmenden Kopfputz, und der Mob vergaß abrupt seinen Blutdurst in einer Balgerei um Goldfaden und Edelsteine. Dann grollte draußen über dem Meer Donner, und die ersten heftigen Regentropfen löschten die letzten Fackeln.

Regen zischte in der Glut niedergebrannter Häuser und spülte die Asche von den Dächern der Häuser, die unversehrt geblieben waren. Er schrubbte die Straßen, floß durch die Rinnsteine, füllte die Abwässerkanäle und fegte deren krankheiterregenden Inhalt hinunter zum Fluß und rasch hinaus ins Meer. Er wusch den Gestank von Blut aus der Luft und ließ seinen eigenen, reinen Duft zurück. Menschen, die Augenblicke zuvor noch wie Bestien geknurrt hatten, hoben die Gesichter zum plötzlich wohlmeinenden Himmel und erkannten, daß das Wasser, das über ihre Wangen rann, unerklärlicherweise mit Tränen vermischt war.

Brummelnd beeilten die Priester sich, ihre Prunkgewänder ins Trockene zu bringen, während die Menge sich zerstreute, und schließlich durften auch die Soldaten Schutz vor dem Regen in ihren Kasernen suchen.

Die ganze Nacht hindurch trommelte sauberer Regen auf die Dächer der Stadt. Illyra öffnete das Fenster, um die frische Luft einzulassen, und als sie zu Latilla zurückkehrte, spürte sie die Feuchtigkeit plötzlichen Schweißes auf der gespannten Haut des Kindes. Mit Tränen der Erleichterung häufte sie Decken um Latilla, dann trat sie voll Angst zu Lalos Arbeitstisch. Die Karten flatterten wie lebende Wesen in dem feuchten Wind. Ihr Herz hämmerte, als sie das Muster wieder auslegte.

Am Morgen ging die Sonne über einer reingewaschenen Stadt auf.

Und Gillas Pfirsichbaum stand in Blüte.

Originaltitel: Lady of Fire

Freistatt ist für Liebende

Janet und Chris Morris

An der Uferpromenade, gegenüber dem Hafen, wo die fischäugigen Beysiber an Stelle eines niedergebrannten Lagerhauses eine Glasfabrik errichteten, die so sonderbar war wie sie selbst, saß ein großer, kräftiger Mann in arg mitgenommener Reisekleidung auf einem Pferd und beobachtete das Unwetter, das vom Meer heranzog.

Sommergewitter waren in Freistatt nicht selten. Dieses Tier, dessen Augen so dunkel waren wie die Augen einer Hexe, vertrieb die Leute im Hafen, während der Reiter es aus den Schatten von zwei überhängenden Dächern heraus studierte.

Gewitter zu dieser Zeit in einer von Unruhen geschüttelten Diebeswelt, die plötzlich aller Magie beraubt war, bedeuteten, daß ein neuer und wilder Gott namens Sturmbringer unterwegs war.

Der große Mann auf dem schlammbedeckten Pferd scherte sich nicht um den göttlichen Verursacher des Unwetters – wenn die Personifizierung des Chaos namens Sturmbringer überhaupt zu Recht ein Gott genannt werden konnte.

Viel mehr, als er zugeben wollte, machte er sich etwas aus der Tochter dieses Gottes – aus Jihan, genannt Gischttochter, die mit Randal verlobt war, dem tysianischen Magier, und hier festsaß, bis die Ehe entweder vollzogen oder das Verlöbnis aufgehoben war. So viel machte er sich aus ihr, daß er nach Freistatt zurückkehrte, obwohl die Stadt auf kaiserlichen Erlaß – und durch die Dummheit seiner selbstsüchtigen Bürger – verurteilt war, an Neujahr ausgelöscht zu werden, denn da lief die

Gnadenfrist ab, die der neue rankanische Kaiser Theron dem Prinz-Statthalter gegeben hatte, um die Ordnung wiederherzustellen.

Dann würden des Kaisers Truppen in gewaltigen Verbänden aufmarschieren, und dann würde die Diebeswelt kein Paradies für Narren mehr sein.

Störrische Städte zu befrieden war eine Leidenschaft Therons. Das von Zauberern wimmelnde Freistatt zur Räson zu bringen, so etwas wäre noch vor kurzer Zeit unmöglich gewesen, doch den einander befehdenden Hexen und habgierigen Priestern war es gelungen, noch vor Frühlingsanfang beide nisibisischen Machtkugeln zu vernichten, wodurch Freistatts magisches Gefüge beschädigt und seine schützenden Zauber geschwächt worden waren.

Nun endlich war Freistatt wahrhaftig verdammt, wie Tempus' Kämpfer der Heiligen Trupps es schon lange genannt hatten. Daß es zu dieser Verdammung durch die Machtkämpfe Unersättlicher aus den unteren Schichten gekommen war, nicht durch die Feuersäule, die aus einem Haus der Oberstadt zur Kränkung des Himmels emporgelodert hatte, wunderte Tempus nicht.

Die Tatsache jedoch, daß außer den geschwächten Zauberern und einer Handvoll machtloser Priester niemand die Wahrheit kannte, überraschte sogar den unerschütterlichen Geheimnisvollen, wie Tempus manchmal genannt wurde, der nun sein Pferd nordostwärts in das Unwetter und zum Labyrinth lenkte.

Er empfand nicht die geringste Sehnsucht nach den alten Tagen, da er allein durch diese Straßen geritten war, als Palasthöllenhund im Dienst Kadakithis', dem er auf den Zahn fühlen sollte im Interesse Rankes, das sich dann jedoch für Theron statt für Kadakithis entschied. Wohl aber verspürte er einen Hauch Bedauern, als er an dem Pier vorbeiritt, von dem aus Nikodemus, der ihm von allen seinen Söldnern der liebste war, zu den Bandaranischen Inseln in See gestochen war. Begleitet wurde Niko von zwei Gottkindern, die Freistatts einzige Hoffnung hätten sein können.

Tempus war aller Pflichten hier entbunden und aller Verantwortung, außer jener, die ihm sein Gewissen auferlegte. Und die hatte ihn hierher zurückgebracht, nur um die Vorbereitungen zu Ende zu führen, an denen seit Ende des Winters gearbeitet wurde, als Theron ihm angeboten hatte, für ihn den unbekannten Osten zu erforschen.

So würde er nun und auf dieser Expedition in den Osten seine Stiefsöhne zur Gesellschaft haben und das 3. Kommando, Rankes berüchtigtste Einheit.

Und wenn ihr bevorstehender Abzug aus Freistatt den Untergang der Stadt nicht ankündigte und besiegelte, dann hatte Tempus nicht Hunderte von Feinden und ihre Legionen überlebt. Doch nicht das ließ ihn zögern, nicht das hatte ihn von der Hauptstadt heruntergeführt, um wieder durch die schmutzigen Straßen zu reiten, wo Gesetzlose einander Block um Block und Mann um Mann in offener Rebellion bekämpften.

Er konnte kaum ein Interesse an Freistatts Überleben haben. Die Stadt war sein Feind! Wer ihn nicht aus gutem Grund fürchtete, haßte ihn aus Prinzip; jene, auf die weder das eine noch das andere zutraf, waren längst aus dieser Senkgrube geflüchtet.

Er hätte den Abzug Critias überlassen können, dem Ersten Offizier der Stiefsöhne, und Sync, dem Befehlshaber des 3. Kommandos. Er hätte in Ranke im Kaiserpalast mit Theron warten und mit Kartenmachern und Seeleuten reden können, die von Drachen mit Smaragdaugen im Ostmeer erzählten und von Schätzen in Höhlen an der Küste, Schätze, derengleichen das Rankanische Reich nie zu Gesicht bekommen hatte.

Doch weder Jihan noch Randal, ihr Verlobter, wußten, daß ihr Verlöbnis durch eine Abmachung zustandegekommen war, die Tempus mit Sturmbringer, dem Vater der Gischttochter, getroffen hatte – eine Abmachung, die er aus Notwendigkeit und in aller Eile mit einem Gott eingegangen war, der für seine Streiche berüchtigt war. Er hatte allerdings nun seine Zweifel, ob es richtig gewesen war. Er könnte sowohl Jihan als auch Randal, den Magierkrieger, auf seinem Zug in den Osten gut gebrauchen, doch keiner der beiden konnte weg, bevor die Sache entschieden war.

So war er nun hier, um etwas dafür oder dagegen zu unternehmen; um sicherzugehen, daß Randal, ein Heiliger Trupp-Partner und einer seiner Männer, nicht gegen seinen Willen in die Hölle schlitterte und dort festsaß; und daß Jihans Vater nicht Stürme der Verwirrung in die Augen seiner Tochter blies, um sie dort zu halten, wo er sich zu bleiben entschlossen hatte.

Er war maskiert gekommen, so gut er das bewerkstelligen konnte. Er war von heroischer Statur und sah einem einst in Freistatt wohlbekannten, doch nun verbannten Gott ähnlich. Es hatte eine hohe Stirn und einen honigfarbenen Bart, ein Gesicht, das nun mit allem Abscheu eines Lebens von drei Jahrhunderten und mehr auf die Straßen des Lagerhausviertels blickte.

Es war das Gesicht Vashankas, den man jetzt den Verborgenen Gott nannte, das Tempus an diesem Abend trug: selbstsüchtig und stolz, voll von Krieg und Tod, war es das Gesicht Freistatts.

So fühlte er sich hier zu Hause. In Freistatt ließ der Eigennutz nie nach; seine Anwesenheit wegen dringender persönlicher Angelegenheiten bewies es.

Als er in die Schattenstraße zum Labyrinth einbog, sah er die verlassenen Kontrollpunkte einer Faktion, die alles von der Echsengasse bis zu den statthalterlichen Lagerhäusern als ihre Zone betrachtete.

Und weil diese Faktion die von Zips VFBF war, der Volksfront für die Befreiung Freistatts, die so berüchtigt war wie Zip selbst, zügelte Tempus sein Pferd in der Töpferstraße, um zu kundschaften.

Er hatte nie ein freundliches Wort mit Zip gewechselt, der, wie manche schworen, schuld an einem Gemetzel im Frühjahr gewesen war und von dem Crit behauptete, daß er versucht hatte, einen Mordanschlag Tempus' Tochter Kama in die Schuhe zu schieben.

Und da der mißglückte Mordanschlag Straton gegolten hatte, Critias' Heiligem Trupp-Partner, waren Tag und Nacht Trupps unterwegs, um zu versuchen, mit Zip abzurechnen, indem sie sich seine Augen und Zunge holten – eine alterprobte Maßnahme der Heiligen Trupps, weiteren Verrat durch den Missetäter unmöglich zu machen.

Ein Blitz zuckte, der den ganzen Himmel erhellte und die Dunkelheit sogar in der Schattenstraße vertrieb, so daß Tempus mehrere Gestalten sah, die ihm offenbar folgten und sich hastig hinter Abfallhaufen und in Eingängen versteckten.

Das war VFBF-Territorium, kein Zweifel!

Den Regen, der einen so lauten Donnerschlag begleitete, daß das Trospferd die Ohren anlegte und den Kopf senkte, kümmerte es nicht, wen er durchnäßte oder demaskierte: sowohl Tempus wie sein Pferd waren nur nachlässig maskiert.

Der Anblick von Pferd und Reiter genügte, ein abergläubisches Herz zum Stehen zu bringen oder einen Unhold in die Flucht zu schlagen.

Doch an der Ecke Westtorstraße – durch die die plötzliche Himmelsflut seewärts zum Hafen strömte – traten drei Männer aus ihrer Deckung hervor und versperrten ihm, knietief im Wasser, mit aufgezogenen Armbrüsten und gezückten Klingen den Weg. Bei diesem Wind, der so heftig war, daß er des Trospferds warnendes Schnauben übertönte, mußte jeder Schuß danebengehen.

Tempus wußte es, ebenso die drei, die dastanden und ihn herausforderten, sie niederzureiten.

Er überlegte es, obwohl er eine Konfrontation gesucht hatte, und ärgerte sich über die Burschen mit den Stirnbändern, die bessere Waffen hatten, als Gossenschläger wie sie haben sollten.

Das Trospferd blieb stehen und verrenkte sich schier den Hals, um zu ihm aufzublicken und mit den feuchtglänzenden Augen zu flehen, sich doch zu erinnern, weshalb er hierhergekommen war.

Diese Burschen sollten jedoch genug Verstand haben, ihn zu fürchten.

Daß dies offenbar nicht der Fall war, daß einer vortrat und mit dicker Stimme und Gossenakzent sagte: »Suchst du mich, Großer? Deine Jungs sind jedenfalls hinter mir her«, gab dem Geheimnisvollen genug Zeit, zu begreifen, daß, während er nach dem Rebellen namens Zip gesucht hatte, Zip auch ihn gesucht hatte.

Ein Geräusch hinter ihm verriet Reiter und Pferd ziemlich gut, wie die Chancen standen, ohne daß sie sich umdrehen mußten, um das Dutzend Rebellen zu sehen, die von Dächern herunterkletterten und aus Kellerfenstern stiegen.

Tempus' Haut prickelte. Schmerz war wahrhaftig nicht, was er suchte, und ohne den Tod als Erlöser konnte er viel mehr leiden als normale Sterbliche. Doch es war sein Stolz, der ihm bei seiner Überlegung half. Eines wollte er bestimmt nicht, von den Vobfs als Geisel genommen zu werden. Das würde Crit ihn nie vergessen lassen.

Und die Folge für die VFBF wäre dann die totale Auslöschung, nicht die kleineren Scharmützel, für die Crit sich noch Zeit nehmen konnte, während er mit hunderterlei anderen Dingen beschäftigt war, um zwei Kampfeinheiten auf den Abzug aus einer Stadt vorzubereiten.

So sagte Tempus zu dem vordersten: »Wenn du Zip bist, dann suche ich dich.« Er glitt von seinem Pferd und schlang den Zügel um den Sattelknauf. Was immer auch Tempus wert war, das Trospferd jedenfalls war unersetzbar, und es würde auf einen bestimmten Pfiff hin zur Stiefsohnkaserne laufen.

Doch sobald das Tros mit Zähnen und Hufen niedergemacht hatte, was sich ihm in den Weg stellte, war das Schicksal jedes einzelnen dieser Rebellenkinder besiegelt.

Und Kinder waren es, das wurde dem Geheimnisvollen klar, als er näher herankam. Der Bursche an der Spitze seiner Schar war weit unter dreißig.

Er wich keinen Schritt zurück, und ein Zeichen seiner Hand brachte seine Truppen näher, und Tempus mußte seine Meinung über die Zucht und Ausbildung dieser Rebellen ändern.

Dann erinnerte sich der Geheimnisvolle, daß dieser Junge eine Liebschaft mit Kama gehabt hatte, seiner Tochter, die als Agent ebensogut war wie Critias und als Soldat ebensogut wie Sync.

Der Bursche nickte bestätigend und fügte hinzu: »Ja, ich bin Zip, Alter. Worum geht's? Du hast doch unsere Linien nicht ›versehentlich‹ überquert! Wir werden weder mit Jubals Blaumasken Waffenstillstand schließen noch mit diesem Kadakithis, der die Ilsiger doppelt verraten und verkauft hat!«

In aller Seelenruhe entgegnete Tempus: »Nein, nicht versehentlich. Ich will mit dir reden – allein.«

»Hier ist so ›allein‹, wie wir zwei je sein werden – du bist nicht halb so hübsch wie deine Tochter.«

Tempus klammerte die Finger fest um den Schwertgürtel. Er sagte: »Zip – wie in Zero, nichts, null –, richtig? Aber trotzdem gebe ich dir eine Weisheit auf den Weg und eine Chance – weil meine Tochter glaubt, daß du das wert bist.« Das stimmte nicht; er hatte mit Kama nie über Zip gesprochen. Sie hatte sich längst das Recht verdient, ihre Bettgefährten auszusuchen.

Der Bursche mit dem ausdruckslosen Gesicht lachte schallend. »Deine Tochter liegt mit Nisibisihexern im Bett – oder zumindest mit Molin Fackelhalter, der Nisiblut in den Adern hat. Ihre Vorstellung von Wert ist nicht meine!«

Das Trospferd an Tempus' Seite scharrte mit den Hufen. Tempus streckte die Hand aus, um es zu beruhigen, sofort klirrte ein Dutzend Klingen.

»Die Weisheit ist folgende: Freistatt ist für Liebende, nicht mehr für Kämpfer. Schließt Frieden untereinander, sonst wird euch das Reich zermalmen und eure Leichen als Dünger auf die Felder streuen, damit das Getreide üppig wächst.«

»Blödsinn, Alter. Ich hab' gehört, daß du ein harter Bursche bist – nicht wie die übrigen.« Zip spuckte verächtlich auf den Boden. »Aber du redest den gleichen Mist, den ich von den andern höre. Sag deinen Leuten, daß sie schuld an allem sind.«

Tempus war mit seiner Geduld beinahe am Ende. »Junge, hör zu! Ich halte sie dir eine Woche vom Hals – sieben Tage lang! Das genügt, daß du dich mit den anderen Faktionen triffst, um zu einer Einigung zu kommen. Wenn nicht, wird die VFBF am Neujahrstag längst vergessen sein. Und du wirst nicht lange genug leben, dich daran zu erinnern!«

Stille setzte ein, dann murmelte jemand: »Bringen wir den Hundesohn doch um!« Und ein anderer flüsterte zurück: »Das geht nicht – weißt du denn nicht, wer das ist?«

Tempus blickte durch den strömenden Regen auf das ausdruckslose, nasse Gesicht. Es steckte Kraft in dem Jungen, wie in dem enlibrischen Stahl, von dem manche gehofft hatten, er könne hier etwas ändern. Aber genau wie bei dem Stahl war Zips Kraft zu gering und kam zu spät.

Alterslose Augen begegneten sterblichen, die sich ihrer Vernichtung zu sicher waren und nicht um einen Gefallen bitten wollten. Aber noch etwas begab sich zwischen ihnen: die Müdigkeit des jungen Kämpfers, der von zu vielen gejagt wurde und der bereit war, sein Ende durch die Übermacht der Feinde zu finden, war in Hoffnungslosigkeit umgeschlagen. Diese Verzweiflung spiegelte sich im Blick des sagenhaften Unsterblichen, der von Krieg zu Krieg, von Reich zu Reich zog und die Weisesten etwas über den Sieg des Geistes über den Tod lehrte.

Tempus, der die Stiefsöhne gegründet und in den Krieg geführt hatte, bot ein Stillhalteabkommen an, während ein Ultimatum erwartet worden war.

Es schwang etwas Ungewohntes aus der Stimme des Jungen, als er antwortete: »Ja, eine Woche. Ich kann nur versprechen, daß die VFBF es versuchen wird – ich kann nicht für die anderen reden. Es muß genügen. Oder ...«

Tempus unterbrach ihn rasch. »Es genügt für dich und die Deinen. Was sie säen, werden sie ernten. Es kann dir mehr bringen, als du erwartest, Zip – einen kaiserlichen Pardon, vielleicht einen Beruf, und du kannst tun, was du am besten kannst, zum Wohl der Stadt, die du liebst.«

»Ich würde sterben für sie, so oder so«, murmelte Zip, denn er hatte verstanden, was Tempus sagte und was ungesagt geblieben war, als ihre Blicke sich getroffen hatten; und er wollte, daß der Geheimnisvolle das wußte. Dann winkte er seine Männer zurück.

Es dauerte nur Augenblicke, bis die Kreuzung Töpfer- und Westtorstraße scheinbar wieder verlassen war. Es dauerte auch nicht länger, auf das Trospferd aufzusitzen und Richtung Echsengasse hinaufzureiten.

Während das Tros an einem Abfallhaufen vorbeitrottete, hinter dem zweifellos einer der kriegerischen Jungen lauerte, dachte Tempus, daß das, was Zip vielleicht bekommen würde, wenn er das Unmögliche möglich machte – eine Koalition der Rebellenkräfte, ja vielleicht sogar eine Aussöhnung –, mehr war, als er auch nur zu träumen wagte: ein Zuhause.

Es gab keine Ablösung für die Stiefsöhne und das 3. Kommando. Die rankanische Garnison war das, was ihr Name sagte: rankanisch. Die Stiefsohnkaserne, die vor fünf Jahren unter schweren Opfern eingenommen worden war, würde leerstehen; die Arbeit der Heiligen Trupps ungetan bleiben. Nur eine Handvoll Höllenhunde würden gegen Therons Bataillon, beysibische Unterdrücker und die Verbrecherkönige der Stadt stehen.

Wenn Zip es nur zuließe, würde Tempus eine Reihe von Problemen lösen, die noch vor Minuten unlösbar ausgesehen hatten, und dem Jungen den einzigen Gefallen tun, den ein Mann einem anderen tun kann: ihm eine Starthilfe bei der Lösung seiner eigenen Probleme geben, einen eigenen Stand, eine Welt zu gewinnen – einen Neuanfang.

Wenn Tempus seine eigenen Leute davon abhalten konnte, den charismatischen jungen Rebellenführer in der Zwischenzeit zu töten. Und *wenn* Zip sich in Freistatt, wo Haß und Furcht als Respekt angesehen wurden, nicht so viele Feinde geschaffen hatte, daß ein Anschlag auf ihn, egal was Tempus tat, so sicher war wie der nächste Donner von Sturmbringers Begrüßungswetter.

Als dieser Donner krachte, kanterte Tempus bereits durch die Echsengasse, auf dem Weg zum Wilden Einhorn, wo ein Dämon namens Schnapper Jo hinter dem Schanktisch bediente und von wo aus sich Gerüchte so rasch wie Lauffeuer verbreiten ließen.

Schnapper Jo war ein Dämon mit grauer, warziger Haut und gelblichen Zahnstummeln. Sein orangefarbenes buschiges Haar stand in alle Richtungen, und seine Augen blickten in beide Richtungen gleichzeitig, was bestimmte Gäste in Verzweiflung bringen konnte, weil sie nicht wußten, auf welches sie sich konzentrieren sollten, wenn sie ihn anflehten, doch einmal anzuschreiben.

Schnappers Job, tagsüber den Schankwirt im Wilden Einhorn zu machen, war die Leistung, auf die er sehr stolz war – und stolz war er darauf, daß er seine Freiheit errungen hatte.

Roxane, die Nisibisihexe, auch Todeskönigin genannt, hatte ihn als ihren Diener beschworen. Aber seine Gebieterin hatte ihn freigegeben, auf ihre Art – das heißt, sie war in letzter Zeit zumindest nicht mehr gekommen, um ihm diese oder jene abscheuliche Untat zu befehlen.

Daß Schnapper sein früheres Dasein als Diener einer Hexe als unwürdig ansah, war bezeichnend für des Dämons neue Lebensanschauung. Hier unter den Windern, Bettlern und Dirnen bemühte er sich verzweifelt um Anerkennung.

Und er schaffte es. Niemand zog ihn seines Aussehens wegen auf oder zuckte furchterfüllt vor ihm zurück. Sie waren höflich, wie Menschen es waren, und sie behandelten ihn als Gleichgestellten, jedenfalls soweit hier irgend jemand irgend jemand anderen so behandelte.

Und aus tiefstem Herzen wünschte Schnapper Jo sich, von den Menschen anerkannt zu werden – vielleicht eines Tages sogar *als* Mensch. Denn war Menschlichkeit nicht etwas im Herzen und nicht an der Oberfläche?

Das wollte Schnapper Jo glauben, hier in dieser verrufenen Schenke, wo glotzäugige Beysiber noch ein bißchen verhaßter waren als blonde und gutaussehende Rankaner; wo dunkle Haut und krumme Glieder und Zahnstummel keine Verunstaltung waren; wo jeder gleichermaßen von den Hexern der Magiergilde und den Priestern der Oberstadt tyrannisiert wurde.

Als der hochgewachsene heroische Mann mit dem furchteinflößenden Gesicht hereinkam, dem Blut aus jeder Pore zu sickern schien, mit rauher Stimme sagte: »Schnapper, tut mir einen Gefallen«, richtete der Tagesschankwirt sich zur vollen Größe auf und erwiderte: »Jeden, hoher Herr – außer Kredit.«

Auch das gehörte zum Menschsein: sich etwas aus kleinen geprägten Scheiben aus Kupfer, Silber oder Gold zu machen, obwohl ihr Wert nur so groß war wie das Verlangen der Menschen, die um sie kämpften oder ihretwegens starben.

Doch dieser große Mensch wollte nur Auskunft, und er war deshalb extra zu Schnapper Jo gekommen.

Während zu beiden Seiten neben ihm mindestens eine Mannslänge Platz gemacht wurde, sich hinter ihm bestimmte Gäste in das Unwetter hinausstahlen und zwei Schankmaiden auf Zehenspitzen in die Hinterstube hasteten, sagte der Fremde: »Ich muß etwas über Eure frühere Herrin wissen – ist es Roxane gelungen, aus Tasfalens Haus in der Oberstadt zu kommen? Hat irgend jemand sie gesehen? Ihr von allen müßtet wissen, ob sie in der Gegend ist.«

»Nein, Freund«, antwortete Schnapper, der sich des Wortes Freund zu gern bediente, seit er vor kurzem seine Bedeutung erfahren hatte. »Seit die Feuersäule gelöscht wurde, hat niemand sie mehr gesehen oder von ihr gehört.«

Der große Mann nickte und lehnte sich über den Schanktisch.

Schnapper lehnte sich ihm entgegen. Er fühlte sich als etwas Besonderes, weil dieser so respekteinflößende Mensch ihn vor allen Gästen des Einhorns mit einem Gespräch auszeichnete. Als sie sich gegenüberstanden, fiel ihm durch sein nach rechts blickendes Auge so allerlei Bekanntes an diesem Mann auf: die zusammengekniffenen Augen, die ihn durchdringend beobachteten, der wie ein Schlitz geöffnete Mund, dessen Lippen leicht zu einem verstohlenen Lächeln verzogen waren.

Dann fragte der Mann: »Und Ischade, die Vampirfrau – geht es ihr gut? Unten am Schlachthof? Hält sie hof unter ihren Schatten?«

»Es ...« Eine Erinnerung fügte sich an die andere, und eine Gänsehaut umwogte Schnapper Jos Warzen. Das war der Schlaflose! Der legendäre Krieger, gegen den seine ehemalige Gebieterin so lange gekämpft hatte. »Es – es geht ihr gut, hoher Herr. Ischade – geht es gut. Es wird ihr immer gutgehen ...«

Schnapper Jo hatte Freunde unter den Einsttoten, den im Nichts Harrenden. Ischade gehörte nicht zu ihnen, genausowenig wie dieser Mann, von dem er nun wußte, wer er war.

Jetzt wußte er auch, weshalb die Gäste sich zurückgezogen hatten, dieser Pöbel, der die Drahtzieher eines Spieles kannte, in dem sie nur als Figuren bewegt wurden, ohne die Freiheit einer eigenen Entscheidung zu haben.

Schnapper versuchte, seine Angst nicht zu zeigen, doch ohne sein Zutun barsten ihm Worte über die Lippen: »Mord und Totschlag, oh, überall wird es zum Blutvergießen kommen, aber Schnapper Jo ist doch so glücklich, wenn es friedlich ist ...«

»Wenn das nächste Mal ein Stiefsohn oder jemand vom 3. Kommando hierherkommt, dann sagt ihm, er soll mich in der Söldnerherberge aufsuchen. Und vergeßt es nicht!« Der Mann, der auch Tempus genannt wurde, legte Münzen auf den Schanktisch.

Mit dem nach links blickenden Auge konnte Schnapper sie glitzern sehen, aber er griff nicht danach, ehe der hünenhafte Mann nicht gegangen war.

Dann rief der Dämon eine der Schankdirnen aus der Küche und gab diesem Mädchen das ganze Geld, das der Geheimnisvolle ihm dagelassen hatte. »Hab keine Angst«, sagte er. »Schnapper beschützt dich. Schnapper sorgt für dich. Du sorgst auch für Schnapper, später, ja?« Der Dämon schenkte dem Mädchen, das ihm gefiel, ein breites, lüsternes Lächeln, während die Schankdirne ihr Schaudern unterdrückte, das Geld einsteckte, das soviel war wie ihr Lohn für eine ganze Woche, und dem Dämon versprach, daß sie ihm seine einsame Nacht versüßen würde.

Das Leben in Freistatt war so hart geworden, daß man nahm, was man kriegen konnte.

»Ihr wollt, daß wir *was* tun?« Crits ungläubiges Schnauben ärgerte Tempus.

Die Söldnerherberge im Norden der Stadt weckte mit ihren fast blutroten Wänden und den daran hängenden Waffen, die so manchen Sieg errungen hatten, Erinnerungen in Tempus. Hier hatte er mit Crit den Plan ausgearbeitet, eine Hexe loszuwerden, ohne die Folgen zu bedenken. Hier hatte Tempus noch vor Crits Rekrutierung den Kader der Stiefsöhne zusammengestellt und den Befehl über des Schlächterpriester Abarsis' Heilige Trupps übernommen.

Hier, und das lag noch weiter zurück, hatte er einen Schal verbrannt, der einer Frau, seinem schlimmsten Fluch, gehörte – ein Schal, der ihm auf magische Weise unversehrt zurückgegeben wurde und den er nun wieder unter seiner Rüstung trug, als wäre alles zwischen seinen ersten Tagen in Freistatt und der Gegenwart nur ein schlimmer Traum.

»Ich will, daß ihr Zip nicht jagt, sondern beschützt, eine Woche lang!« wiederholte Tempus. »Wenn es bis zum Ende der Woche noch keine Waffenstillstandsverhandlungen gibt und die Lage sich nicht verbessert hat, könnt ihr euch wieder daranmachen, Blutschulden einzutreiben.«

Crit war der gescheiteste der Stiefsöhne, ein syresischer Kämpfer, der den Heiligen-Trupp-Eid mehr als einmal geleistet hatte und nun mit Straton gepaart war, der wiederum ein Verhältnis mit Ischade hatte, der Vampirfrau aus der Schlachthausgegend.

Niemand wünschte sich mehr als Crit, daß die Heiligen Trupps Freistatt verließen. Und niemand kannte Tempus' Gefühle besser und die Einzelheiten des Kaiserbesuchs in Freistatt.

Crit zupfte an seiner langen Nase und rührte mit einem Finger in seinem heißen Trank, in den er starrte, als wäre es die Kristallkugel einer Hexe. »Ihr – Ihr habt doch nicht ...« sagte er zu dem Becher, dann blickte er zu Tempus auf. »Ihr habt doch nicht vor, Zips Bande als Schutzkräfte für Freistatt einzusetzen? Bitte, sagt mir, daß dies nicht Eure Absicht ist!«

»Das kann ich dir nicht sagen. Warum sollte ich sie nicht einsetzen? Bei den Göttern, sie sind gut ausgebildet – jedenfalls gut genug für diese Stadt, sie haben Mumm und Durchhaltevermögen, sie sind nicht schlechter, als die meisten, die wir ausgebildet haben. Niko hat sogar eine Zeitlang mit dem VFBF-Führer gearbeitet. Und es sollte dir doch egal sein, wem wir die Kaserne übergeben, solange es nicht Jubal ist. Wir dürfen nicht zulassen, daß Herrscher aus der Unterwelt die Dinge in die Hand nehmen und das Sagen haben – in dieser Beziehung war Theron überdeutlich. Für Ordnung müssen hier schon Einheimische sorgen oder wir.«

»Das meine ich ja. Keiner von uns wird hierbleiben wollen, um diese Meute von Schlächtern zu beaufsichtigen – ich nicht und keiner von meinen Männern. Versprecht mir, daß Ihr mir das nicht noch einmal antun werdet: mich mit einer unmöglichen Aufgabe und einer störrischen Schar unzufriedener Krieger zurückzulassen. Die Trupps wollen *Euch* folgen. Ich werde nicht imstande sein, sie hierzuhalten. Und Syncs Kommando hört nicht auf meinen Befehl.«

Ausreden sahen Crit gar nicht ähnlich, also waren es wohl auch keine: die Heiligen Trupps wollten, daß Tempus diese Dinge unbedingt beachtete.

»Keine Angst. Ihr sollt nur einsehen, daß Zip lebendig nützlicher ist als tot, und ich will sichergehen, daß ihr das auch tut – eine Woche lang einstweilen. Und was immer zwischen dir und meiner Tochter ist«, Tempus hob die Hand, als Crit den Mund öffnete, »sie ist jetzt mit Fackelhalter liiert, der ein Nisi ist – ein Feind. Wir lassen sie hier! Wir nehmen Jihan und Randal mit, selbst wenn wir sie betäuben müssen, und wir verlassen die Stadt – du, ich, Strat, die Stiefsöhne, die Dritten – und das wär's. Wenn wir Kadakithis mit irgendeiner Schutzmacht helfen können, kann niemand uns etwas vorwerfen.«

»Deshalb seid Ihr persönlich hierhergekommen? Um einen Notbehelf zusammenzuschustern, der nicht halten kann, weil Theron es nicht will? Ihr wißt, *was* er will: ein lenkbares Hinterland des Reiches. Und jetzt, da die Magie erledigt ist oder nichts mehr taugt, kann er das mit Waffengewalt durchsetzen. Ich sehe für uns nichts zu gewinnen in einem solchen Kampf, und Ihr auch nicht – hoffe ich.«

Tempus lächelte seinen Unterführer voll Zuneigung an: »Sieh zu, daß du Straton von der Hexe und seinen hiesigen Verpflichtungen loseisen kannst. Ihr zwei werdet eigenhändig dafür sorgen, daß Zip imstande ist, seine Verbindungen aufzunehmen. Und daß keiner der unseren, dazu zähle ich auch das 3. Kommando, ihn auf irgendeine Weise behindert. Und nein, ich bin nicht deshalb hierhergekommen – sondern wegen Jihans Hochzeit. Um sie zu verhindern!«

Randal war in der Magiergilde, gemeinsam mit dem Ersten Hasard, gerade dabei, einem verhältnismäßig unkomplizierten Zauber zur Wirkung zu bringen, um den morastigen Boden zwischen der Außen- und Innenmauer in einen Garten zu verwandeln, als ihn Tempus aufsuchte.

Der Erste Hasard war zutiefst besorgt. Daß er ausgerechnet die Hilfe eines Rankaners von Randals Alter brauchte, der die Würde zu dem Zeitpunkt erworben hatte, da sie keine mehr war! Die Magiergilde hatte die Bürgerschaft seit undenkbarer Zeit durch Furcht und Macht in Knechtschaft gehalten. Doch nun, seit sich durch die Vernichtung der nisibisischen Machtkugeln die einfachsten Zauber nicht mehr durchführen ließen, seit Liebestränke keine Wirkung mehr erzielten, seit helfende Magie nicht mehr half, fürchteten die Adepten der Magiergilde nicht nur um ihr Einkommen.

Als die Freistätter erkannten, daß es keine Schutzzauber mehr um die hochmütigen Magier gab, daß Zauber, für die sie bezahlt und die sie angewandt hatten, nicht funktionierten, bestand Lebensgefahr für die Hasards.

Deshalb war die Suche nach einer Möglichkeit, Grund und Mauern durch Magie umzuformen, nicht nur eine Übung: die Hasards würden vermutlich eine uneinnehmbare Festung brauchen, in der sie sicher vor wütenden Kunden waren.

Und Randal, dessen magische Kräfte weniger betroffen waren als die der einheimischen Zauberer, war gerufen worden, seinen Gildengenossen zu helfen. Als die Gilde allmächtig gewesen war, war der Hasard der Stiefsöhne jedoch bei weitem nicht so beliebt gewesen.

»Es liegt nicht an mir, wißt Ihr«, versuchte Randal dem Ersten Hasard zu erklären, der Katze hieß und eher wie ein rankanischer Edelmann aussah denn ein erfahrener Adept. »Meine Magie, wenn man sie so nennen kann«, fuhr Randal bescheiden fort, »ist zum Teil ein Fluch, zum Teil traumgezeugt, deshalb hängt sie nicht von irgendwelchen Kräften ab, die im Süden geschwächt wurden.«

Der rankanische Adept blickte den tysianischen Hasard verkniffen an, dann fragte er: »Es ist also nicht irgendein Machtspiel nisibisischen Ursprungs? Nichts, was Fackelhalter, Roxane und ihr übrigen nordischen Hexer ausgebrütet habt?«

Randal nieste und wischte sich die Nase am Ärmel ab, während seine Ohren vor Verlegenheit glühten. »Wenn ich so mächtig wäre, könnte ich mich dann nicht von diesen verdammten Allergien befreien?« Seine alten Beschwerden waren wiedergekehrt, eine Begleiterscheinung der Not der hiesigen Adepten: Pollen, Vögel, vor allem aber Pelztiere konnten zu sehr unangenehmen Niesanfällen bei ihm führen.

Des Ersten Hasards unüberlegte Äußerung wurde durch eine Schülerin unterbrochen, die aufgeregt hereinstürmte.

»Edle Hasards, ein Mann, ein Fremder hat unsere Schutzzauber durchbrochen«, rief sie. »Er kommt die Treppe hoch – *mit* seinem Pferd!«

Der gutaussehende Erste Hasard senkte den Kopf und bemühte sich, die nervösen Finger auf seinem Schoß ruhig zu halten. »Wir haben ihn gerufen«, log er die Schülerin mit den großen, erschrockenen Augen an. »Kehr an deine Arbeit zurück ... Was gibt es zum Abendessen? Wir haben natürlich Gäste, den Mann und – sein Pferd.«

»Abendessen?« Die Schülerin war ein junges Hexlein, zierlich und hübsch, mit prächtigem Haar, und nicht einmal das Sackgewand der Novizen konnte die sanften Kurven von Busen und Hüften und die schmale Taille völlig verbergen. Randal fragte sich, weshalb sie ihm bisher nie aufgefallen war. Doch rasch verdrängte er jeden Gedanken an sie. Schließlich war er verlobt und würde bald Jihan heiraten, eine Machtquelle, die er in der verstörten Magiergilde nie erwähnte.

Das Mädchen, das sich mühsam faßte, zählte auf: »Papageien, Flöhe und Eichhörnchen, edle Hasards – ein Eintopf, wenn es euch recht ist.«

»Was?« brauste der Erste Hasard auf. Dann, als das Mädchen die Hand auf den Mund drückte und ihre Augen sich noch mehr weiteten: »Schon gut, geh jetzt. Und sieh zu, daß wir bis zum Abendessen nicht gestört werden. Geh schon, Mädchen, *lauf!*«

Als sie rücklings aus dem Gemach hastete, war ganz laut Hufschlag zu hören, dann ein Klirren, als zerbreche Porzellan auf dem Marmorboden.

Und dann kamen ein Mann und ein Pferd durch die große Flügeltür, aus der die Schülerin soeben geflohen war. Der Reiter saß noch im Sattel des Pferdes, aus dessen Augen feurige Intelligenz sprach. Sein Fell war merkwürdig scheckig, rot und schwarz und grau, doch es bestand kein Zweifel: es war das Trospferd seines Befehlshabers.

Trotz eines quälenden Niesanfalls eilte Randal ihm entgegen, und als er wieder reden konnte, rief er: »Willkommen, Befehlshaber, willkommen, willkommen!«

»Hasard«, wandte der Geheimnisvolle sich an Katze. »Würdet Ihr uns alleinlassen, Erster Hasard? Mein Magier und ich müssen uns unterhalten.«

»*Euer* Magier!« Katze tat unwillkürlich, als wäre er immer noch so mächtig wie einst. Dann erinnerte er sich an seine Lage. Er erbleichte. »O ja, *Euer* Magier. Ich verstehe, Lord Tempus. Das Abendessen wird nach Sonnenuntergang serviert, wenn Ihr uns die Ehre geben würdet.

Ich bin sicher, wir können ein paar – ah, Karotten – für Euer – Pferd finden.«

Kein Wort über die Entweihung der Magiergilde durch ein Pferd; kein weiterer Versuch, die Oberhand zurückzugewinnen. Katze kaute nur an seiner Lippe.

Obwohl Randals Augen bereits tränten, empfand er ein tiefes Bedauern für den gutaussehenden jungen Ersten Hasard, obwohl er sich früher mehr als alles andere gewünscht hatte, eine so gute Figur, ein so schönes Gesicht und eine so vornehme Herkunft zu haben wie dieser Rankaner, der jetzt aus seinem eigenen Gemach eilte, damit Randal und sein Befehlshaber unter vier Augen miteinander reden konnten.

Aber, was man war, nicht wie man aussah, war derzeit in Freistatt von Bedeutung. Und Randal war der einzige Kriegermagier in einer Stadt, die bald Krieger mehr schätzen würde als Zauberer.

»Ihr braucht mich, Befehlshaber?« Randal bemühte sich, deutlich zu sprechen.

»Ja, Randal.« Tempus ließ die Zügel fallen. Der Hengst blieb wie angewurzelt stehen, während der hünenhafte Krieger auf den kleinen, schmächtigen Magier zuging, einen Arm um dessen schmale Schultern legte und ihn zu des Ersten Hasards Alkoven führte. »Ich brauche deine Hilfe. Ich brauche deine Anwesenheit. Ich brauche deine volle Aufmerksamkeit – jetzt und immer.«

Randal spürte, wie ihn Stolz durchwallte. »Ich bin für Euch da, Geheimnisvoller, jetzt und immer – das wißt Ihr. Ich habe den Heiligen-Trupp-Eid geleistet. Das habe ich nie vergessen.«

Niko offenbar schon, doch nicht einmal diese Wolke konnte sich vor das Licht von Tempus' Gunst schieben – jedenfalls nicht völlig, sagte Randal sich.

»Genausowenig wie wir. Die Trupps brechen in Kürze nach Ranke auf, Niko wird sich ihnen dort anschließen, dann marschieren sie gen Osten. Wir wollen dich auf diesem Marsch dabeihaben, Randal – als ein Heiliger Truppler, wie er sein soll.«

»Wie er sein soll? Ich verstehe nicht. Es war Niko, der den Paarbund gebrochen hat, nicht ...«

»Es geht nicht um Niko. Es geht um Jihan.«

»Oh. *Oh!*« Randal glitt unter des Geheimnisvollen Arm weg. »Das ... Sie – nun, es war nicht meine Idee, die Vermählung. Das müßt Ihr wissen. Ich bin nicht einmal – gut – mit Frauen. Und sie ist – anstrengend.« Die Worte überschlugen sich schier, nun, da er endlich mit jemandem reden konnte, der sein Problem verstehen würde. »Ich habe sie bisher hingehalten, ihr erklärt, daß ich nicht kann – Ihr wißt schon –, bis wir verheiratet sind. Aber ich verliere so viel – Kraft, und es gibt derzeit ohnehin so wenig. Sie sagt, sie wird es gutmachen, durch ihren Vater, aber ich bin nicht gottgebunden, ich bin gebunden ...«

»Auf andere Art, ich weiß, Randal. Ich glaube, ich habe eine Lösung, die dich vom Haken bringt, wenn du mir hilfst.«

»O Geheimnisvoller, ich wäre Euch ja so dankbar. Sie ist – bitte faßt es nicht als Beleidigung auf – eher Eure Art von Problem als meine. Wenn Ihr mich nur von ihr befreien könntet, ohne daß es den Trupps schadet. Ich könnte mich davonstehlen und in Ranke wieder zu euch stoßen. Ich ...«

»Kein Davonstehlen, Randal«, sagte Tempus, und seine Lippen entblößten die Zähne.

Dieses Lächeln kannten alle Stiefsöhne. Randal sagte benommen: »Wir dürfen ihr nicht – weh tun, Befehlshaber. Ich soll mich nicht davonstehlen? Aber wie ...?«

»Mit deiner Erlaubnis, Randal, werde ich sie dir ausspannen – dir deine Braut vor der Nase wegschnappen.«

»*Erlaubnis!* O Tempus, ich wäre Euch ja so dankbar, so unendlich dankbar.«

»Dann habe ich sie also?«

»Was? Meine Erlaubnis? Beim Heiligen Buch und den Teufeln, die mich lieben, ja! Spannt sie mir aus! Und mögen die …«

»Deine Erlaubnis genügt, Randal. Wir wollen lieber keine Kräfte mithineinziehen, deren Reaktion wir nicht vorhersehen, geschweige denn kontrollieren können.«

Die Dame lustwandelte allein im Garten, während im Herrenhaus eine kultivierte Oberstadtgesellschaft stattfand. Das Haar dieser Dame war blondgelockt und hochgebunden, wie es zur Zeit unter den Edelfrauen der Hauptstadt Mode war. Kleine goldene Spangen mit den Bildern rankanischer Götter hielten es zusammen.

Er trat von hinten auf sie zu und schlang in Sekundenschnelle den linken Arm um ihren Hals. Er sagte lediglich: »Pst, ich bin nicht gekommen, um dir weh zu tun«, während sich in seinem Innern ein Gott regte, der gar nicht dort sein sollte.

Er achtete nicht auf die lüsternen und immer verlokkenderen Vorschläge, die der Kriegsgott in seinem Kopf machte, und gab der Dame Zeit, zu erraten, wer sie hielt.

Sie brauchte dazu nicht lange, sie war keine typische rankanische Edle – niemand ohne Tempus' übernatürliche Schnelligkeit und besonderen Fähigkeiten hätte sie überraschen können.

Sie erstarrte, und jeder Muskel spannte sich – es war ihr erster Zug, ihn aus dem Gleichgewicht zu bringen und ihre Ausbildung einzusetzen, um sich seinem Griff zu entziehen.

»Halt dich ruhig, Chenaya, sonst hast du dir die Folgen selbst zuzuschreiben!«

»Zur Hölle mit dir, Tempus«, knirschte sie mit erstaunlich damenhafter Stimme, die so gar nicht zu ihren Worten paßte. Er spürte, wie sie die Fäuste ballte und sich dann entspannte. Die Gäste im Haus hinter ihm plauderten und ließen die Weinkelche klingen.

»Dafür ist jetzt keine Zeit, außer du begleitest mich.« Er legte die freie Hand um ihre Hüfte.

»Ihr Götter, du hast dich nicht verändert, du Bastard! Wenn es nicht mein Körper ist – für den du mehr bezahlen wirst, als er wert ist, das versichere ich dir –, was willst du dann?«

»Ich dachte schon, das würdest du nie fragen. Es geht um deinen kleinen Anschlag auf Theron an Bord seiner Barke. Kein sehr kluger Schachzug für ein Mitglied des *ehemaligen* Kaiserhauses. Riskant für dich, riskant für Kadakithis, den Therons Zorn mit dir treffen wird, wenn er erfährt, wer versucht hat, ihn an die Haie zu verfüttern. Und nicht gut für die Überlebenden deiner Familie.«

»Ich frage dich noch einmal, Halbblut, was willst du?«

Darauf gab es in diesem Augenblick zwei Antworten. Eine davon hatte mit dem Gott in seinem Kopf zu tun, der flüsterte: *Sie ist eine Frau, und Frauen verstehen nur eines. Sie ist eine Kämpferin. Es ist lange her, daß Wir eine Kämpferin hatten. Gib sie Uns, und Wir werden sehr dankbar sein – und sie wird Unsere bereitwillige Dienerin sein. Anders kannst du ihr nicht trauen.*

Dem Gott in seinem Kopf entgegnete er: *Dir kann ich nicht trauen! Vergiß sie!* Zu der Dame sagte er: »Chenaya, abgesehen von dem Offensichtlichen, auf das wir noch eingehen werden« – während er sie fest genug mit dem Ellbogen hielt, daß ein kleiner Ruck ihr den Hals brechen würde, hob er ihren weiten, weißen Rock von hinten –, »möchte ich, daß du etwas für mich tust. Es gibt hier eine Faktion, die eine Frau braucht, eine Frau, die auf

Beschluß der Götter unbesiegbar ist. Was ich erbitte, erbitte ich für Kadakithis, für das Bestehen deines Geschlechts und für das Wohl von Freistatt. Was der Gott will, fürchte ich, ist etwas anderes.«

Sie war eine Kämpferin und gottgebunden. Er hoffte, daß sie ihn verstehen würde.

Der Posten am Tunneleingang zur Rattenfalle, Zips Stützpunkt in Abwind, war geknebelt und zappelte hilflos in einer Lache seines eigenen Blutes.

Zip war ausgerutscht und im Halbdunkel über den Jungen gestolpert, ehe ihm bewußt wurde, was es war: Syncs Visitenkarte – Hände und Füße des Postens waren abgehackt.

Zip dankte dem Gott, vor dessen morastigem Altar er manchmal betete, daß er allein nach Haus gekommen war, als er sich auf Hände und Knie stützte und mit seinem Gürteldolch den Qualen des zitternden Jungen ein Ende machte.

Die Taktiken des 3. Kommandos sollten Furcht einflößen, das wußte er, aber es änderte nichts daran, daß er sich übergeben mußte. Es trug auch nicht zur Verbesserung von Zips Zustand bei, daß es nicht länger als eine halbe Stunde hätte dauern können, bis der Posten verblutet wäre. Syncs Leute beobachteten ihn wahrscheinlich aus der baufälligen Hütte, die Zip seinen Stützpunkt nannte.

Sync, der Führer des 3. Kommandos, sagte ruhig hinter ihm: »Hast du einen Augenblick Zeit, Söhnchen? Ein paar Leute möchten mit dir reden.«

Den ganzen Winter hindurch hatten Syncs Leute Zip nicht belästigt, hatten Freundschaft vorgetäuscht, hatten die VFBF sich selbst überlassen, solange sie hin und wieder einem Vorschlag des kaltblütigen Führers des 3. Kommandos folgten.

Doch damals war Rede von einem Bündnis gewesen – bevor Theron Freistatt besucht hatte; bevor Zips Faktion zu viele Freistätter rekrutiert hatte; bevor irgendein Idiot unter ihnen die S'danzo Illyra bedrängt und ihr Kind getötet hatte; bevor ein für Straton bestimmter Pfeil vor Zips Tür gelegt worden war; bevor Kama Zips Bett verlassen und sich mit Fackelhalter, dem Palastpriester, zusammengetan hatte; bevor Zip sich bei Jubal unbeliebt gemacht hatte; bevor die Dinge zu verdammt kompliziert geworden waren, weil Zip das Gebiet nicht halten konnte, das er auf der anderen Seite des Schimmelfohlenflusses erobert hatte, ein Gebiet, an dem er nie interessiert gewesen war.

»Mit mir *reden*? Nennst du das Reden?« Zips Stimme zitterte, aber Sync würde nicht erkennen, ob aus Zorn oder Angst. In diesem Moment hätte Zip das selbst nicht zu sagen vermocht.

Hände und Knie blutverschmiert, dachte Zip, daß es das nun wohl war: der Tod, den er verdient und den er sich nur zu oft ausgemalt hatte. Er fragte sich, ob es eine Klinge von hinten sein würde, die das Reden übernahm. Syncs sagte mit dem rankanischen Akzent neben ihm: »Ja, reden, das stimmt. Wenn dein Mann hier geredet und nicht gleich zugeschlagen hätte, würde er jetzt noch leben.« Behandschuhte Finger langten zu ihm hinunter. Das Armband über den Handschuhen zeigte die Insignien des 3. Kommandos aus makellos poliertem Silber – ein sich aufbäumendes Pferd mit Pfeilen zwischen den Zähnen.

Sogar Theron, der durch die Schwerter des 3. Kommandos auf den Thron gekommen war, wollte die Einheit auflösen oder sie zumindest heftiger an die Kandare nehmen. Das war der Grund, meinten manche, weshalb Tempus, der sie gegründet hatte, sie wieder zurückbekam: niemand sonst vermochte sie zu lenken. Ohne eine starke Hand an der Spitze würden sie einen rankanischen Kaiser nach dem anderen niedermetzeln und den Thron jeweils an den höchsten Bieter versteigern – Zip hatte gehört, wie Sync und Kama darüber Witze machten, als sie betrunken waren.

Zip ließ zu, daß Sync ihm aufhalf, und versuchte, das klebrige Blut von den Händen zu wischen. Er stritt nicht mit Sync wegen des toten Postens. Man stritt nicht mit Sync, jedenfalls nicht über jemanden, der sich nicht mehr lebendig machen ließ.

Die übrigen kamen nun zum Vorschein; es waren mindestens zwanzig Kämpfer.

Eine Faust schien auf Zips Magen zu drücken, als er Kama im Kampfanzug sah, auf dessen hartem Leder die Insignien des Kommandos sich in Rot über der rechten Brust abhoben.

Er war nicht fertig mit ihr, würde es nie sein. Er sagte: »Also, hier bin ich. Redet!« Er stellte fest, daß seine Zunge schwer war.

Als endlich das Bild des niedergemetzelten Jungen verschwand, erkannte er, daß um sie herum die Führer anderer Oberstadtbanden waren: Critias, ein Untergrundmann der Heiligen Trupps, der sich selten in Uniform sehen ließ; Straton, sein breitschultriger Partner, der Hexenliebhaber; Jubal, so schwarz wie Ischades Umhang und mit noch finstererer Miene; Walegrin, der Standortkommandant und Bruder der S'danzo, dessen Kind Zips Männer getötet hatten; und eine blonde Frau, die er nicht kannte, mit Lederharnisch und einem Vogel auf der Schulter.

Er sollte wachsam sein – eine Versammlung dieser Art hatte sich nicht für etwas so Unwichtiges wie seine Hinrichtung eingefunden. Aber immer wieder wanderte sein Blick zu Kama zurück, und das Bild ihres Vaters schob sich vor diese Frau, die ihn Dinge über die Liebe gelehrt hatte, die er zuvor nicht für möglich gehalten hätte.

Und da wurde ihm bewußt, weshalb diese Bonzen aus der Oberstadt zur Rattenfalle gekommen waren: auf Anweisung von Kamas Vater. Alle von ihnen hörten auf Tempus, einige von sich aus, andere, weil er ihr Befehlshaber war. Und keiner von ihnen hatte ein gutes Wort über Zip zu sagen, nur die Tochter des Geheimnisvollen vielleicht.

Furcht schärfte seine Augen, und er blickte hinter die versammelten Führer auf ihre Truppen und dorthin, wo seine Rebellen lauerten. Nicht einer von ihnen würde eingreifen, um ihn zu retten – dazu war die Übermacht zu groß.

Außerdem wären weder die Rattenfalle noch Zip wert, gerettet zu werden.

Während er tief atmete und beschloß, dieser Meute von ausgebildeten Kämpfern nichts zu sagen, erinnerte sich Zip, daß hier doch etwas durchaus wert war, gerettet zu werden: hinter den Männern in dem langen Schuppen befand sich ein Vorrat an Zündstoffen, die er von den beysibischen Glasmachern erstanden hatte: Flaschen, in denen sich alchimistisches Gebräu befand. Sobald die Zündschnüre brannten, wurden die Flaschen geworfen und explodierten dann mit einer solchen Gewalt, daß der Druck einer einzigen explodierenden Flasche eine ganze Straße räumen konnten – oder einen Palastsaal.

Die Revolution konnte mit oder ohne ihn fortgesetzt werden, solange die beysibischen Glasbläser VFBF-Geld nahmen und der ilsigische Kampfgeist weiterlebte.

Und nachdem er nun erkannt hatte, daß er etwas verlieren konnte, knurrte Zip aufs neue: »Redet, habe ich gesagt! Oder soll das eine Art Bankett sein?«

»Nein«, erwiderte die Blonde, die er nicht kannte. »Es ist ein Revolutionsrat – eine Verhandlung über dich!«

Als Kama von der Rattenfalle zurückkam, waren ihre Augen rot, und sie war völlig durcheinander, so daß sie Molins Hintertreppe hinaufrannte und hoffte, die Mädchen könnten ihr ein Bad richten, damit sie den Zip-Geruch abwaschen und das Stroh aus ihrem Haar entfernen konnte, bevor Fackelhalter sie sah.

Aber Molin war zu Haus. Sie konnte seine und die Stimme eines anderen Rankaners aus dem vorderen Gemach hören.

Sie erstarrte. Entsetzt wurde ihr plötzlich klar, daß sie ihm nicht gegenübertreten konnte – nicht mit klebrigen Schenkeln und dem Erbe ihres Vaters so glühend lebendig in ihr, daß sie nichts mit dem Halbrankaner, dem Halbnisi zu tun haben wollte, der ihr das Leben gerettet hatte und dem sie so viel verdankte.

Aber war Dankbarkeit dasselbe wie Liebe? Zips perfekt in Szene gesetzte »Verhandlung« hatte ihr Herz dreifach gebrochen.

Das Urteil – bedingter Freispruch – hatte von vornherein auf Tempus' Anweisung festgestanden. Zip hatte das als einziger nicht gewußt.

Es war das grausamste, was sie je Menschen einem anderen hatte antun sehen, und sie hatte bereitwillig mitgemacht. Der Beobachter in ihr war fasziniert gewesen von den menschlichen Gefühlen, von der Leidenschaftlichkeit jener, die geliebte Menschen verloren hatten – und das alles, weil Kamas Vater von Ranke heruntergeritten war und gesehen hatte, was die armseligen Sterblichen von Freistatt anrichteten, und weil ihm das gar nicht gefallen hatte.

Manchmal haßte sie Tempus sogar noch mehr als die Götter.

Und so war sie bei Zip geblieben, nachdem die anderen gegangen waren, um den Schweiß der Unsicherheit von seinem gutgebauten jungen Körper zu wischen und die

Verwirrung aus seinem Herzen – auf die einzige Weise, auf die sie es tun konnte.

Zip war ... ihr Fehltritt: körperlich paßte er so perfekt zu ihr, wie Molin es nie könnte. Doch das war alles. Einen weiteren Schritt würde sie niemals gehen.

Zip brauchte Hilfe, das war alles. Alle benutzten ihn, schubsten ihn dahin und dorthin. Er tat ihr leid.

Deshalb gab sie ihm Trost in der Nacht. Es bedeutete nichts.

Und doch trieb die Erinnerung daran sie vor Fackelhalters Türschwelle in die Flucht, denn Molin war zu intelligent, er durchschaute Ausreden, und nicht einmal Kopfschmerzen könnte Kama in dieser Nacht vortäuschen.

So streifte sie durch die schwülen nächtlichen Straßen, obwohl sie es besser wußte. Fast hoffte sie, daß ein Taschendieb oder ein Untoter oder ein Beysiber sie belästigen würde. In dieser Beziehung war sie ihrem Vater sehr ähnlich: Wenn die seelische Belastung übermächtig wurde, drängte es sie nach Gewalttätigkeit. Sie hätte selbst einen Stiefsohn oder einen ihrer eigenen Kameraden getötet, wenn er es gewagt hätte, in dieser Nacht ihren Weg zu kreuzen.

Sie setzte sich sogar eine Zeitlang ins Wilde Einhorn, in der Hoffnung auf einen Streit, aber niemand beachtete sie.

Auf einem geborgten Pferd trottete sie durch Hintergassen und ließ ihm schließlich die Zügel, damit es zur Kaserne zurückkehren konnte, wenn es wollte, bis sie bemerkte, daß es sie zur Schimmelfohlenbrücke gebracht hatte. Und als es die Brücke überquerte, fing sie heftig zu weinen an.

Crit war es, den sie jetzt wollte, doch ob ihn in den Armen zu halten oder ihn umzubringen, hätte sie jetzt nicht sagen können. Aber Crit war, wie Zip sagte, Schnee von gestern.

Kama wischte sich verärgert mit dem Ärmel über die Augen und blinzelte die Tränen fort, als der Fuchs wie aus Gewohnheit auf Ischades kleine Gartentür zutrottete.

Der üble Geruch des Schimmelfohlenflusses im Sommer, wenn er Aas zum Meer trug, stieg ihr in die Nase, ebenso der Duft nächtlich blühender Blumen magischer Art, die Ischade hier zog.

Und der Geruch eines Pferdes. Zwei stampfende Pferde waren an Ischades Tor gebunden, und eines davon war Crits kräftiger Rappe. Sie erkannte ihn an der Blesse, als er den Kopf drehte und dem Pferd zuwieherte, auf dem sie ritt.

Ihre Stute antwortete, da wurde Kama klar, daß das Pferd, das sie ritt, und der Rappe ein Paar waren.

Selbst darüber ärgerte sie sich, und deshalb wiederum war sie wütend auf sich. Sie saß ab und bemühte sich, überhaupt nicht zu denken.

So führten ihre Schritte sie wie von selbst zur Gartentür der Vampirfrau, und sie schob die Tür mit schwitzender Hand auf.

Vielleicht rannte sie hier in ihr Verderben – Ischade hatte keinen Grund, Kama die Samtpfötchen zu zeigen, wie sie es bei Strat tat und bei Kamas Vater irgendeiner Abmachung wegen, über deren Einzelheiten Tempus nie gesprochen hatte.

Wenn Crit im Haus war, wollte Kama ihn sehen. Sie konzentrierte sich darauf und verdrängte jeden anderen Gedanken.

Liebe zehrt, redete sie sich ein und fragte sich, was er sagen würde.

Ischades Tür war beleuchtet, obwohl in der Lampe weder eine Kerze brannte noch eine Fackel flackerte. Sie klopfte, ehe ihr irgendeine Ausrede eingefallen war. Aber sie konnte ja immer sagen, daß sie dringende Information brauchte.

Falls er hier war. Falls es keine Falle war. Falls die Nekromantin in diesem Sommer nicht auf Frauen scharf war.

Da schwang die Tür auch schon auf, eine zierliche, dunkle Gestalt trat heraus und schloß die Tür, so daß Kama sich gezwungen sah, einen Schritt zurückzuweichen und eine Stufe tiefer zu steigen.

Dadurch standen sie Auge in Auge, und Ischades Augen waren tiefer als Kamas heimlicher Schmerz um ein vor langer Zeit auf dem Schlachtfeld verlorenes Kind und um den Mann, der sich geweigert hatte, ihr eine zweite Chance zu geben.

»Ja?« fragte die Frau, die Strat in Bann hielt, mit samtener Stimme.

Kama, die mehr Frau war, als sie wollte, blickte tief in die Augen dieser Frau, die alles war, was ein Mann, der sie gesehen hatte, sich auch nur im Traum wünschte, und fühlte sich grobschlächtig, ungepflegt und dumm.

»Crits Pferd ... Ist er – ist er ...«

»Hier? Beide sind da. Ihr seid Kama, nicht wahr?« Ischades dunkle Augen forschten, zogen sich flüchtig zusammen, dann weiteten sie sich.

»Es – ich ... Ich hätte nicht kommen sollen. Entschuldigt. Ich gehe einfach ...«

»Kein Schaden. Aber auch kein Frieden«, sagte die Vampirfrau, die plötzlich traurig wirkte. »Nicht, wenn Euer Vater das Sagen hat. Ihr wollt ihn – Crit? Paßt auf, was Ihr wollt, Kleines.«

Und Kama, die nie eine Mutter gehabt hatte und über andere Frauen dachte, als wäre sie selbst ein Mann, streckte trostsuchend die Arme nach Ischade aus und begann so heftig zu weinen, daß nichts, was sie sagen wollte, verständlich über ihre Lippen kam.

Aber die Nekromantin wich zurück, fauchend und mit einer abwehrenden Gebärde, mit einem Kopfschütteln und einem Blinzeln, das irgendeinen Zauber brach.

Dann drehte sie sich um und war schon wieder im Haus, obwohl Kama nicht gesehen hatte, daß sich die Tür geöffnet hatte, um sie einzulassen.

Kama, die plötzlich allein mit ihren Tränen vor der Tür einer der gefürchtetsten Mächte in Freistatt stand, hörte Worte, die im Haus gesprochen wurden – leise Worte, Männerstimmen.

Bevor die Tür wieder aufschwingen konnte und Crit sie wie ein Kleinkind heulen sah, mußte sie weg von hier. Sie hätte nicht kommen sollen. Sie brauchte niemanden – nicht ihren Vater oder seine Krieger, nicht Zip oder Fakkelhalter – und vor allem nicht Crit!

Sie war bereits den Pfad zurückgelaufen und hatte sich in den Sattel geschwungen, als die Tür sich wieder öffnete.

Was immer der Mann dort auch gerufen haben mochte, wurde von den donnernden Hufen der Stute übertönt, da Kama sie erbarmungslos mit den Zügeln peitschte und Hals über Kopf zur Stiefsohnkaserne galoppierte.

Es gab nichts, was Crit ihr sagen könnte – außer vielleicht, wieso sie Zip vergeben konnte, der sie verraten und versucht hatte, ihr den Anschlag auf Strat in die Schuhe zu schieben.

Tasfalens Herrenhaus in der Oberstadt war ein prunkvolles Gebäude mitten in Freistatts vornehmstem Viertel gewesen.

Jetzt stand es einsam und verkohlt da, ansonsten aber unbeschädigt, während ringsum nur die schwarzen Gerippe ausgebrannter Häuser zu sehen waren, von denen dann und wann ein geschwärzter Balken in die Tiefe stürzte und so die gespenstische Stille brach.

Nicht einmal Ratten huschten des Nachts durch diese

Straßen, seit die Flammensäule die ganze Hexerei erstickt hatte, die von dem samtbehangenen Schlafgemach des Hauses ausgegangen war.

Aber Tempus hatte mitten in der Nacht, gegenüber von Tasfalens Haustür, ein Treffen befohlen – eine Zusammenkunft aller Beteiligten –, nachdem seine Vorbereitungen alle getroffen waren.

Der schlaflose Veteran war der einzige, dem die endlosen Stunden nicht anzumerken waren, die er und seine Leute in der vergangenen Woche in Freistatt gearbeitet hatten.

Crit, der die Hauptlast der Aufgaben getragen hatte, schwankte vor Erschöpfung, während er die Fackeln in den Schutt des Hauses gegenüber dem Tasfalens steckte; wäre das Licht besser gewesen, hätten die schwarzen Ringe um seine Augen eine deutlichere Sprache gesprochen, was er durchgemacht und was es ihn gekostet hatte, Ischades Erlaubnis zu erbitten, heute nacht hier zu tun, was getan werden mußte.

Strat, Crits Partner, arbeitete stumm neben ihm. Er lud fette Ochsenlenden von einem schnaubenden Braunen, dem seine Last gar nicht gefiel, und Öl in kindsgroßen, reichverzierten Tongefäßen, und legte alles auf einen behelfsmäßigen Altar, genau gegenüber Tasfalens Tür.

Tempus beaufsichtigte die Arbeit seiner Stiefsöhne wortlos und wartete auf das Erscheinen der Hexe. Ischade hatte verlangt, daß dieses Treffen um Mitternacht stattfinde – Nekromanten bleiben eben Nekromanten. Sie war nicht sehr erfreut über dieses Unternehmen, das hatte zumindest Randal gesagt.

Das interessierte Tempus kaum; der Gott war in ihm, wild und stark, wodurch alles wie in Feuer gerahmt und alle Bewegungen unendlich langsam zu sein schienen: sein Unterführer, der hexenhörige Strat, die Pferde mit den Opferlasten. Wenn er sich nicht daran erinnert hätte, daß er es für wichtig gehalten hatte, hier abzuziehen, ohne etwas schuldig zu bleiben, würde er sich damit jetzt nicht abgeben.

Aber Ischade schuldete ihm diesen Gefallen. Und er wiederum schuldete etwas, was er nicht schuldig bleiben wollte – er schuldete es der Nisibisihexe, die zuletzt hinter der Tür des durch Schutzzauber gesicherten Hauses gegenüber gesehen worden war.

Tasfalens Tür. Sie hatte sich nicht geöffnet, seit die Flammensäule die ganze Umgebung gesäubert hatte. Was dort herauskommen mochte, wußte nicht einmal Ischade. Kräfte hatten sich gesammelt, um den Erdboden hier zu reinigen, aber sie hatten dicht vor dem Haus angehalten – Kräfte, von denen niemand gedacht hätte, daß sie zusammenarbeiten würden, hatten jene Tür gesichert. Ischades Kräfte und andere aus einer tieferen Hölle, Sturmbringers elementare Gewalt, und jene, aus der Art von Himmel, in der Jihans Vater herrschte.

So zumindest verstand Tempus es. Der Gott in ihm verstand etwas anders – etwas von gefangener Leidenschaft und Lust ohne Ablaß.

Was immer es war – Nisibisihexe, ihr rasender Geist, ein gefangener Dämon, eine Scherbe von einer nisibisischen Machtkugel – es hatte da drinnen nicht seit Winterende von den Vorräten und hin und wieder einer Maus überlebt.

Falls es Roxane war, hinter Ischades undurchlässigen Schutzzaubern, die nicht einmal ein Riß im Gewebe der Magie schwächen könnte, mußte unendlich vorsichtig vorgegangen werden. Wenn es etwas anderes war, würde Tempus dagegen kämpfen – er hatte einmal wegen einer geringeren Sache mit Jihans sturmkaltem Vater gekämpft, bis beide aufgeben mußten.

Schnapper Jo kam zu dem Trospferd, neben dem Tempus stand. Die Arme des Dämons hingen so tief herab, daß die Finger fast über den Boden schleiften, und seine Zahnstümpfe schimmerten im Fackelschein. »Edler Herr«, brummte er, »habt Ihr sie gesehen? Schnapper weiß nicht.« In seiner Verzweiflung schwankte er wie ein Bär. »Gebieterin wird es nicht gefallen, nicht gefallen … Darf Schnapper jetzt gehen?«

»Habt Ihr den Stein hingelegt, Schnapper?« Es war ein bläulicher, mit Sprüngen durchzogener Edelstein, den Ischade Crit gegeben hatte. Für welchen Preis hatte Tempus nicht gefragt.

Und Ausreden hatte es für Crit nie gegeben. Aber es hatte an diesem Abend nicht wie sonst kameradschaftliche Verwünschungen oder Hänseleien zwischen den Stiefsöhnen gegeben. Als Randal kurz vorbeigekommen war, um Bescheid zu sagen, daß Jihan teilnehmen würde, hatte er nicht die üblichen freundschaftlichen Neckereien über sich ergehen lassen müssen. Strat hatte ihn nicht einmal Zuckohr genannt.

Tempus wußte, daß er ihnen zusetzte, aber er hatte seine Gründe. Und der Gott, der sich in ihn gedrängt hatte, war Zeichen genug, daß ihn sein Gespür nicht trog.

Einen Teil dieses ungeheuren Unterfangens – die Befreiung dessen, was immer hinter Tasfalens Türen lauerte – unternahm er, um ein völlig aus den Fugen geratenes Gleichgewicht wieder herzustellen. Das war etwas, das keiner seiner Helfer ahnte. Aber Niko, der abwesende Stiefsohn hätte es verstanden: Tempus kämpfte nun um *Maat*, die Ausgewogenheit in einer Stadt, die der Anarchie entgegentaumelte; und für die Stiefsöhne, die sich vielleicht bald dort hinbegaben, wo Nisibisimagie noch stark war und es besser nicht wäre, solange er einer Hexe von Nisiblut noch etwas schuldete.

Aber den größten Teil dieser scheinbar schlimmen Tat – die Randal ihn angefleht hatte, sein zu lassen, und die

Ischade so sehr beunruhigte, daß sie hierhergekommen war – unternahm er um Jihans und ihres Vaters willen und wegen einer Heirat, die, wenn vollzogen, einen Gott an Freistatt binden würde, den keine kleine Diebeswelt beherbergen konnte.

Über dreihundert Jahre hatten Tempus gelehrt, daß Instinkt das einzige war, wonach er sich richten konnte; daß das Opfer eines Menschen nur dann gewürdigt wurde, wenn es einen Gott besänftigen sollte; und daß die einzige Befriedigung, die sich lohnte, in der Tat selbst lag – in der Ausführung, nicht im Ergebnis.

Deshalb würde seine bevorstehende Opferdarbietung – nicht die der Ochsenlenden auf dem Öl, sondern die seines eigenen Seelenfriedens – von den Männern gar nicht bemerkt werden. Aber er wußte es. Und der Gott würde es wissen. Und die Kräfte, die für das Gleichgewicht zuständig waren, würden es wissen.

Wie Jihans Vater reagieren würde, konnte nur Jihan wissen.

Eine Bewegung lenkte seine Aufmerksamkeit auf sich, und das Gottesauge in ihm erkannte sofort, daß eine Frau sie verursachte. Er war bereit, sich Jihan in all ihrer unersättlichen Herrlichkeit zu stellen.

Aber es war Ischade, nicht Jihan, die kam. Besorgnis und Unsicherheit quälten Tempus plötzlich – etwas, das er in all den Jahren kaum je empfunden hatte. Würde Jihan seine Einladung mißachten? Seine Herausforderung? Die Macht in seinem Spiel? Könnte Sturmbringer Wind von Tempus' Absicht bekommen und sich eingemischt haben? Einen Gott zu überlisten war nicht einfach. Aber es war auch nicht einfach, Tempus zu überlisten.

Randal hatte ihm versichert, daß Jihan gesagt hatte, sie würde hierherkommen. Er wußte, daß sie dachte, sie habe sich mit Randal eingelassen, um Tempus eifersüchtig, ihn empfänglich zu machen und ihn dazu zu bringen, ihr aus der Hand zu fressen. Die Frage war jedoch, ob Jihan überhaupt verstand, was sie tat und warum – daß Sturmbringer ihren Blick auf Randal gebannt hatte.

Plötzlich fragte sich Tempus, ob es Jihan etwas ausmachen würde, wenn sie es erfuhr. Sie war ebensowenig menschlich wie die zierliche und doch so gefährliche Ischade oder wie Roxane.

Jihan war immer noch dabei zu lernen, wie es mit dem Leben war; eine Frau zu sein, war beunruhigend und verwirrend für sie, ganz im Gegensatz zu den Hexen und den verfluchten Frauen, die alles mit Hexenblut bekämpften.

Ischade, die im Vergleich mit Tempus nicht größer als ein Kind war, kam ganz in Schwarz gehüllt herbei, ihr Gesicht glich dem Zaubermond in der Mittsommernacht, ihre Augen waren wie die Hölle, die sie bewachte.

»Geheimnisvoller«, hauchte sie, »seid Ihr Euch sicher?«

»Nie«, antwortete er grinsend. »Über gar nichts.«

Er sah, wie die Nekromantin zurückwich. Sie fühlte den Gott, der in ihm steckte, einen Gott, den Krieger Lord Sturm nannten und dessen Name in mehr Sprachen übersetzt war, als die Diebeswelt kannte, der jedoch immer dasselbe meinte: die Veranlagung des Menschen, zu kämpfen und zu töten, um zu erobern und die Lust zu befriedigen. An schlechten Tagen dachte Tempus, daß der Gott, der ihn verfolgte, lediglich eine Erfindung seines Verstands war, der er die Schuld für seine Ausschweifungen und Sünden und die Verantwortung für jeden Tod geben konnte, den er verursacht hatte.

Doch als er Ischades Reaktion auf den Gott in ihm bemerkte, wurde ihm bewußt, daß er wirklich war.

Die Nekromantin trat entschlossen einen Schritt näher, legte den Kopf schief, benetzte die Lippen und sagte: »Ihr scherzt mit mir, wenn ER hier ist?« Als Tempus nicht antwortete, machte sie das Schutzzeichen. »Dann befreit Eure Hexe. Da drüben ist weniger zu befürchten als jetzt hier bei Euch.«

Und mein Kämpfer Strat? wollte er oder der Gott fragen, tat es jedoch nicht. Man *fragte* Ischade nicht, man verhandelte. Aber Tempus war im Augenblick nicht in einer Position zu verhandeln. Außer ...

»Ischade, wartet!« rief er – oder der Gott. Und als sie näher kam, beugte er sich zu ihr hinunter und ließ den Gott der Schändung und Plünderung etwas ins Ohr der Nekromantin flüstern, die alle teilweise Toten und ruhelosen Toten befehligte, die sich nie zu Freistatts Göttern begaben.

Tempus versuchte, nicht mitzuhören, was der Gott sagte oder die Nekromantin antwortete, doch die Abmachung, auf die sie sich einigten, ging auch ihn an – sie betraf das Fleisch seines Fleisches und die Seele seines Stiefsohns Strat.

Als er sich aufrichtete, berührte das zerbrechliche, bleiche Geschöpf seinen Arm und blickte in seine Augen. Einen Moment lang, glaubte er, eine Träne in ihren zu sehen, aber dann schloß er, daß es das Leuchten der Leidenschaft war, die Nekromanten und ihresgleichen überkam.

Er konnte überleben, was der Gott Ischade versprochen hatte – zumindest nahm er es an.

Es würde interessant sein, es herauszufinden, das heißt, falls Sturmbringer ihm nicht einen Tritt versetzte, daß er von einer Dimension in die andere flog.

Ein wenig verwirrt, als Ischade im wahrsten Sinne des Wortes in den Schatten verschwand, schwang er sich auf seinen Troshengst und streichelte beruhigend seinen Hals.

Im Norden winkte ihm ein ruhigeres Leben. Wenn er

sich nur damit zufriedenzugeben vermöchte, könnte er Pferde züchten und eine neue Generation Kämpfer aufziehen, um mit seinem Freund Bashir die Grenze gegen die nördlichen Zauberer zu halten.

Aber wie sehr er sich auch in solchen Zeiten wie dieser nach einem anderen Leben sehnte, würde der Gott ihm keine Ruhe lassen.

Fackelhalter, der halbnisibisische Priester, hatte behauptet, sein ganzer Fluch und die Gottbesessenheit seien reine Einbildung. Das mochte an dem Tag, an dem der Priester es gesagt hatte, sogar so gewesen sein, aber hier und jetzt stimmte es wahrhaftig nicht.

Als Jihan endlich kam – ihr muskulöser, geschmeidiger Körper war weiblicher als der des schönsten sterblichen Mädchens –, war er mehr denn bereit, zu sein, was er war, ihr die Folgen ihrer Verbindung und ihrer Spiele klarzumachen.

Sie blieb etwa eine Armlänge vor dem Trospferd stehen, das einen Schritt zurückwich: der Hengst erinnerte sich zu gut, wie sie ihn immer gestriegelt hatte, bis sein Fell fast durchgescheuert war.

Tempus glitt aus dem Sattel, als sie mit kehliger Stimme voll kindlicher Eitelkeit sagte: »Du wolltest mich sehen, Tempus? Ich kann mir nicht vorstellen, weshalb. Ich habe *dich* nicht zu meiner Hochzeit eingeladen.«

»Weil es keine geben wird!« Er streckte den Arm aus und ging einen Schritt auf sie zu.

Seine Hand schloß sich um ihren Arm, als ihre nach seinem Gürtel langte.

Sie rangen miteinander, und er warf sie zu Boden, indem er sein Bein zwischen ihre Schenkel stieß.

Als Jihan unter ihm zu fluchen und zu toben begann, gingen Critias, Strat und Randal an die Opferung der Ochsenlenden und des Öls, um den Gott zu beschwichtigen, während Ischade tat, was sie tun mußte, um ihre Schutzzauber aufzulösen.

Es war nicht leicht, der Gischttochter Gewalt anzutun. Sie war so stark und flink wie er.

Er hatte mit der Lust gerechnet und ihrer Erinnerung an die gespielten Vergewaltigungen, um ihren Ärger in Leidenschaft zu verwandeln und ihren Körper in ein Instrument, das er meisterhaft spielen konnte.

Und etwas dieser Art geschah auch, doch wer wen vergewaltigte, hätte er nicht mit Sicherheit zu sagen vermocht, während sie halb nackt in den Trümmern herumrollten, ohne sich um irgend etwas um sie herum zu kümmern, während eine Hexe ihre Zauber wirkte, Soldaten ein uraltes Ritual sprachen und Randal, der tysianische Hasard, eine feurige Opferhandlung vornahm, die das, was immer in Tasfalens Haus lauerte, endlich freisetzen sollte.

Da Tempus auf seine Weise Opfer Sturmbringers, des Vaters Jihans, war und Jihans Beine ihn umklammerten, während ihre Zähne sich in seinen Hals gruben, und da der Gott in ihm dieses Vergewaltigungsspiel liebte und Jihan ebenfalls, entging ihm das Schauspiel, das sich gegenüber in Tasfalens Haus abspielte.

Tatsächlich löschte das Feuerwerk in seinem Schädel, als der Gott und er und Jihan und ihr Vater zusammenkamen, das Scheinbild der Flammensäule des vergangenen Winters, die zum Himmel aufstieg aus Tasfalens Haus.

Später erfuhr er, daß die Türen und Fenster von Tasfalens Haus von selbst aufschwangen und ein Feuerwesen hinausflog und flatternd hoch über dem Haus kreiste.

Und in den Rauch verschwand, der überall wallte, Rauch, der von Tasfalens Schornstein aufstieg oder zu ihm hinunterwogte, als käme das Licht, das aus jedem Fenster loderte, von etwas, das weißglühend im Haus brannte.

Aber was in Tempus brannte, war das Licht als solches.

Jihan war ihm in allen körperlichen Dingen ebenbürtig. Als sie schließlich still beisammenlagen und mehr als nur ihren eigenen Atem hören und mehr als nur ihre eigenen Seelen sehen konnten, flüsterte sie ihm zu, das Gesicht an seinem Hals vergraben: »O Geheimnisvoller, weshalb hast du so lange gebraucht, zurückzukommen und mich wieder zu nehmen? Wie konntest du mir das antun? Und Randal?«

»Ich kümmere mich um Randal. Er wird verstehen. Ich will dich, Jihan – ich will dich bei mir. Ich ...« Es fiel ihm schwer, das zu sagen, aber er mußte es, nicht nur Randals wegen, sondern um aller willen, die ihm vertrauten. »Ich – brauche dich, Jihan! Wir alle brauchen dich! Komm nach Norden und Osten und überallhin mit mir – schau dir die ganze Welt an.«

»Aber mein Vater ...« Die Augen der Gischttochter glühten so rot wie das Feuer auf der anderen Straßenseite, das er jetzt erst bemerkte.

»Wird er den Wunsch seiner Tochter nicht respektieren?«

Jihans Arme schlangen sich um seinen Hals in einer Umklammerung, die weder Tempus noch der Tod brechen könnte, und sie zog ihn zu sich hinab. »Gut, Geheimnisvoller, dann zeigen wir ihm, daß es mein Wunsch ist.«

Er war nicht sicher, ob er es selbst mit Hilfe des Kriegsgottes so schnell schon wieder fertigbrächte. Aber der Gott war ebenso unersättlich wie sie, und obwohl Sturmbringer vor Ärger grollte und die Erde erschütterte, daß sie sich bald in einem Wolkenbruch herumwälzten, der das Feuer auf dem Altar und in Tasfalens Haus löschte, war es zu spät, als daß Jihans Vater sie noch hätte abhalten können.

Tempus hatte um Jihan gefreit und sie bekommen, und nun gab es nichts mehr, das etwas am Entschluß der Gischttochter hätte ändern können, jetzt, da sie ihn gefaßt hatte.

Zip konnte sich die Schwierigkeiten gar nicht vorstellen, in denen er sich nun befand, da er zu einem Bündnis mit so vielen gezwungen war, die guten Grund hatten, ihm den Tod zu wünschen.

Jubals Falkenmasken geleiteten ihn hinaus zur Stiefsohnkaserne, um ihm dort alles zu zeigen. Nun, wenigstens mußte er hier nicht leben – noch nicht.

Die Abmachung sah so aus, daß er den Anführer eines verrückten Zusammenschlusses aller seiner bekannten Feinde machte – und einiger, von denen er gar nichts gewußt hatte: beispielsweise eine Frau namens Chenaya, die mehr Mumm hatte als die meisten Söldner, die auf dem weißgetünchten Übungsplatz herumlungerten – und sie hatte ihm klargemacht, daß die Hackordnung nicht von Dauer sein würde, solange sie nicht der Kopf war.

Mit einer übertriebenen Verbeugung und spöttisch galant ausgestreckter Hand bedeutete er ihr, daß sie gern jederzeit und überall den Vortritt in ein Grab haben könnte, und machte ihr klar, daß in Freistatt Köpfe dazu neigten, schnell zu rollen.

Aber Chenaya, die anscheinend eine rankanische Edle war, begriff nicht, daß er es spöttisch meinte. Sie nahm an, daß er sich aus Gewohnheit verbeugte und Kratzfüße machte wie andere Winder, und sie gestattete ihm, ihr in ihre Prunkkutsche zu helfen, sie sagte, sie würden sich später wiedersehen.

Er hätte sich besser gefühlt, bei all diesen Veränderungen, wenn Jubal von Mann zu Mann das erste Wort über die Regelung der Angelegenheiten zu ihm gesagt hätte; oder wenn der Rankaner Walegrin ihn nicht anblickt hätte, als wäre Zip eine Ziege, die man angepflockt hatte, um einen Wolf anzulocken.

Ja, es wäre auszuhalten in der Landgut-Festung des ehemaligen Sklavenhändlers. Ja, es war viel besser als das stinkende Loch seiner Rattenfalle. Aber irgendwie war er überzeugt, er würde nicht so lange leben, daß er mit seinen Rebellen hier einziehen könnte.

Er glaubte auch nicht, daß das 3. Kommando die Stadt verlassen würde, wenn die Stiefsöhne erst zur Hauptstadt unterwegs waren. Schließlich waren die Dritten die größte Macht hier, nach den Göttern, der Zauberei und nach Tempus.

Sync ließ sich von niemandem etwas vormachen. Und Sync blickte ihn eigenartig an, als er ein Pferd für ihn herbeipfiff, um ihm die Gangarten eines Streitrosses zu zeigen.

Es war ein sonniger Tag, das Pferd schwitzte, und Zip ritt mit Sync auf dem Übungsplatz herum wie ein rankanisches Kind mit seinem Papi, als der Pfeil sirrend sein Ohr streifte.

Er fluchte, tauchte auf der anderen Seite des Pferdes hinunter und rollte zum Zaun hinüber, während Sync Befehle brüllte und die Männer besorgt umherliefen.

Zip suchte nach dem Pfeil und fand ihn.

Wenn es nicht derselbe war, mit dem im Winter von einem Dach aus nach Straton geschossen worden, sah er zumindest genauso aus.

»Das bedeutet nicht, daß Strat – oder irgendein Stiefsohn – dahintersteckt«, sagte Sync, mit einem Grashalm zwischen den Zähnen, eine Stunde später, als sie ihre Pferde im Schritt gehen ließen. Die Männer kehrten schwitzend und schmutzig zurück und konnten keinen Erfolg melden. Sie grinsten Zip, den einzigen Ilsiger in der Kaserne, mit kühler Belustigung in den Söldneraugen an.

»Das habe ich auch nicht gedacht. Aber wahrscheinlich will jemand, daß ich es denke. Kein Problem.« Und er glaubte beinahe selbst, was er sagte. Wenn Strat ein Stück von ihm wollte, würden die Heiligen Trupps es sich mit großem Tamtam holen, nach dem seltsamen Kodex der Heiligen Trupps, damit Mord nicht Mord sein würde, weil er von dem bereitwilligen Mördergott abgesegnet war.

Für so einen Zweck hatten sie ganz hinten am Übungsplatz einen Altar.

Mit dem Pfeil in der Hand führte Zip sein neues Pferd dort hinüber, um seine Meinung kundzutun, indem er die aufgehäuften Steine in alle Richtungen trat.

Doch dann überlegte er es sich anders, saß auf und ritt aus der Kaserne.

Es interessierte ihn nicht wirklich, wer versucht hatte, ihn zu töten; und nach allem, was er in der Kaserne mitgehört hatte, interessierte es auch die Stiefsöhne nicht sonderlich. Sie machten sich mehr Sorgen wegen des Wetters.

Er hatte es doch gewußt, daß dieses ganze Getue, ihn an die Spitze einer Waffenstillstandskoalititon zu stellen, nur eine etwas umständlichere Art war, für seine Hinrichtung zu sorgen.

Durch die rituelle Hinrichtung zu sterben, war nicht gerade angenehm. Aber Zip hatte oft genug getötet, um zu wissen, daß keine Art zu sterben, angenehm war.

Er ritt den ganzen Tag im Sumpf der Nächtlichen Geheimnisse umher und dachte über seine Chancen nach und seine Alternativen – aber es gab gar keine.

Er würde in dem Augenblick tot sein, in dem er erklärte, daß er das Spiel nicht mitmachte. Und wenn er so tat, als machte er mit, blieb ihm zumindest eine Gnadenfrist von einer Woche.

Es war nicht viel, aber das einzige, was er hatte. Er konnte nirgendwohin fliehen; er hatte zu viele Feinde, ohne daß er auch noch Tempus dazu rechnen wollte. Wenn er von der ›Abmachung‹ abwich, blieb ihm überhaupt keine Überlebenschance. Dann wäre Zip Freiwild.

Eine Trumpfkarte besaß er – vielleicht – in Kama. Er konnte sich nicht vorstellen, daß sie sich aus Rache so um ihn gekümmert hatte.

Er wollte sie wiedersehen, doch bis er endlich aus dem Sumpf heraus war, ging bereits die Sonne unter, und es war höchste Zeit, daß er in die Rattenfalle zurückkehrte.

Sync hatte bewiesen, daß Zip in Abwind nicht sicher war, und *irgend* jemand hatte bewiesen, daß er in der Kaserne nicht sicher war. Aber er wußte schon lange, daß er nirgendwo sicherer sein konnte, als seine eigenen Fähigkeiten ihn machten.

Also kehrte er zur Rattenfalle zurück und erlaubte sich nur einen kurzen Umweg, um den Pfeil auf den kleinen Steinaltar am Ufer des Schimmelfohlenflusses zu legen.

Früher hatte er hier Blutopfer dargebracht – an etwas. Was dieses Etwas war, wußte er nicht so recht. Aber es hatte seine Opfer gemocht. Er dachte, wenn es ihn vielleicht genug mochte, weil er die Geschenke brachte, daß es dann möglicherweise zornig auf denjenigen war, der den Pfeil abgeschossen hatte.

Denn ohne die Hilfe eines Gottes hatte ein Stück Gossendreck wie Zip keine Chance, auch nur eine weitere Freistätter Nacht unversehrt zu überleben.

Tempus hatte recht: Freistatt war für Liebende, nicht mehr für Kämpfer.

Originaltitel: Sanctuary is for Lovers

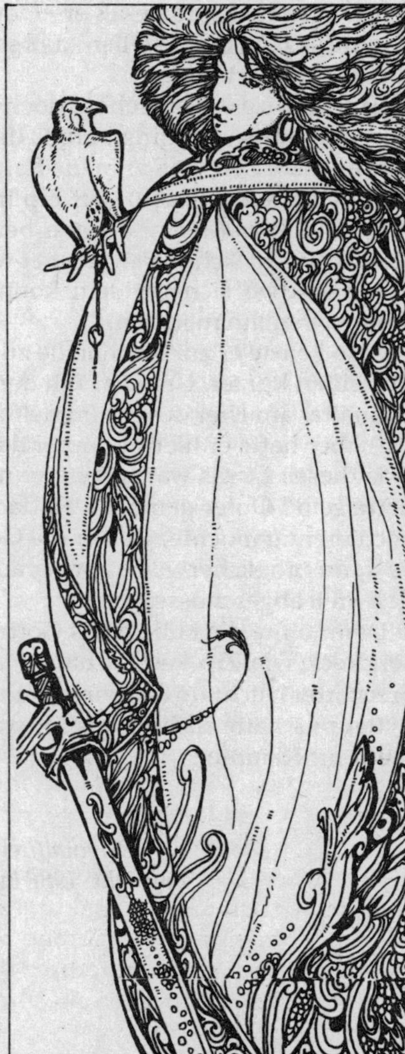

Liebe und Verrat

Robin Wayne Bailey

Chenaya räkelte sich im Bett, kaum daß die Sonnenstrahlen durch das Ostfenster ihres Schlafgemachs fielen. Ein verschmitztes Lächeln huschte über ihre Lippen, als sie wieder an ihre Begegnung mit Tempus Thales dachte. Er war nicht so einfallsreich wie Hanse Nachtschatten, nicht halb so bezaubernd wie Enas Yorl, und der arme Irre war enttäuschend schnell gewesen. Wenn schon nichts anderes, so hatte sie eine weitere namhafte Freistätter Persönlichkeit auf ihre private Liste fügen können. Sie war froh, daß sie ihn gleich bemerkt hatte, als er im Garten herumschlich; froh, daß sie beschlossen hatte, ihm unauffällig über den Weg zu laufen.

Es war ja auch eine langweilige Party gewesen vor seinem Auftauchen.

Natürlich bildete er sich ein, er hätte sie vergewaltigt, und das erhöhte ihre Belustigung noch. Ihr spitzbübisches Lächeln wurde zu einem wahrlich boshaften Grinsen. Der arme Narr hatte keine Ahnung, was er für sein flüchtiges Vergnügen würde bezahlen müssen.

Sie setzte sich lässig auf, warf die dünne Decke zurück, erhob sich und schlüpfte in einen ärmellosen Morgenrock aus blaßblauer Seide. Auf einem kunstvoll geschnitzten Tischchen neben ihrem Bett lag ein Bronzekamm. Sie griff danach und fuhr damit durch die dichte blonde Lockenpracht, während sie ihr Gemach durchquerte und sich aufs Fensterbrett setzte. Die Sonne fühlte sich wunderbar warm an auf ihrer Haut. Es würde ein sehr heißer Tag werden.

Sie schloß die Augen und lehnte sich zurück. Ihre

Gedanken wanderten zu dem seltsamen Treffen in der Rattenfalle. Es war das erste Mal, daß sie Zip, dem Führer der sogenannten Volksfront für die Befreiung Freistatts, begegnet war oder ihn überhaupt gesehen hatte. Zip war zur Zeit bei niemandem sonderlich beliebt, und wenn Freistatt von irgend etwas befreit sein wollte, dann von den blutigen, terroristischen Taktiken seiner Faktion.

Irgendwie hatte sie Zip in ihrer Vorstellung und nach den Geschichten, die sie gehört hatte, für gleichaltrig gehalten. Wahrscheinlich, weil ihn jeder immer *Junge* nannte. Es hatte sie überrascht, daß er um mehrere Jahre älter war als sie. Sie rief sich sein Aussehen ins Gedächtnis: dunkelhaarig, recht gutaussehend, ein hübsches Stirnband. Er hatte jedoch nicht viel von ihr gehalten, das hatten seine Augen nur zu deutlich verraten.

Tempus hatte im Garten nicht nur den einen amüsanten Antrag gemacht. Sowohl seine Stiefsöhne wie das 3. Kommando zogen von Freistatt ab, hatte er ihr erzählt. Dadurch würde die Stadt so gut wie schutzlos zurückbleiben, außer, jemand übernahm die Kontrolle über die VFBF, um mit ihr alle anderen Faktionen der Stadt zu vereinen.

»Benutz deine Gabe«, hatte er ihr ins Ohr gebrummt, während er an ihren Röcken herumfingerte. »Du bist unschlagbar. Übernimm die Kontrolle!«

Kontrolle, wahrhaftig. Sie war es gewesen, die die Dinge unter Kontrolle gehabt hatte, sogar, als er sie auf den Boden schob. Sie lächelte darüber. Es war offenbar ein Morgen des Lächelns für sie.

Tempus hatte sogar versucht, sie zu erpressen, damit sie seinen Vorschlag annahm. Offenbar war ihm klar geworden, daß sie und ihre Gladiatoren es gewesen waren, die Therons Barke angegriffen hatten, als der verdammte Usurpator unerwartet nach Freistatt gekommen war. Leider hatte der verschlagene alte Thronräuber so etwas vorhergesehen und einen bedauernswerten Pechvogel in seine Gewänder gesteckt, während er sich anderswo aufhielt. Ihr Angriff war erfolgreich gewesen, sie hatten nur den Falschen erwischt.

Trotzdem war des Geheimnisvollen Plan gar nicht so dumm, und ihr war des Nachts eine Idee gekommen wie ein Traum, wie die Stimme Savankalas persönlich, um sie zu leiten. Sie öffnete die Augen, blinzelte nachdenklich in die Sonne und widmete sich dann wieder dem Kamm und ihrem Haar.

Zwischen ihr und Kadakithis war es in letzter Zeit zu Spannungen gekommen, und Chenaya wußte durchaus, daß sie an dem Bruch ihrer kameradschaftlichen Bande schuld war. Sie hatte die vermißte Gemahlin ihres Vetters nach Freistatt zurückgebracht. Nicht aus Menschenfreundlichkeit, sondern um seine Vermählung mit der Beysiberin Shupansea zu verhindern. Trotz eines ranakanischen Gesetzes, das Scheidungen in der kaiserlichen Familie verbot, hatte Kadakithis offenbar die Absicht, Ende des Sommers sein Verlöbnis mit der Beysa bekanntzugeben.

Chenaya legte den Kamm auf ihren Schoß und lehnte sich zurück. Wenn sie nicht etwas unternahm, diesen Bruch wieder zu kitten, würde sich das herzliche Verhältnis zwischen ihnen nie mehr herstellen lassen. Sie ertrug es nicht, daß ihr kleiner Prinz böse auf sie war. Sie sah ein, daß sie wohl auch Frieden mit der fischäugigen Frau würde schließen müssen, die er heiraten wollte.

Tempus hatte ihr die Möglichkeit dazu gegeben. Sie blickte zur Sonne hinauf. *Hab Dank, leuchtender Vater, hab Dank, daß du die Welt mit einer solchen Zahl von Narren gefüllt hast.*

Wieder lächelte sie, stand auf und kleidete sich an. Es würde ein guter Tag für sie werden, voll unterhaltsamer Ereignisse.

Die Tür schwang auf, ohne daß die Besucherin geklopft hatte. Die dunkelhaarige Schönheit, die mit mürrischem Gesicht auf sie zukam, war wie ein rankanischer Gladiator gekleidet. Die Frau blickte Chenaya mißbilligend an. Dann gab sie die stolze Haltung auf; sie ließ die Schultern hängen, stöhnte, fiel theatralisch rückwärts, wohlweislich auf das Bett, wo sie liegenblieb. »Jeden Tag bei Morgengrauen aufstehen und hinaus auf den Übungsplatz, Ihr habt es mir ja oft genug gesagt.« Ein Seufzen entrang sich den vollen Lippen, und ein zierlicher Finger wie aus Elfenbein deutete anklagend: »Ihr seid nicht fertig, Herrin.« Aus ihrem letzten Wort troffen Sarkasmus und Anklage.

»Daphne, Euer schlechtes Benehmen kann mir diesen Tag nicht verderben«, sagte Chenaya, als sie einen scharlachroten Kampfkilt anzog und einen breiten Ledergürtel umlegte, dessen Schnalle in ihrem Gold glänzte.

»Seit Daxus habt Ihr mir keine Kehlen mehr ausgeliefert!« beschwerte Daphne sich.

Chenaya schnürte ihre Sandalen und log geduldig. »Ich habe es Euch schon gesagt. Die einzigen anderen Namen, die ich Euch geben könnte, sind die von Raggah. Daxus hat alle Information über Eure Karawane an diesen götterverdammten Wüstenstamm verkauft. Sie waren es, die Euch an die Piraten der Aasfresserinsel verkauft haben. Es gab keine Verschwörung, sich Eurer zu entledigen. Es war für die Raggah ein ganz und gar übliches Geschäft.«

Das stimmte nicht. Aber jene anderen in Freistatt, die sich tatsächlich verschworen hatten, Daphnes Karawane nicht in Ranke ankommen zu lassen, waren zu wichtig – wenn man die Bedrohung durch Theron bedachte –, als ihnen von Daphne die Kehle durchschneiden zu lassen. Trotz Chenayas Versprechen würde Daxus, den sie ihr ans Messer geliefert hatte, der einzige bleiben.

»Ach nein?« fauchte Daphne. »Ein ganz und gar übliches Geschäft also. Sie fingen sich nur durch Zufall eine rankanische Prinzessin ein – Kadakithis' Gemahlin. Nichts Persönliches. Für wie dumm haltet Ihr mich eigentlich?«

»Ich bin sicher, ich muß Euch erst noch besser kennenlernen.« Chenaya griff nach ihrem Schwert, das auf einer hölzernen Truhe am Fußende ihres Bettes lag. »Wenn Ihr nichts Besseres zu tun habt, als über die Ungerechtigkeit des Lebens zu jammern, dann erhebt Euch und geht zum Übungsplatz. Leyn wird heute Euer Ausbilder sein.«

Daphne setzte sich bestürzt, verärgert auf. Dann machte sie wieder ihr mürrisches Gesicht. »Leyn?« rief sie. »Wo ist Dayrne? Er ist mein Ausbilder!«

»Er ist vergangene Nacht zu einer größeren Mission aufgebrochen«, erklärte Chenaya ihrer neuesten Schülerin. »Er hat so einiges für mich zu erledigen, das ihn quer durchs Reich führt. Während seiner Abwesenheit, bildet Leyn Euch aus.« Sie deutete mit einem Finger auf Daphne. »Und keinen Protest! Ihr habt heute schon genug gejammert. Selbst der niedrigste meiner Männer kann Euch noch eine Menge beibringen. Und jetzt geht, Prinzessin.« Sie betonte den Titel als Ermahnung, daß Daphnes Rang absolut nichts bedeutete, solange sie Kampfkleidung trug.

Daphne erhob sich aufreizend langsam und warf hochmütig das lange schwarze Haar zurück. »Wie die Herrin befiehlt«, erwiderte sie mit gespielter Untertänigkeit und ging zur Tür. Als sie hindurchtrat, sagte sie laut genug, daß Chenaya es hören konnte, »Miststück!«

Das entlockte Chenaya ein weiteres Lächeln. Sie bildete ja schließlich keine Roboter aus, sondern Gladiatoren. Und Kämpfer ohne Temperament würden nicht viel taugen. Sie hatte Daphne beobachtet, für eine Prinzessin machte sie gute Fortschritte.

Auch Chenaya wollte zum Übungsplatz, doch ehe sie auf dem Korridor weiter als zur nächsten Tür kam, prallte sie in ihrer Gedankenversunkenheit gegen ihren Vater. »Oh, Entschuldigung«, murmelte sie und stützte die Hand an die Tür, die er soeben hinter sich geschlossen hatte. »Ist das nicht Tante Rosandas Gemach?« Sie zwinkerte betont arglos, weil sie wußte, daß sie ihn damit ärgern würde.

Doch diesmal zwinkerte Lowan Vigeles zurück. »Wußte ich doch, daß deine teuren Hauslehrer sich bezahlt machen würden.« Er tippte ihr mit der Fingerspitze auf die Stirn. »Ich habe deiner Tante das Tablett mit dem Frühstück gebracht.«

Sie grinste ihn ironisch an.

Lowan holte geduldig tief Atem und schob die Tür auf. Lady Rosanda blickte verlegen in ihrem Bett auf, als ein Stück kalter Braten von ihren Lippen auf das Tablett auf ihrem Schoß fiel. Hastig kaute sie den Bissen im Mund hinter vorgehaltener Hand.

Lowan schloß die Tür von außen und bedachte seine Tochter mit dem Blick des zu Unrecht Verdächtigten.

Chenaya strich das Haar zurück und weigerte sich, zerknirscht dreinzuschauen. »Wie kann man nur so selbstsüchtig sein!« tadelte sie ihn. »Zu tugendhaft, um das anzubieten, was du hast? Hab doch Mitleid! Der einzige Mann, den sie viele Jahre lang gesehen hat, ist Onkel Molin.« Sie täuschte ein Schaudern vor.

Lowan Vigeles nahm sie am Arm und führte sie von Rosandas Tür eine breite Treppe zum Erdgeschoß hinab. »Ich habe Dayrne eine Vollmacht mitgegeben, das müßte die Dinge beschleunigen. Heute nachmittag werde ich mich nach Handwerkern umsehen, damit wir mit dem Bau der Kaserne und der Nebengebäude anfangen können; und Dismas und Gestus werde ich mit der Herstellung der Übungsmaschinen beauftragen.«

»Nicht diese beiden«, wehrte sie ab. »Ich brauche sie heute selbst. Du kannst Ouoijen dafür nehmen und Leyn, wenn er Zeit hat. Aber es eilt nicht. Es wird Wochen dauern, bevor irgend jemand kommt – falls sie dem Aufruf überhaupt folgen.«

Lowan schüttelte den Kopf, als sie das Haus zum hinteren Garten verließen, wo sich die Volieren für fast zwanzig Falken befanden. »Sie werden ihm folgen, Tochter. Meine Schule in Ranke hat so gut wie alle der besten *Auctorati* hervorgebracht, die je in den Spielen kämpften. Sie werden kommen, wenn ich rufe. Und Dayrne hat genug Geld dabei, jeden anderen Kämpfer einzukaufen, den er für geeignet erachtet.«

Sie nickte. Ihr würde Dayrne an der Seite fehlen, aber es gab keinen besseren Fachmann, wenn es darum ging, Kampfschüler und Gladiatoren auszusuchen. Und außer ihr selbst und Lowan könnte sie keinem anderen eine solche Mission anvertrauen.

»Ich muß zum Übungsplatz, Vater«, sagte sie plötzlich. Sie stellte sich auf die Zehenspitzen und hauchte ihm voll Zuneigung einen Kuß auf die Wange. »Danach werde ich den ganzen Tag fort sein. Mach dir keine unnötigen Gedanken, falls ich heute nacht nicht zurückkomme.«

Lowan bedachte sie mit einem Zwinkern.

Sie stieß ihm kameradschaftlich in die Rippen. »Es ist geschäftlich.« Dann blickte sie kurz nachdenklich drein und bemerkte: »Nun, einiges davon ist geschäftlich. Anderes dürfte ein reines Vergnügen werden.«

Lowan Vigeles beäugte Chenaya argwöhnisch. »Möchtest du nicht über deinen Freund der kommenden Nacht sprechen?« Er seufzte.

Sie sagte nichts weiter zu ihrem Vater. Nach ein paar Tagen würde er ihr vergeben, wenn er herausfand, was sie getan hatte. Tempus andererseits ... Aber was scherte sie sich um ihn? Sie grinste und genoß die blendende

Stimmung, die sie heute erfüllte. Hatte sie *reines* Vergnügen gesagt? Sie kicherte.

Lowan blickte sie erstaunt an. Sie tätschelte seine Hand, zwinkerte ihm zu und ging zum Übungsplatz, wo Daphne und elf der besten Gladiatoren arbeiteten.

Die Sonne näherte sich dem Mittag, als Chenaya gestattete, für heute mit den Übungskämpfen Schluß zu machen. Sie schickte Daphne, Leyn und die anderen ins Haus zurück, während sie Dismas und Gestus zu sich rief. Die beiden waren ein Team und fast immer zusammen. Sie sahen sich mit ihrem sandfarbigen Haar, den gestutzten Bärten und den gewaltigen Muskeln sogar ähnlich.

»Interessiert an einem Spielchen, Freunde?«

Die beiden blickten erst sich und dann sie an und schwiegen. Sie konnten sich vorstellen, was sie meinte. Sie hatten ihr schon öfter bei ihren *Spielchen* geholfen.

»Niemand kann sich so unauffällig herumtreiben wie ihr zwei«, fügte sie hinzu. Tatsächlich waren die beiden das geschickteste Diebes- und Einbrecherpaar in Ranke gewesen, ehe man sie schließlich erwischt und zur Arbeit in Lowans Schule verurteilt hatte. »Und wenige können schneller rennen.«

Dismas verschränkte die Arme und unterdrückte ein Grinsen. »Ihr braucht uns nicht um den Bart zu streichen, Herrin«, sagte er in fließendem Rankene. »Es ist zu heiß, herumzustehen und Schmeicheleien auszutauschen, auch wenn sie stimmen.«

Chenaya trat zu Dismas und rieb ihren Körper gegen seinen. »Bist du nicht nett zu ihm?« zog sie Gestus auf. Sie tupfte auf den ledernen Lendenschutz unter Dismas' Kilt. »Er ist heute so brummig.«

»Niemand schuld«, antwortete Gestus schulterzukkend. Das war das Seltsame an diesem Paar. So sehr sie sich auch in allem anderen ähnlich waren, Gestus war es nie gelungen, Rankene zu beherrschen, während Dismas es wie ein Höfling sprach.

Sie stellte sich wieder ein paar Schritte vor sie und wurde ernst. »Ich möchte, daß ihr jemanden für mich beschattet. Ich gebe euch ein pralles Säckel mit. Und falls er in ein Freudenhaus geht ...« Sie zögerte und kratzte sich an der Schläfe. »Na ja, laßt euch etwas einfallen.« Jetzt verschränkte auch Gestus die Arme und grinste. Ganz offensichtlich hatte sie ihr Interesse geweckt. »Hauptsache, ihr paßt auf, daß ihr nicht auffallt.« Sie deutete mit einem Fingerschnippen auf ihre Nietengürtel. »Tragt etwas Unauffälligeres.«

Dismas nahm die Arme von der Brust, Gestus ebenfalls. »Der Name unseres Fuchses?« fragte er verschwörerisch.

»Kein Fuchs«, entgegnete sie. »Ein gefährlicher Puma. Kommt ihm ja nicht in die Quere! Ihr sollt ihn nur beschatten und mir berichten, was er unternimmt.« Sie winkte sie näher herbei und sie beugten sich hinab, um zu hören. Sie blickte in alle Richtungen, dann drückte sie einen Finger an die Lippen. »Und da ist noch was, das euch sicher Spaß macht. Ich möchte, daß mir einer von euch vor Sonnenuntergang einen halben Ziegel Krrf hierher bringt.«

Beide zogen die Augenbrauen hoch.

Sie sollte recht behalten, der Tag wurde glühend heiß, zu heiß für ihre übliche lederne Kampfkleidung. Aber sie wollte sichergehen, daß sie auffiel, deshalb zog sie eine weitfallende Hose und Bluse aus glänzend schwarzer Seide an, dazu spiegelblanke Stiefel, die fast bis an die Knie reichten, aber nicht so hoch, daß sie die Griffe der

Dolche verborgen hätten, die sie in jeden Schaft gesteckt hatte. Über eine Schulter schlang sie einen Lederriemen, an dem mehrere bandaranische Wurfsterne so befestigt waren, daß eine einfache Drehung sie aus ihrer Nietenhalterung löste. An ihrer rechten Hüfte trug sie einen Gladius, ein Kurzschwert, dessen goldene Parierstange in Form von Vogelschwingen geschmiedet war. Zum Schluß, weil sie es bei Zip gesehen hatte, legte sie ein Schweißband aus blütenweißem Linnen um die Stirn.

Aller Blicke wandten sich ihr zu, als sie herausfordernd den Karawanenplatz Richtung Abwind überquerte. Sie lächelte und blinzelte den Gaffern zu, manchmal strich sie leicht über den Schwertgriff. Nur ein paar hatten soviel Mumm zurückzulächeln, die meisten blickten rasch irgendwoandershin und beschleunigten den Schritt.

Als sie sich der Schimmelfohlenbrücke näherte, stürmte eine Schar schmutzstarrrender Gassenkinder auf sie zu. Sie lächelte, steckte ihre Hand in den Beutel an ihrem Gürtel und warf eine Handvoll Münzen über die Schulter. Die Kinder verloren das Interesse an ihr und balgten sich um die glitzernden Münzen. Lachend ging sie an dem verlassenen Wachthäuschchen vorbei und über die Brücke.

Kaum war sie an der Abwinderseite angekommen, versperrten ihr zwei Männer den Weg. »Wie wär's, wenn du mit deinen restlichen Schätzen auch so großzügig bist?« sagte der links vor ihr und deutete auf ihren Beutel.

»Und mit deinen anderen Reizen ebenfalls?« meinte der andere.

Ein abfälliges Lächeln zuckte über Chenayas Züge, als sie vernahm, wie weitere hinter ihr herbeischlichen und mit leisem Scharren ihre Klingen aus den Scheiden zogen. Sie trugen keine Armbänder, gehörten demnach also nicht zu Zips Leuten. Aus ihrer Lumpenkleidung schloß sie, daß es Moruths Männer waren.

Moruth – der Bettlerkönig – war einer der Faktionsführer, der es gewagt hatte, sich der VFBF zu widersetzen. Nun, sie war nicht nach Abwind gekommen, um Moruths Gunst zu gewinnen. Es war Seines Bettelkönigs Pech, daß die Absicht sie hierhergeführt hatte, Zip zu becircen.

Sie machte sich gar nicht Mühe, sich nach den zweien hinter ihr umzudrehen. Ihr Atem und ihr ständiges Scharren mit den Füßen verrieten ihr genau, wo sie standen. »Ihr gebt die passenden Opfer ab«, sagte sie hart. »Ich werde euer Blut dem Führer der VFBF als Trankopfer darbieten.«

Der Mann, der als erstes gesprochen hatte, erbleichte, aber er wich nicht zurück. »Du gehörst zu den Vobfs?« fragte er mißtrauisch. »Du trägst kein Band um den Arm.«

»Verunstaltet die Seide«, antwortete sie. Sie wartete und forderte sie mit hochmütigem Blick auf, entweder ihren Zug zu machen oder ihr aus dem Weg zu gehen.

»Sie muß sich für ziemlich gut mit dieser Klinge halten«, sagte einer hinter ihr.

Chenaya hatte keine Lust, noch mehr Zeit zu vergeuden. »Paßt gut auf«, sagte sie ungeduldig. »Ich gebe Geschmeiß nicht oft Unterricht.« Ein gedämpfter Aufschlag war zu hören, dann ein Stöhnen der Verblüffung und Furcht, als der Wurfstern sich in den Hals des ersten grub. Sein Schwert fiel in den Schmutz und seine Leiche hinterher.

Noch ehe der Wurfstern einschlug, hatte Chenaya ihr Schwert gezückt. Brüllend schwang sie es gegen den Mann rechts vor ihr. In entsetzlicher Furcht riß er sein Schwert hoch, um seinen Kopf zu schützen. Ihre Klinge krachte zweimal von oben gegen seine, dann schwang sie im Bogen hinunter und schlitzte seinen Bauch auf. Beim Rückwärtsschwung schlug sie ihm das Schwert aus der Hand und trennte dabei ein paar Finger ab.

Sie hatte keine Zeit zuzusehen, wie er fiel. Sie wirbelte herum, duckte sich zur Abwehrhaltung, aber ihre Gegner waren Bettler, keine kampferprobten Krieger. Sie konnte nur noch ihre Rücken sehen, als sie hastig Schutz unter der Brücke suchten. Lachend warf sie einen zweiten Stern. Ein gellender Schrei zerriß die Luft, einer der zwei fliehenden Bettler stürzte kopfüber den Uferhang hinunter und in den Fluß. Vor Schmerzen brüllend zog er sich dann aufs Ufer und schleppte sich hinter seinem Kameraden her.

Wieder lachte sie – es war ein bitterer, herausfordernder Laut, der in ihrer Kehle schnarrte. Als sie über die Schulter blickte, sah sie gerade noch, wie die Straßenbengel, die von der anderen Brückenseite aus zugeschaut hatten, wie Schatten in der Sonne dahinschwanden. Auch auf der Abwinder Seite zogen sich ungewollte Zeugen hastig in Gassen und Eingänge zurück. Chenaya bückte sich, um ihre Klinge an den Lumpen eines Toten abzuwischen, dann hob sie ihren ersten Stern auf und säuberte auch ihn.

Zweifellos würde Zip rasch alles erfahren. Das war ihre Absicht gewesen. Deshalb war sie auf diese Senkgrubenseite der Stadt gekommen. Sie steckte den Gladius zurück in die Scheide und schritt weiter, ohne noch einen Gedanken an die Toten zu verschwenden, die sie zurückgelassen hatte.

Komm zu mir, Zip! dachte sie beschwörend. *Komm zu mir!*

Es gab Häuser in Abwind, die sich als Schenken ausgaben. Doch nur Mama Bechos konnte sich wirklich als eine ausweisen. Trotzdem gab es Säufer in Freistatt, die sich nicht herablassen würden, auch nur auf ihre Schwelle zu spucken, geschweige denn zu trinken, was dort angeboten wurde.

Chenaya trat durch den niedrigen, türlosen Eingang. Ihre Augen paßten sich rasch dem Halbdunkel an. Dutzend Augenpaare drehten sich nach ihr um und musterten sie. Das waren völlig andere Gäste als die Kunden des Wilden Einhorns. Im Einhorn waren die Mienen drohend oder verschwörerisch oder gleichgültig. Die Gesichter hier im Mama Bechos drückten nur Verzweiflung und Hoffnungslosigkeit aus.

Chenaya dachte an die Männer, die sie an der Brücke hatten ausnehmen wollen. Sie hatten ihr Gold gewollt und dafür bezahlt. Sie sah hier im Mama Bechos Männer, die dasselbe getan und den Tod, den sie gab, begrüßt hätten. Warum auch nicht? Für ihresgleichen hatte das Leben wenig zu bieten, wenig, woran sie hingen.

»Willst du was, Schätzchen, oder bist du bloß wegen der schönen Aussicht hier?« Ein Berg von einer Frau in zerlumptem Kittel lehnte einen Ellbogen auf das Brett, das als Schanktisch diente, und grinste sie anzüglich an. Sie wischte einen Tonkrug mit einem schmierigen Lappen aus, der bestimmt seit Wochen kein sauberes Wasser mehr gesehen hatte.

»Schätzchen«, antwortete Chenaya Mama Becho lächelnd, »ich will zweierlei: erstens, einen Becher mit einem anständigen Trunk, am liebsten Vuksibah, falls es so was in diesem Loch gibt.« Aller Augen wandten sich ihr zu, ob wegen der Erwähnung dieses teuren Branntweins oder der Beleidung, wußte sie nicht, aber es war ihr auch gleichgültig. »Wenn du keinen hast, dann einen guten Wein oder klares Wasser.« Sie lehnte sich auf das Brett gegenüber der fetten Wirtin und spürte, wie es sich unter ihrer beider Gewicht bog. Der Atem der Wirtin war schlimmer als faulig, trotzdem gelang Chenaya ein Grinsen. »Dann will ich Zip.«

Damit hatte sie die ungeteilte Aufmerksamkeit aller gewonnen. Sie langte in ihren Beutel und holte wieder eine Handvoll Münzen heraus. Ohne einen Blick darauf oder ihren Wert auch nur zu schätzen, warf sie sie über die Schulter; eine nur legte sie auf das Brett. Es war eine glänzende Goldkrone.

»Ich wette, jemand hier weiß, wie man sich mit ihm in Verbindung setzen kann«, sagte sie zu Mama Becho, so laut, daß alle Anwesenden es hören konnten. »Und wenn er durch die Tür tritt, verstreue ich noch eine Handvoll Münzen.«

»Und was ist, wenn wir bloß dein Glitzer nehmen, Mädchen?« rief ein hagerer, verkrüppelter Mann, der in einer dunklen Ecke hockte. Er spielte mit einem Silberstück, das zu ihm gerollt war.

»Halt's Maul, Haggit!« fauchte Mama Becho. »Siehst du nicht, daß wir eine feine Dame hier haben? Also paß auf deine Manieren auf!«

Chenaya warf Haggit die Goldkrone zu, und er fing sie geschickt. »Ich verschenke mein Gold, wenn ich es für richtig halte. Zwei, die es mir wegnehmen wollten, liegen tot an der Brücke.« Sie blickte ihn hart und durchdringend an. »Ich will Zip sprechen, und ich werde jeden anständig entlohnen, um ihn zu finden. Wenn du versuchst, ein falsches Spiel zu treiben, Haggit, wirst du dafür bezahlen!«

Haggit blickte sie einen langen Moment finster an, biß prüfend in die Goldkrone, dann stand er auf und ging hinaus. Einer nach dem anderen verließen auch die übrigen Gäste die Schankstube. Nicht eine von Chenayas Münzen war am Boden übersehen worden.

»Jetzt hast du mir meine Gäste vertrieben«, beklagte sich Mama Becho. Sie wischte immer noch den gleichen Krug mit demselben dreckigen Lappen aus. »Mach dir's bequem, Schätzchen.« Sie deutete auf die tuchbedeckten Bretter auf Schragen, die als Tische dienten. »Wer weiß, wann Zip auftaucht. Der Junge kommt und geht, wie's ihm Spaß macht.«

Chenaya blieb, wo sie war, als die alte Frau verschwand, um ihren Wein zu bringen. Zip würde kommen, daran zweifelte sie nicht. Sie hatte mit genug Geld um sich geworfen, um dafür zu sorgen, und einige seiner Feinde hatte sie auch getötet. Ja, er würde schon kommen, wenn auch vielleicht nur aus Neugier.

Sie holte tief Atem. Was war das für ein Geruch? Sie blickte auf die Türöffnung, durch die Mamo Becho gegangen war. Eine alte, fadenscheinige Decke hing davor; dünner Rauch trieb um die Seiten herein.

Krrfrauch!

Sie benetzte flüchtig die Lippen und fragte sich, wie Gestus und Dismas zurechtkamen.

Wenig später kam der Mann, auf den sie gewartet hatte, endlich herein. Den Geräuschen nach ließ er zwei seiner Leute als Wache in der Gasse zurück. Mama Becho begrüßte ihn mit einem knappen Nicken und wollte sich ins Hinterzimmer zurückziehen.

»Nein, es wird nicht gelauscht, weder durch den Vorhang noch durch einen Spalt in der Wand, Mama«, rief Zip und winkte sie zurück. »Bleib schön hinter der Theke – wo ich dich im Auge behalten kann.« Mama Becho bedachte ihn mit einem Blick gekränkter Unschuld.

Zip schlenderte zu Chenaya und musterte sie ungeniert.

»Deine Haltung ist bedeutend stolzer als bei unserer ersten Begegnung in der Rattenfalle«, bemerkte sie trokken.

Er blickte sie mit unverhohlener Arroganz an. »Und du hast viel weniger Muskelpakete bei dir«, antwortete er. »Was willst du, Chenaya? Hat dich Tempus geschickt?«

Sie lachte. Sie streckte die Hand nach seiner Schulter aus, dann ließ sie sie die Brust hinunterwandern, ehe sie die Finger wieder in ihren Gürtel hakte. Sie hatte harte, geschmeidige Muskeln unter seinem Kittel gespürt.

»Tempus Thales ist nicht ganz der Drahtzieher, für den er sich hält.«

Zip lehnte sich über das Schankbrett und blickte sie lange an. »Ich würde ihm das nicht sagen – ich nicht.«

Er hatte ein nettes Gesicht, stellte sie fest. Jung und fest, von einem Schopf dunklen Haars gekrönt. Schweißspuren durchzogen seine Stirn und Wangen, und um seinen Hals waren Schmutzringe zu sehen. Er roch, aber es war männlicher Moschusgeruch, nicht der Gestank von Abwind. Sie blickte herausfordernd in seine Augen und lächelte.

»Oh, ich habe ihn gewogen«, sagte sie, »und für zu leicht befunden.«

»Er hört die Stimme des Sturmgotts«, warnte Zip mit angespanntem, rätselhaftem Lächeln.

»Und ob er Stimmen hört!« Sie faßte eine Falte seines Kittels und zog sein Gesicht näher zu sich heran.

Verschwörerischen Tones wisperte sie, doch trotzdem laut genug, daß alle, die es hören wollten, auch hören konnten. »Aber der Sturmgott?« Sie zuckte bedeutungsvoll die Schulter. »Ganz im Vertrauen, ich vermute, daß er nur ein verrückter, ganz gewöhnlicher Wahnsinniger ist. Er benutzt diese sogenannten *Stimmen*, um seine Sonderbarkeiten und Irrtümer zu entschuldigen. Man kann ihm schließlich nicht die Schuld geben – und er braucht die Verantwortung für seine Handlungen nicht zu übernehmen –, wenn ihn *Gottesstimmen* zwingen. Er ist nur ein armes Avatar.«

Chenaya glaubte das nicht wirklich. Sie zweifelte nicht daran, daß Tempus mit den Sturmgöttern verbunden war. Ihre eigene Erfahrung mit Savankala war Beweis genug, daß es solche Gott-Mensch-Verbindungen tatsächlich gab. Trotzdem war es ein herrliches Gefühl, ein solches Gerücht in die Welt zu setzen.

Zip hob den Krug, den Mama Becho vor ihn hingestellt

hatte. Er nahm einen tiefen Schluck und betrachtete Chenaya über den Krugrand, dann stellte er den Krug zwischen sie. »Du hast eine Menge Geld weggeworfen, um mich zu finden, Mädchen«, sagte er schließlich. »Warum? Doch nicht bloß, um über den Geheimnisvollen zu klatschen.«

Sie bedachte ihn mit einem Unschuldsblick, griff nach seinem Krug und leerte ihn. »Ich will wirklich über Tempus reden«, versicherte sie ihm. »Zumindest über einen Vorschlag, den er mir gemacht hat.«

Sie winkte ihn wieder näher heran. »Dein Geheimnisvoller möchte, daß ich die Kontrolle über deine VFBF übernehme. Er glaubt, daß ich eine wirkungsvolle Verteidigungstruppe daraus machen kann, um seine Stiefsöhne und das 3. Kommando abzulösen, wenn er mit ihnen aus Freistatt abzieht.«

Ein Hauch Röte färbte Zips Wangen. Er richtete sich auf und wich einen Schritt von ihr zurück. »Du treibst gefährliche Spiele, Rankanerin.« Seine Augen funkelten. »Du willst also alles übernehmen? Bildest du dir ein, daß das so einfach ist?« Er grinste sie spöttisch an.

Sie holte mit der Faust nach seinem Gesicht aus. Zip hob den Arm, um zu parieren. Aber ihr Zug war nur eine Finte gewesen. Sie fing seinen Arm am Ellbogen, zog und trat gegen seinen Fuß, als er um sein Gleichgewicht kämpfte. Zip fiel und landete benommen auf dem Fußboden. Sie setzte sich rittlings auf seine Brust und legte die Spitze eines ihrer Stiefeldolche ganz leicht an seine Kehle.

Dann lächelte sie Zip an, und plötzlich preßten sich ihre Lippen auf seine. Es lag Kraft in ihrem Kuß; und es überraschte sie absolut nicht, als er ihn zu erwidern begann. Sie setzte sich auf, wischte sich den Mund ab und grinste.

»So einfach ist es, Zip, mein Schatz«, versicherte sie

ihm. »Und Tempus weiß es. Deshalb ist er an mich herangetreten.« Sie fuhr mit den Fingern durch sein zerzaustes Haar und küßte ihn erneut.

Als sie sich aufsetzte, stieß die Spitze ihrer Klinge blitzend hinunter und bohrte sich tief in die Dielen neben Zips Ohr. Sie ließ sie dort auszittern, während sie die Bänder am Hals seines schmutzigen Kittels öffnete. »Aber ich bin nicht daran interessiert, deinen kleinen Verein zu leiten«, wisperte sie, »und was Tempus will, ist unwichtig.« Sie zog die Nägel sanft über die nun unbedeckte Stelle seiner Brust. »Ich habe jedoch ein paar eigene Vorschläge. Möchtest du sie hören?«

Seine Augen verrieten so viel: Unsicherheit, Trotz, Neugier, Begehren – und das alles unter einer Maske der Gleichgültigkeit. Er holte Luft. »Sieh verdammt zu, daß du von mir runterkommst!« Der Dolch zitterte noch neben seinem Ohr. Er hätte versuchen können, danach zu greifen – sein Blick war jedenfalls zu ihm gehuscht –, aber er tat es nicht.

Sie tätschelte seine Wange. »Bald, Liebster, wenn wir uns geeinigt haben. Aber inzwischen wird Mama Becho uns noch zwei Becher Wein bringen, nicht wahr, Mama?«

Die alte Wirtin schwieg, watschelte jedoch mit zwei Becher des sauren Weins herbei. Sie konnte sich nicht so tief bücken, um sie auf den Boden zu stellen, darum langte Chenaya hoch und nahm sie ihr ab. Mamo Becho murmelte etwas Unverständliches und zog sich zurück.

»Soll ich etwa im Liegen trinken?« fragte Zip bissig.

Chenaya holte einen Becher näher heran, tauchte einen Finger hinein und hielt ihn an seine Lippen. Nach kurzem Zögern spitzte Zips Zunge heraus und leckte die roten Tropfen ab, während ihre Blicke unverwandt aneinander hafteten.

»Ich weiß, daß eure nisibisische Geldquelle kürzlich versiegt ist.« Wieder tauchte Chenaya den Finger ein und hielt ihn ihm zum Ablecken hin. »Die VFBF braucht Geld wie jede andere Gruppe, und Geld habe ich reichlich. Wir haben auch gemeinsame Feinde, deshalb ist es nur natürlich, daß wir uns zusammentun.« Sie hielt lange genug inne, um einen Schluck aus ihrem eigenen Becher zu nehmen. »Du willst Freistatt frei von Rankanern und Beysibern.« Sie tippte auf seine Brust. »Auch ich will die Beysiber vertreiben. Aber es sieht ganz so aus, als müßte ich, um das zu bewerkstelligen, auch einen Rankaner loswerden.«

Einer von Zips Leuten huschte herein und wollte zu seinem Führer. Ein Wurfstern blitzte flüchtig in einem Sonnenstrahl, der sich durch einen Spalt in der Decke hereinverirrt hatte, und krallte sich mit seinen Widerhaken in die Wand. Der Mann hüpfte zurück. Chenaya schnalzte mit der Zunge und drohte mit dem Finger, da lehnte er sich widerstrebend an den Türpfosten.

»Kadakithis?« riet Zip. »Ist er denn nicht dein Vetter?«

Sie spuckte. »Trotz des rankanischen Gesetzes will er diese fischäugige Schlampe Shupansea heiraten. Schlimm genug, daß er das Fischvolk kampflos landen ließ. Schlimm genug, daß er die dumme Flunder mit ins Bett nimmt. Aber sie heiraten? Sie in die kaiserliche Familie aufnehmen? Zur Prinzessin von Ranke machen?« Wieder spuckte sie auf den Boden. »Auch Blut ist manchmal nicht dick genug, Liebster.«

»Es wäre schön, wenn du damit aufhören würdest!« brummte Mama Becho verärgert. »Jetzt muß jemand saubermachen, wenn ihr weg seid.«

Zip rührte sich unter ihr und verschränkte die Hände hinter dem Kopf, den Arm hatte er dabei um ihren Dolch geschlungen. Er versuchte arglos dreinzusehen, und es gelang ihm auch fast, aber sein Blick war mißtrauisch. »Also gut, *Liebste*«, spöttelte er. »Was hast du vor?«

Sie zog den Dolch aus dem Holz, schob ihn in den Stiefelschaft zurück, erhob sich und streckte die Hand hinunter, um Zip hochzuhelfen. Es wunderte sie nicht, daß er sie ablehnte und ohne ihre Hilfe aufstand. Mit viel Getue bürstete er Mama Bechos Staub von seiner Kleidung.

»Komm morgen nacht mit allen deinen Männern – der gesamten VFBF – zu dem alten Marstall bei den Getreidespeichern.«

Zip runzelte die Stirn, bückte sich und hob den Becher auf, der stehengeblieben war. Er drehte ihn in den Händen, ohne zu trinken. »Das ist direkt gegenüber von den Verliesen.«

Chenaya grinste ihn spöttisch an. »Nur nicht nervös werden, Zip. Ich habe gehört, daß du ein Mann der Tat bist. Und bei mir kannst du zupacken.« Sollte er das auslegen, wie er wollte, dachte sie boshaft. »Zufällig ist mir der Posten gewogen, der morgen nacht am Tor der Götter Wache hält – Krrf sei Dank –, und ein Wort von mir wird dieses Tor öffnen.« Sie strich das Haar mit einer Hand zurück, stemmte sich mit der anderen vom Boden und goß den Rest des sauren Weins aus ihrem Becher in sich hinein. Dann öffnete sie die Finger und ließ den Tonbecher vor ihren Stiefeln auf dem Boden zerschellen.

»Und jetzt«, sagte sie herausfordernd, »kannst du mit deinen Spielgefährten weiter hilflosen Krämern und blutlosen Edelleuten auflauern und die Revolution in den Wind schreiben ...« Sie nahm ihm den Becher ab, mit dem er herumgespielt hatte, leerte ihn in einem Zug und betrachtete ihn über den Rand hinweg. Einen Augenblick später lagen die Scherben bei den anderen auf dem Boden. »... Oder die VFBF kann endlich einen wirkungsvollen Schlag landen. Also, was sagst du?«

Zip blickte nachdenklich drein. »Auch wenn Kadakithis tot ist, brauchen wir eine wirkungsvolle Verteidigung gegen Theron.« Er kratzte sich am Kinn.

»Theron wird euch wahrscheinlich dankbar sein«,

meinte sie. Sie konnte mit Sicherheit davon ausgehen, daß Zip den Thronräuber nie kennengelernt hatte und nichts von dem verschlagenen Verstand des alten Generals wußte. Theron wollte Freistatt als Bastion an Rankes Südgrenze. Nichts würde ihn überzeugen können, daß es besser wäre, die Stadt aus der eisernen Faust des Reiches zu lösen. Auch nicht die Hinrichtung des rechtmäßigen Erben der Krone, die er sich angeeignet hatte.

Doch das würde Zip nicht verstehen. Er war ein Kämpfer, kein Politiker.

»Unnötig, meine ganzen Leute mitzubringen«, entgegnete Zip. »Ein kleiner Trupp – zwei oder drei – sind genug, um hineinzuschleichen und zu tun, was getan werden muß.«

Chenaya trat näher. Sie war fast so groß wie Zip und hatte fast ebenso breite Schultern. Wieder atmete sie seinen Geruch ein und biß sich auf die Lippe. »Ein kleiner Trupp für den Prinzen und seine Fischliebste«, stimmte sie zu und nickte mit dem Kopf wie eine geduldige Lehrerin, deren Schüler sich Mühe gibt, aber etwas beschränkt ist. »Die übrigen werden sich jedes einzelnen Beysibers im Palast annehmen – und wer sich sonst in den Weg stellt.«

Ganz offensichtlich überschlugen sich die Gedanken in seinem Kopf. Er warf einen raschen Blick auf seinen Mann an der Tür. Der hatte jedes Wort gehört, und seine Augen glänzten vor Eifer, aber er verhielt sich still. Zip stiefelte hin und her und zertrat Tonscherben unter den Sohlen. »Und die Garnison?« fragte er. »Wie sieht's mit einem Fluchtweg aus? Wie mit bewaffnetem Widerstand im Palast?«

Chenaya lachte verächtlich. »Tempus hat mir gesagt, daß du ein Mann bist, der weiß, wann man zuschlagen muß. Aber du hörst dich mit deinen endlosen Fragen wie Molin Fackelhalter an.«

Zip verstummte, stapfte jedoch weiter hin und her.

»Würdest du es tun, wenn Tempus euch führt?«

Er blieb mitten im Schritt stehen und blickte sie mit zusammengekniffenen Augen an. Er sagte auch jetzt nichts, aber es war unübersehbar, daß ihm Fragen auf der Zunge brannten.

Sie spuckte verächtlich, doch um Mama Bechos willen direkt auf Zips Stiefel. »Ich bin alles, was Tempus ist, Liebster«, sagte sie in grimmigem Spott über sein Zittern. »Und mehr. Vielleicht glaubst du das jetzt noch nicht, aber du wirst es bald.« Sie wandte ihm den Rücken zu und ging zum Schankbrett. »Hast du Würfel?« fragte sie Mama Becho.

Die alte Frau langte in ein Regal und brachte zwei vergilbte Elfenbeinwürfel zum Vorschein. Chenaya winkte Zip herbei. »Würfle«, befahl sie. »Die höheren Augen gewinnen.«

Er musterte sie und zögerte. Ihre Blicke hielten einander herausfordernd. Schließlich warf er die Würfel. »Elf«, stellte Chenaya fest. »Nicht schlecht.« Dann würfelte sie. »Zwölf.« Zip langte wieder nach den Würfeln und strahlte, als sie erneut mit elf schwarzen Augen liegenblieben.

Chenaya schaute gar nicht nach, als sie gewürfelt hatte.

Zip blinzelte.

Zwölf!

»Ich kann nicht geschlagen werden«, erklärte sie Zip, ohne den Blick von ihm zu nehmen. »Auf keine Weise!«

»Das nimmt dem Leben jeden Reiz, nicht wahr?« entgegnete er trocken.

Sie warf einen Blick über die Schulter. »Ruf deinen Mann«, befahl sie.

Zip tat es.

Der Mann, den sie mit dem Wurfstern fast rasiert

hätte, kam herbei. »Wie wär's mit dem schwarzen Fleck an der hinteren Wand«, sagte sie. Der Mann warf seinen Gürteldolch. Ein Messer aus ihren Stiefelschäften folgte. Es waren zwei gute Würfe, aber ihrer war dem Auge des Flecks näher.

»Gut, du hast also Glück und Geschicklichkeit«, sagte Zip. »Das heißt aber nicht, daß du dich mit dem Gott – oder Fluch, was immer es ist – des Geheimnisvollen messen kannst.«

Sie rollte die Augen und stieß einen langen Seufzer aus. »Ich wette um einen Kuß mit dir«, sagte sie schließlich. »Kennst du Rat-die-Zahl?« Sie wartete, bis er nickte. »Geh ans obere Ende des Schanktischs und kratz irgendeine Zahl zwischen eins und zehn ins Holz. Nein, wart. Machen wir's spannender, zwischen eins und fünfundzwanzig.«

Mama Becho watschelte mit fliegendem Haar herbei. »O nein, das werdet ihr nicht!« schrie sie. »Ihr schneidet mir nicht in mein schönes Brett! Gar nicht so leicht, gutes Holz zu kriegen.«

Chenaya zog ihren Beutel vom Gürtel und leerte ihn auf die Theke. Die Münzen rollten in alle Richtungen. Sie ließ den leeren Lederbeutel auf das Häufchen fallen, das in der Mitte liegengeblieben war. »Mama«, sagte sie bedrohlich leise. »Halt's Maul!«

»Also gut«, sagte Zip am anderen Ende des Schankbretts. Er verbarg die kratzende Hand mit der anderen. Schließlich warf er sein Messer nervös hoch und fing es wieder.

»Zweiundvierzig«, sagte Chenaya. »Betrüger!«

Zip starrte auf die Zahl, die er ins Holz gekratzt hatte, auf sein Messer, auf seinen Mann, auf sie. Wortlos ging er zu Chenaya und bezahlte seine Wettschuld.

Die glühende Sonne war längst hinter dem westlichen Rand der Welt verschwunden, und die schöne Sabellia, prächtig als volle Scheibe, streute die Bruchstücke eines Diamanten über das Meer. Chenaya ließ die Beine über den Kaiserpier baumeln, starrte auf das glitzernde Wasser und lauschte den gedämpften Lauten der beinahe stillen Diebeswelt. Der alte Pier knarrte sanft in der Brandung, Takelung und Gei der Fischerboote summten und sangen im Nachtwind. Viele andere Geräusche gab es nicht.

Hier war eines der Fleckchen, an die sie sich zurückzog, wenn sie Sorgen hatte. Sie hätte nicht zu sagen vermocht, was sie so beunruhigte, aber es fühlte sich an, als ob ein düsterer Schatten auf ihre Seele fiel. Sie bemühte sich, dieses Gefühl zu verdrängen. Das Meer machte sie oft melancholisch. Aber das ungute Gefühl blieb.

Sie tastete nach dem Beutel, den sie an den Gürtel gebunden hatte. Er enthielt eine Mischung aus Zucker und dem hochwertigen Krrf, den Gestus für sie besorgt hatte. Sie drückte den Beutel in der Hand und grinste. Nein, das war bestimmt nicht der Grund ihrer Unruhe. Sie hatte vor, den kleinen Streich, den sie Tempus spielen würde, so richtig zu genießen.

Und dann?

Weit draußen auf dem Wasser blitzte etwas im Mondschein. Ein gedämpftes Platschen war zu hören. Sie strengte die Augen an und sah das Silberschimmern einer Finne, die durch die Wellen schnitt. Sie war nur flüchtig zu sehen, ehe sie untertauchte. Ein Delphin? fragte sie sich. Oder ein Hai?

Die Welt, vor allem die Diebeswelt, war voll von Haien. Sie dachte an Kadakithis und Shupansea, die sich im ihrem Palast verkrochen, und sie dachte an Zip und an den Verrat, den sie plante. Da erkannte sie plötzlich, was der Grund ihrer düsteren Stimmung war.

Aber es muß getan werden! sagte sie sich fluchend. Früher oder später würde es ohnehin geschehen.

Chenaya streckte den Arm aus. Die Metallringe ihrer *Manica* glänzten in Sabellias Pracht. Sie spitzte die Lippen und pfiff dünn und schrill.

Es war unmöglich, Reyk in der Dunkelheit zu sehen. Sie hörte nicht einmal seinen Flügelschlag. Wahrscheinlich hatte er unmittelbar über ihr gekreist und war auf ihren Pfiff hin heruntergestoßen. Sie spürte nur den plötzlichen Luftzug seines Flügelschlags an ihrer Wange, dann sein Gewicht auf ihrem Handgelenk.

Sie strich dem Falken sanft über den Rücken. »Hallo, kleiner Freund. Hast du gut gespeist?« Sie hatte Spuren von Beyarlfedern zwischen seinen Krallen erwartet. Einige der heiligen Vögel waren vor einer Weile über das Wasser geflogen. Aber Reyks Krallen waren sauber. Sie holte seinen Riemen aus ihrem Gürtel und schlang ihn um sein Bein.

Gemeinsam saßen sie still da und sahen zu, wie der silberne Prunkwagen der Göttin über das Meer segelte. Es störte Chenaya auch gar nicht, daß die Mondgöttin sie ebenfalls zu beobachten schien. Ihr Licht beruhigte sie, und Auge in Auge dankte sie Sabellia für diese kleine Erleichterung.

Reyk spreizte plötzlich die Flügel. Die Krallen spannten sich um ihren Arm; er stieß einen knappen, durchdringenden Ton aus.

Die scharfen Augen des Falken hatte Dismas entdeckt, ehe Chenaya seine Schritte auf dem Pier vernahm. Reyk beruhigte sich sofort, als er den Gladiator erkannte, der sich leise wie ein Dieb seiner Herrin näherte. »Jetzt, Lady«, flüsterte Dismas aufgeregt. »Zeit und Ort sind perfekt. Eine bessere Gelegenheit bekommen wir so schnell nicht wieder.«

Chenaya drückte den Beutel mit Krrf und Zucker

erneut und spürte, wie ihr Puls plötzlich raste. Sie hatte hier auf dem Pier lange auf Dismas' Meldung gewartet. »Was ist mit Walegrin und Rashan?« fragte sie und erhob sich.

»Sie müßten inzwischen bereits unterwegs nach Landende sein. Gestus hat Eure Botschaft abgegeben und ist zurückgekehrt, um aufzupassen, während ich Euch hole.«

Sie nahm Reyks Riemen wieder ab und steckte ihn mit einer Hand in ihren Gürtel. »Wo ist er?«

Der riesige Gladiator zögerte einen Moment und schluckte. »Bei der Vampirfrau Ischade.« Er wischte sich Schweiß von der Stirn. »Es ist nicht weit, aber wir sollten uns beeilen. Er ist bereits eine ganze Stunde dort.«

»Hoch, kleiner Freund.« Sie sandte Reyk in die Lüfte. Seine Schwingen schlugen einen gleichmäßigen Rhythmus, als er zum Nachthimmel aufstieg und verschwand. Wieder drückte Chenaya den Krrfbeutel. »Gehen wir.« Sie schlug Dismas kameradschaftlich auf den Arm. Aus ihrer Stimme schwang mehr als nur eine Spur Schadenfreude.

Dismas führte sie die Uferpromenade entlang, dann die Straße der Gerüche hinauf und durch eine Gasse, die sie nicht kannte. Und dann befanden sie sich in einer wahren Wildnis, dichter, als sie auf dieser Seite des Schimmelfohlenflusses für möglich gehalten hätte. In einem breiten Graben hielten sie an.

»Dort!« flüsterte er.

Die Fenster waren dunkel. Nichts ließ darauf schließen, daß sich jemand im Innern aufhielt. Aber Tempus Thales' mächtiges Trospferd war neben der Gartentür angebunden.

»Eine Stunde, hast du gesagt?« vergewisserte sie sich. »Wo ist unser anderer Partner?«

Er deutete stumm ins tiefere Dickicht.

Sie lächelte und warf einen bewundernden Blick auf Tempus' prächtigen Hengst. Eine seltene Rasse, diese Tros. Kein anderes Pferd kam an Kraft, Ausdauer und Intelligenz auch nur annähernd an sie heran. Sie hatte in ihrem ganzen Leben bisher nur zwei andere gesehen. Es überraschte sie, daß Tempus das Tier unbewacht gelassen hatte.

Ja, eine seltene Rasse, diese Trospferde, und sie war entschlossen, sich auch eines zu verschaffen.

»Hol Gestus und seht zu, daß ihr so schnell wie möglich nach Landende zurückkehrt. Habt in der Stallung alles bereit, wenn ich komme. Und sorgt dafür, daß auch Walegrin und Rashan dort sind.«

»Aber Herrin!« protestierte Dismas. »Die Vampirfrau und der Geheimnisvolle – Ihr werdet vielleicht unsere Hilfe brauchen!«

Chenaya schüttelte den Kopf. »Ich werde mit ihnen fertig. Tu, was ich gesagt habe, und sieh zu, daß alles bereit ist. Und unauffällig! Ich möchte nicht, daß mein Vater etwas bemerkt.« Sie stieß ihm spielerisch die Hand auf die Brust. »Geh!«

Sie sah ihm nach, bis er wieder in der Nacht verschwunden war, dann lehnte sie sich in die Schatten zurück und holte tief Atem. Nun, da ihre Freunde aus dem Weg waren, konnte sie unbesorgt mit ihrem Streich weitermachen. Es wäre eine Beleidigung für die beiden guten Männer gewesen, wenn sie erklärt hätte, weshalb sie sie wegschickte. Aber sie kannte Tempus Thales, und sie kannte auch die Geschichten über Ischade. Falls irgend etwas schiefging, wollte sie nicht, daß ihre Männer dafür bezahlen mußten.

Chenaya löste den Beutel mit Krrf und Zucker von ihrem Gürtel, lockerte seine Verschlußschnur und ging auf das dunkle Haus zu. Sie vermutete, daß das Trospferd ausgebildet war, Krieger zu erkennen. Sie jedenfalls hätte es ihm beigebracht, und das erwartete sie auch von Tempus. Aber sie war eine Frau und hatte in dieser Nacht ihre Waffen zu Haus gelassen. Reyk war Waffe genug – und ihr gottgegebenes Glück.

Sie näherte sich dem Tier langsam und murmelte sanfte Worte. Der Tros beäugte sie mißtrauisch und schnaubte einmal. Er verhielt sich jedoch still, und das ermutigte sie. Sie langte in den Beutel und holte eine Handvoll des Pulvers heraus. Sie wagte kaum zu atmen, als sie den letzten Schritt machte, der sie in Reichweite des Pferdes brachte.

Der Tros roch den Zucker, nicht aber den Krrf. Er leckte ihn eifrig aus ihrer Hand und wieherte nach mehr. Chenaya erfüllte ihm den Wunsch nur zu gern. Es war genug Krrf in dem Zucker, um mehrere kräftige Männer zu töten. Genug, hoffte sie, dieses Tier sehr, sehr glücklich zu machen.

Handvoll um Handvoll verleibte sich der Tros den gesamten Beutel ein. Chenaya spähte immer wieder über die Schulter zur Tür und den Fenstern von Ischades Haus, bereit, sofort wegzulaufen, wenn jemand herausschaute.

Die Augen des Pferdes wurden rasch glasig. Es leckte den letzten Rest Pulver von ihren Fingern und blickte sie auf eine Weise an, daß sie fast laut aufgelacht hätte. Wenn ein Pferd in den Himmel kommen könnte, wäre dieses Tier auf dem Weg dorthin.

Amüsier dich gut, Pferdchen, dachte sie grinsend, *und mach mir keine Schwierigkeiten.*

Sie unterschätzte Tempus und seinen Stolz nicht wirklich; so unbewacht das Pferd auch war, würde es doch nicht leicht zu stehlen sein. Vorsichtig löste sie die Zügel und streichelte den Hengst über den Widerrist, während sie gleichzeitig in sein Ohr murmelte. Der Tros rührte sich nicht und gab auch keinen Laut von sich. Sie hielt den Atem an, klammerte die Finger um den Sattelknauf und schwang sich rasch in den Sattel. Das Pferd zitterte, und seine Ohren zuckten. Chenaya wartete kurz, dann machte sie es sich im Sattel bequem und lächelte.

Mit einem Ruck flog ihr Kopf in den Nacken. Ihr Rückgrat bog sich nach hinten, peitschte dann nach vorn. Ihr rechtes Bein wurde aus dem Sattel gestoßen, und das Knie schlug ihr ins Auge.

Die Welt drehte sich wie verrückt. Waren diese blitzenden Sterne am Himmel oder in ihrem Kopf? Sie drückte mit den Schenkeln, so fest sie nur konnte, klammerte sich mit einer Hand an den Sattel, mit der anderen an die Zügel.

Ein metallisches Quietschen war zu hören, dann ein Krachen. Das Pferd stolperte und torkelte und zerstörte Ischades Zaun und Gartentür. Es bäumte sich auf und hämmerte mit den beschlagenen Hufen auf das verbogene Schmiedeeisen ein. Dann bäumte es sich aufs neue auf, raste davon und prallte gegen einen kräftigen Baum.

Es taumelte zurück und stierte mit großen, feuchten Augen auf das unverschämte Hindernis. Benommen, verwirrt machte es einen Schritt zur Seite, dann einen zweiten und blieb stehen.

Chenaya zögerte. Sie hatte Angst, den Sattel oder Zügel loszulassen. Ihr Herz donnerte gegen die Rippen. Blut sickerte über ihr Kinn, sie hatte sich in die Lippe gebissen. Kurz ließ sie den Sattel los und massierte den schmerzenden Rücken. Der Atem, den sie viel zu lange angehalten hatte, zischte durch ihre Zähne. Sie blickte zurück zu Ischades Zaun, lachte leise und streichelte den kräftigen Nacken des Tros.

»Das hat recht spaßig ausgesehen. Mach's noch mal.«

Chenaya war die Stimme inzwischen vertraut. Sie hob die Augen, um nach dem Beobachter Ausschau zu halten. Er hockte auf einer bequemen Astgabel des Baumes, gegen den der Tros gerannt war.

»Weiß der Geheimnisvolle, daß du sein Pferd stiehlst?« fragte Zip spöttisch.

Sie drückte einen Finger auf die Lippen und schaute schnell zu Ischades dunklen Fenstern zurück. »Ich glaube, dazu ist er zu beschäftigt, der Vampirfrau näherzukommen, wenn du weißt, was ich meine.« Sie bemühte sich um den gleichen leichten Ton. »Was hast du heute nacht vor? Wie wär's, wenn wir zusammen was unternehmen?«

Zip baumelte abwesend mit den Beinen, ganz so, wie sie es am Pier getan hatte.

Er rieb sein Kinn, ein kaum erkennbarer Schatten gegen den Sternenhimmel. »Nichts, was ich lieber täte. Es war ziemlich langweilig«, sagte er in affektiertem Rankene. »Man kann dir so leicht folgen.«

»Wenn ich es möchte«, bestätigte sie. »Ich nahm an, daß du mich nicht aus den Augen verlieren willst.« Sie spähte hinauf und mußte den Kopf zurücklegen. Sie fragte sich, was ihm durch den Kopf ging, während er sich auf die Astgabel stellte. Sie bewunderte seinen Mut, wenn auch nicht gerade seine Vernunft, als er zu balancieren begann.

»Zusammen, hast du gesagt?«

Sie streichelte den Tros wieder. »Was hältst du von einem Ritt?« Sie grinste breit. Zip trug die Schatten wie einen Umhang, während sie in Sabellias Licht eingehüllt war. Sie wußte, daß er ihr Grinsen sehen konnte. »Du kannst mir bei dem Streich helfen, den ich Tempus Thales spiele. Aber überleg es dir rasch.« Wieder warf sie einen Blick über die Schulter zu dem verdunkelten Haus. Sie fragte sich, weshalb der Krach niemanden herausgelockt hatte. Aber sie wollte nicht warten, es herauszufinden – Zips wegen. »Das ist hier eine verrufene Gegend, wie ich hörte, und eine Dame muß auf ihren Ruf achten.«

»Erwartest du, daß ich mich hinter dich setze?« fragte

er skeptisch. »Nach allem, was ich gerade gesehen habe?«

Chenaya beugte sich vor und kraulte das Pferd zwischen den Ohren. »Keine Angst. Wir sind inzwischen die besten Freunde, nicht wahr, Pferdchen?« Der Tros widersprach nicht.

Zip zauderte. Sie fragte sich, ob er überhaupt schon einmal geritten war, oder ob er Angst hatte, weil es Tempus' Pferd war, zu dessen Diebstahl sie ihn einlud. Sie konnte auf jeden Fall nicht warten, bis er den Mumm dazu fand. Dismas hatte ihr versichert, daß Tempus in Ischades Haus war. Vielleicht schlüpfte er gerade in diesem Augenblick in seine Hose und langte nach seinem Schwert ...

Sie blies Zip einen Kuß zu. »Bedauere, Liebster. Es ist entweder ja oder nein, aber keine Zeit zu überlegen – so ist es bei mir.« Sie raffte die Zügel mit beiden Händen. »Aber wie wär's mit morgen nacht?« Sie versetzte dem Tros mit den Fersen einen Stoß und schnalzte mit der Zunge. Das Pferd galoppierte durch die Schlachthausgegend und bog auf den Landweg ein, ehe Zip noch ein Wort herausbrachte.

Lowan Vigeles Grundstück reichte zwar bis zum Fuchsfohlenfluß, aber der größte Teil seines Besitzes war von einer breiten Mauer mit Wehrgang umgeben. Im Süden befanden sich die Stallungen. Durch das Südtor ritt Chenaya. Dismas öffnete es rasch für sie und sprang hastig zur Seite, ehe der Tros ihn niedertrampeln konnte.

Chenaya riß mit aller Kraft an den Zügeln. Die Hufe des Streitrosses scharrten gewaltige Erdbrocken frei. Es bäumte sich auf und hätte sie fast abgeworfen, dann wurde es ganz still und zitterte.

Sie stieß erschöpft den Atem aus, schwang ein Bein

über des Trospferds Nacken und rutschte auf den Boden. Dismas, Gestus, Walegrin und Rashan eilten an ihre Seite.

»Die verdammte Bestie hätte mich fast umgebracht!« fluchte Dismas. Er wischte sich den Staub von den Ärmeln und machte ein Gesicht, als würde er den Tros verschlingen, wenn man ihm nur Zeit ließ, ein gutes Feuer zu machen.

Chenaya strich das Haar aus der Stirn. Ihre goldenen Locken waren völlig zerzaust; Schweiß und Schmutz hatten Streifen über ihre Wangen gezogen. Sie wischte sich das Gesicht ab und reichte Gestus die Zügel. »Bring ihn in die Box zu Lowans Stute. Beeil dich! Sie ist brünstig, und der da hat genug Krrf in sich, die Lust einer ganzen Armee anzustacheln.« Sie klatschte dem Tros auf die hintere Flanke, als der Gladiator ihn wegführte. »Rashan, ich möchte, daß Ihr Savankalas Segen für diese Paarung erbittet. Die Stute muß empfangen. Ich brauche ein kräftiges Füllen von ihr!«

Des Priesters Augenbrauen zuckten hoch. »Ihr wollt, daß ich sich paarende Pferde segne?«

»Ihr seid doch ein Priester, Auge Savankalas, oder nicht?« Sie umarmte ihn und hauchte ihm einen Kuß auf die Wange. Rashan hatte in Landende gewohnt, während er den Bau ihres privaten Tempels am Ufer des Fuchsfohlenflusses beaufsichtigte. Sie hatten sich zu der Zeit häufig bis tief in die Nacht hinein unterhalten, und er hatte sie viel gelehrt.

»Meinetwegen.« Er rollte die Augen. »Aber wir müssen heute nacht noch miteinander reden.« Er wandte sich ab, um Gestus zu folgen, sprach jedoch weiter über die Schulter. »Ich hatte wieder einen Traum. Ihr müßt Euch die Botschaft anhören. Es war die Stimme des Donnerers höchstpersönlich.«

Sie blickte ihm schweigend nach. Seine Worte beunruhigten sie. Sein Gang und seine Haltung waren die eines Kriegers, nicht eines Priesters, und seine Figur machte einem Rankaner Ehre. Aber er war ein Priester und der oberste von Savankalas Hierophanten. Beunruhigend war, daß Rashan in letzter Zeit besondere Träume hatte, Botschaften des Gottes, behauptete er, Visionen von Chenayas Zukunft und ihrer Bestimmung. Den ganzen Winter hindurch hatten sie über die Bedeutung seiner Träume argumentiert. Es waren überhaupt keine Botschaften, hatte sie ihn zu überzeugen versucht. Nur die Wunschträume eines alten Mannes, der sah, wie sein Reich zerfiel.

An diese Meinung klammerte sie sich nun, als er mit Gestus und dem Tros in der Stallung verschwand. Sie war nicht wirklich eine Sonnentochter, das war lediglich ein Beiname, den ihr die Zuschauer in der Arena und ihre Mitgladiatoren gegeben hatten. Nichts weiter.

Zur Rechten räusperte sich jemand. Sie hatte ihren anderen Gast völlig vergessen.

»Lady«, sagte Walegrin. »Es ist mitten in der Nacht. Euer Mann hat gesagt, daß Ihr über etwas von allergrößter Wichtigkeit mit mir sprechen müßt und daß ich in Zivil kommen soll. Da Ihr Lord Fackelhalters Nichte seid, eilte ich hierher, aber der Morgen ...«

Sie unterbrach ihn brüsk. »Wenn Ihr nur Onkel Molins wegen gekommen seid, Kommandant, dann geht besser gleich wieder.« Sie blickte ihn durchdringend an, keineswegs von seiner Größe eingeschüchtert. »Seid Ihr jedoch gekommen, um Eure Laufbahn zu fördern oder um Eurem Prinzen einen großen Dienst zu erweisen, dann bleibt und hört mir zu!«

Seine Augen weiteten sich im Mondschein, aber sie wandte ihm den Rücken zu und sagte zu Dismas: »An einem Haken in der Stallung hängt ein Lederbeutel mit Rotwein. Hol ihn ...«

Ein plötzlicher Lärm aus der Stallung unterbrach sie. Alle blickten zu dem niedrigen Gebäude. Ein Krachen war zu hören, Bersten von Holz, das klägliche Wiehern der Stute, Gestus' Verwünschungen und über all dem das gebrüllte Gebet des Priesters.

»Hol den Wein«, wiederholte Chenaya und drückte Dismas' Arm kameradschaftlich. »Auf dem Wandbrett findest du Pergament, Tintenfaß und Federkiel. Bring alles mit.«

Als sie allein waren, drehte sie sich wieder zu Walegrin um. »Ihr seid der Kommandant der Garnison in diesem Dreckloch«, sagte sie. Sie verschränkte die Arme auf der Brust und blickte ihn fest an. »Und Eure Truppe kommt Ordnungshütern hier in Freistatt noch am nächsten. Ich nehme es Euch nicht übel, daß Ihr mit meinem ränkeschmiedenden Onkel verkehrt. Schließlich wollen wir alle auf die schnellstmögliche Weise weiterkommen.«

»Wenn Euer Onkel Ränke schmiedet«, verteidigte ihn Walegrin, »dann zum Wohl der Stadt.«

Chenaya warf den Kopf zurück und lächelte spöttisch. »Molin Fackelhalter tut nichts, was nicht vor allem zu seinem eigenen Wohl ist. Aber ich habe Euch nicht hierhergebeten, um mich mit Euch über die Schwächen meines Onkels zu unterhalten. Und wie Ihr selbst hingewiesen habt, es ist spät.« Sie rieb ihr Kreuz. »Und ich hatte eine harte Nacht.«

Walegrin verschränkte ebenfalls die Arme und ahmte unbewußt Chenayas herausfordernde Haltung nach. Er blickte auf sie hinunter. »Und warum habt Ihr mich dann hierhergebeten?«

»Ihr seid die Ordnungshüter.« Sie hob die Stimme, um den Krach aus der Stallung zu übertönen. »Was ist zur Zeit Euer größtes Problem in der Stadt?«

Er kratzte sich am Kinn und dachte nach. »Zur Zeit?« Er schürzte die Lippen und bemühte sich um ein ernstes, strenges Gesicht. »Ich würde sagen, den Dieb von Tempus' Pferd zu finden, bevor er die Stadt in Schutt und Asche legt!«

Sie blickte ihn geringschätzig an, wandte ihm den Rükken zu und folgte ihren Freunden. »Kehrt in Euer Bett zurück, Kommandant. Ich habe den Falschen ausgewählt! Ich werde Kadakithis selbst beschützen, wie ich es immer getan habe!«

Da eilte er ihr nach, faßte sie bei der Schulter. Chenaya wirbelte herum und schlug seine Hand zur Seite. »Wartet!« bat er, als sie ihn wieder stehenlassen wollte. »Was ist mit Kadakithis? Wenn Gefahr für ihn besteht, dann laßt mich helfen!«

Sie ließ abschätzend die Augen über seine Hünengestalt schweifen. Sie hatte ihn seit ihrer Ankunft in Freistatt im Auge behalten und fand, daß er einer der wenigen ehrlichen Menschen in der Stadt war. Er konnte mit seinen Waffen gut genug umgehen, war jedoch kein brillanter Kämpfer. Offenbar waren seine Männer ihm aber treu ergeben.

Sie *brauchte* seine Hilfe nicht nur, sie *wollte* sie.

»Die VFBF«, sagte sie schließlich und holte zur Beruhigung tief Atem, »hat damit angefangen, Rankaner und Beysiber kaltblütig zu morden. Männer, Frauen, Kinder – ganz gleich, ob sie bewaffnet waren oder nicht. Die Volksfront begann mit einer Schreckensherrschaft, die dazu führte, daß Freistatt wie ein großer Kuchen geteilt wurde. Und ihre Schandtaten haben ihr die Feindschaft von nahezu jedem Bürger der Stadt eingebracht.« Sie hielt inne, weil sie plötzlich an Zip dachte. »Ihr Führer glaubt immer noch an den Wunschtraum einer ilsigischen Befreiung, aber die übrigen töten nur um der Macht willen, die sie empfinden, wenn sie jemanden im Schmutz zertreten können.«

Dismas kehrte mit Weinbeutel, Pergament, Federkiel

und Tintenfaß zurück. »Behalt das einstweilen«, sagte sie und nahm ihm nur den Lederbeutel ab. Sie zog den Stöpsel heraus, schluckte einen Mundvoll, wischte sich die Lippen und reichte den Wein an Walegrin weiter, der ihrem Beispiel folgte. »Wie geht es da drinnen?« fragte sie Dismas und deutete mit dem Kopf zur Stallung.

Der Gladiator grinste. »Eine solche Paarung habe ich noch nie gesehen! Hört doch selbst, wie die Stute es genießt. Ich hatte schon gedacht, sie würde die Box niedertrampeln, aber sie sind ganz versessen aufeinander.«

»Ich dachte, ich hätte Gestus fluchen gehört.« Sie nahm Walegrin den Wein ab und bot ihn Dismas an.

Der Gladiator hob den Beutel an die Lippen und trank. »Er hat einen Tritt auf die Hand abbekommen«, erklärte er. »Er wollte dem Tros den Sattel abnehmen, aber die Stute hatte bereits den Schweif in der Höhe.«

»Ich kenne Männer, die auch nicht warten konnten, bis sie ausgezogen waren«, spöttelte sie. »Ich glaube, ihr habt alle etwas von einem Pferd.« Dann zwinkerte sie.

»Die VFBF«, erinnerte Walegrin und bemühte sich um Geduld. »Und Kadakithis. Besteht Gefahr?«

Der Krach aus der Stallung endete plötzlich. Augenblicke später trat Rashan heraus und kam über den Rasen auf sie zu. Sie reichte ihm den Weinbeutel. Er trank durstig, dann nahm er die Schreibsachen, die Dismas ihm reichte, und blickte Chenaya fragend an.

»Tempus kam mit einem Vorschlag zu mir«, sagte sie zu Walegrin. »Einem von Bedeutung für ganz Freistatt. Ihr wißt, daß Theron versprochen hat, am Neujahrstag wieder hierherzukommen und die Stadt zu dem zu machen, worauf er versessen ist: zu einer Bastion des Rankanischen Reiches an seiner Südgrenze.« Sie blickte Dismas an, und die beiden tauschten eine stumme Botschaft aus. »Ihr wißt auch, daß ich gegen Theron bin.«

Walegrin ließ den Blick über die Gesichter der Anwesenden schweifen. »Ihr und Eure Gladiatoren wart es, die seine Barke überfielen und seinen Doppelgänger töteten.« Kein Zweifel klang aus seiner ruhigen Stimme.

Chenaya streckte die Hand hoch und tippte Walegrin auf die Stirn, genau wie ihr Vater es gern bei ihr tat. Sie hatte nie versucht, ein Geheimnis daraus zu machen, genausowenig hatte sie erwartet gehabt, daß es fehlschlagen würde. Ihr Armbrustbolzen hatte sein Ziel genau getroffen. Es war nur das falsche gewesen. Der Mann in Therons Prunkstaat war nicht Theron gewesen, und dem Thronräuber war es gelungen, die Stadt zu verlassen, ehe sie es noch einmal versuchen konnte.

Ihre Lippen verzogen sich spöttisch. »Tempus war so dumm, mich mit diesem Wissen erpressen zu wollen, das hier anscheinend ein offenes Geheimnis ist. Er wird bald mit seinen Stiefsöhnen und dem 3. Kommando abziehen.« Walegrin nickte. Der bevorstehende Abzug der beiden Truppen war keine Neuigkeit. »Nun, seine Idee war, daß ich die Kontrolle über die VFBF übernehme und sie benutze, die verschiedenen Faktionen zu einer Verteidigungstruppe für Freistatt zusammenzuschmieden.« Soweit stimmten ihre Worte, dann fügte sie ihre eigenen Gedanken und Pläne hinzu. »Und Theron damit Widerstand entgegensetze, wenn er kommt.«

Der Standortkommandant rieb sich das Kinn und wünschte sich, er hätte das nicht gehört. »Es ist Euch doch bewußt, daß Ihr ihn des Hochverrats anklagt?«

Chenaya zuckte die Schultern, nahm einen Schluck Wein und reichte ihm den Beutel wieder. »Ich würde nicht darauf beharren«, erklärte sie. »Tempus schuldet mehr Loyalitäten, als Ihr und ich uns auch nur vozustellen vermöchten. Er schließt sich Theron an, verschwört sich jedoch gegen ihn. Wer kann seine Beweggründe schon durchschauen?« Wieder zuckte sie mit den Schultern. »Nun, ich finde seine Idee an sich gar nicht schlecht

– nur seine Art der Ausführung gefällt mir nicht so recht. Seht Euch um, Walegrin. Ihr erwartet doch nicht, daß diese Stadt ein weiterer folgsamer Untertan des Reiches wird, oder? Etwas tut sich hier. Nennen wir es ruhig Rebellion.«

Rashan gab den Wein an Dismal weiter, ehe er ruhig sagte: »Wenn Ihr bei Therons Rückkehr mit Widerstand rechnet, braucht Freistatt Verteidigungskräfte. Theron ist ein Mörder und ein Thronräuber. Loyale Rankaner *sollten* sich gegen ihn erheben!«

Chenaya winkte ab. »Loyale Rankaner haben mit dieser Sache wenig zu tun. Freistatt ist etwas völlig anderes, ein Schmelztiegel unterschiedlichster Interessensgruppen, von denen keine etwas von Theron hält. O ja, Tempus' Idee ist gut, aber weil er Tempus Thales ist und ein Narr, überschätzt er den Wert seiner Stiefsöhne und des 3. Kommandos. Auch ohne sie ist Freistatt keineswegs schutzlos. Und wir brauchen die VFBF gar nicht, um ihren Platz einzunehmen.«

Sie hob die Hand und begann ein paar Gründe an den Fingern abzuzählen. »Die Beysiber haben gut fünfhundert Krieger, und das ohne die Harka Bey, die eine unbekannte Größe sind. Die Garnison hat wenigstens sechzig Soldaten, die fast alle hier rekrutiert wurden und hier aufgewachsen sind. Dann sind da die Höllenhunde, die sich vom Reich im Stich gelassen fühlen, ich glaube, sie würden für uns kämpfen. Mit Jubal und seinen Männern muß man ebenfalls noch rechnen; falls Theron diese Region befrieden sollte, haben sie nichts zu gewinnen, wohl aber viel zu verlieren.« Sie tippte mit einer Hand auf ihre Brust und mit den Knöcheln der anderen auf Dismas' Schulter. »Ich habe meine zwölf Gladiatoren, die namhaftesten in der Geschichte der Arena. Und bis Neujahr werden es hundert Mann mehr sein, die besten Kämpfer, die je aus rankanischen Schulen kamen.«

Walegrin blickte nachdenklich drein. Er schien zu vergessen, daß auch er Hochverrat beging, als er sagte: »Wir könnten noch weitere von der Straße rekrutieren. Und wir haben unsere Zauberer. Freistatt ist voll von Magiern.«

»Was wir nicht brauchen«, fuhr Chenaya fort, ermutigt durch seine Teilnahme, »ist die VFBF. Diese Gruppe hat zu viel Unfrieden verursacht und dadurch die Spaltungen gefördert, die so viele Leben kosteten. Am schnellsten können wir diese Faktionen vereinigen, wenn wir Zip und seiner blutdurstigen Bande ein Ende machen.«

Der Standortkommandant nickte bedächtig, denn er fand, daß sie recht hatte. Sogar Zips eigene Leute, der Großteil der ilsigischen Bevölkerung, hatte sich von den Ideen der VFBF abgewandt, als allgemein bekannt wurde, daß diese Gruppe von nisibischen Aufwieglern unterstützt wurde, die lediglich Aufruhr an Rankes hinterster Grenze stiften wollten, während ihre von Dämonen abstammenden Hexer ihre Eroberungszüge vom Hexenwall durch die Königreiche ringsum fortsetzten.

»Ohne das 3. Kommando waren wir nie imstande, an die Vobfs heranzukommen«, gab Walegrin zu bedenken. »Wieso glaubt Ihr, daß sich daran etwas ändern wird? Sie sind wie Ratten, und ihr Zuhause ist nicht bloß die Rattenfalle, sie haben auch das Labyrinth und Abwind in der Hand.«

Chenaya nahm einen weiteren tiefen Schluck, als der Beutel wieder bei ihr anlangte. »Jede Ratte kann mit dem richtigen Käse aus ihrem Loch gelockt werden«, antwortete sie. »Die Falle habe ich bereits gestellt. Ich brauche nur noch Eure Hilfe, sie zuschnappen zu lassen.«

Gestus führte den Tros aus der Stallung. Das mächtige Streitroß wirkte völlig verwirrt und stand noch unter dem Einfluß des Krrfs. Chenaya hätte geschworen, daß das Tier grinste. Sie deutete auf das Pergament und das

Tintenfaß in Rashans Hand. »Schreibt für mich, Priester«, wies sie ihn an. »In Eurer schönsten Schrift.«

Rashan blickte über die Schulter, fand den Vollmond und setzte sich in sein bestes Licht. Er nahm den Federkiel, den er schon zuvor ins Tintenfaß gesteckt hatte, und hielt ihn bereit.

»Schreibt ...« Chenaya hielt überlegend inne. »Danke für den Liebesdienst des Hengstes.« Da lachte sie, weil sie sich an ihre Begegnung mit dem Geheimnisvollen im Garten erinnerte. »Unterschreibt mit meinem Namen in großen Buchstaben.«

Rashan bedachte sie mit einem mißfälligen Blick, genau wie Lowan Vigeles in einem solchen Fall getan hätte. Sie achtete ebensowenig darauf, und er schrieb. Als er fertig war, nahm sie das Pergament und reichte es Gestus. »Befestige es am Sattel«, befahl sie, »und laß den Tros laufen.«

Der Gladiator blickte sie entsetzt an. Er war schließlich ein Dieb, und er hatte sich eingebildet, er hätte bei einem sehr schlauen und tollkühnen Diebstahl mitgeholfen. Ein guter Dieb gab seine Beute nicht zurück. »Pferd laufen lassen?« fragte er ungläubig.

»Es laufen lassen?« wiederholte Walegrin überflüssigerweise.

»Ich bin keine Närrin, Kommandant. Es macht mir zwar Spaß, Tempus ein wenig zu ärgern, aber ich unterschätze ihn nicht. Die Stute wird ein Fohlen bekommen, dann habe ich meinen eigenen Halbtros. Ich kann zwei Jahre warten. Würde ich jedoch den da behalten, käme es zur offenen Auseinandersetzung zwischen Tempus und mir.« Sie blickte zu Sabellia hinauf, die friedlich am dunklen Himmel dahinzog. »Wer weiß, welche kosmischen Kräfte das auslösen würde, ob es nicht zu einem Krieg zwischen den Göttern käme?« Sie schüttelte den Kopf. »Nein, wenn ich dieses Risiko eingehe, dann für etwas Wichtigeres als ein Pferd, selbst einen Tros.«

Rashan machte das Zeichen seines Gottes. »Hoffen wir, daß Tempus ebenso vernünftig ist. Ihr kennt ihn besser als er Euch, Kind.«

Gestus führte den Tros zum Tor. Doch ehe er hindurch war, zerriß ein schriller, durchdringender Pfiff die Nacht. Chenaya schrie schmerzerfüllt auf und preßte die Hände an die Ohren. Durch tränenfeuchte Augen sah sie, daß die anderen das gleiche taten. Der Tros bäumte sich unerwartet auf und entriß dem Gladiator die Zügel. Wiehernd galoppierte er außer Sicht, wie in Erwiderung des seltsamen Pfiffes. Der Hufschlag fügte dem messerscharfen Pfeifen Donner hinzu.

Abrupt verstummte das Pfeifen. Chenaya richtete sich auf, trotz des Klingelns in ihren Ohren fand sie die Kraft zu lächeln. »Ich weiß nicht genau, was das war«, sagte sie, »aber ich glaube, unsere lebende Legende hat endlich bemerkt, daß sein Pferd verschwunden ist.« Sie rieb sich die Ohren. »Ich hoffe, der Zettel fällt nicht herunter.«

Walegrin wirkte völlig verwirrt. Er flüsterte dem Priester mit überlauter Stimme zu: »Wovon hat sie geredet? Götter und kosmische Kräfte und was noch alles! Ich glaube allmählich, daß Molin recht hat. Ihr seid alle verrückt!«

Rashan schüttelte den Kopf und tat sein Bestes, den erregten Kommandanten zu beruhigen. »Ihr werdet es bald genug erfahren. Tempus ist Hunderte von Jahren alt, erzählt man sich. Stellt Euch nun seine ganzen Kräfte in dieser jungen Frau vor.« Er verbeugte sich in Chenayas Richtung. »Sie ist wahrlich die Tochter der Sonne!«

Chenaya knirschte mit den Zähnen. »Hört damit auf, Rashan! Ich habe Euch gesagt, daß ich dieses Titels und Eurer Hirngespinste leid bin! Geht jetzt! Ihr habt Euren Teil in dieser Nacht getan, und ich muß mit dem Kommandanten noch einige Pläne besprechen.«

Rashan protestierte. »Aber der Traum!« erinnerte er sie. »Wir müssen darüber reden. Savankala fordert Euch auf, Eurer Bestimmung zu folgen!«

Sie winkte ab, und ihr Ärger wuchs. Solches Gerede war allein mit dem Priester schon beunruhigend genug. In Walegrins Gegenwart erfüllte es sie mit Zorn. »Ich habe gesagt, Ihr sollt gehen!« sagte sie scharf. »Wenn ich wirklich bin, was Ihr glaubt, werdet Ihr nicht wagen, Euch mir zu widersetzen. Also geht!«

Rashan blickte sie sorgenvoll an, geduldig, nicht ärgerlich, nicht enttäuscht. »Ihr glaubt es nicht«, sagte er sanft, »aber Ihr werdet es bald glauben. Er wird es Euch zeigen. Wenn Ihr in sein Antlitz blickt, werdet Ihr die Wahrheit erkennen.« Er hob einen Finger und deutete auf sie. »Blickt in sein Antlitz, Kind. Erschaut, wer Ihr seid.« Er drehte sich um und schritt durch das Tor.

Sie seufzte. Ihr Ärger wandte sich plötzlich gegen sie selbst. Rashan war ihr Freund, und er meinte es gut. Sie beschloß erneut, seine Einbildung nicht zwischen ihre Freundschaft kommen zu lassen. In so unruhigen Zeiten und in einer Stadt wie dieser waren Kameraden, denen man wirklich trauen konnte, dünn gesät.

Sie legte die Finger an die Lippen und stieß selbst einen schrillen Pfiff aus. Sie hatte Reyk abgerichtet, ihr überallhin zu folgen, wenn sie ihn frei fliegen ließ. Der Falke stieß herab und ließ sich auf ihrem Arm nieder. Sie nahm Fußriemen und Haube aus ihrem Gürtel und streichelte ihren kleinen Freund, ehe sie ihn Dismas übergab.

Dann nahm sie Walegrins Arm. »Kommt mit ins Haus, Kommandant. Da ist noch mehr Wein und etwas zu essen.« Sie rief den beiden ehemaligen Dieben zu: »Weckt die anderen auf, auch Daphne. Es geht sie alle an.«

Es war an der Zeit, über Hochverrat zu reden.

Acht Mann. Das war alles, was von der Volksfront für die Befreiung Freistatts übrig war, versicherte ihr Zip. Mehr waren es nicht mehr. Und als sie ihm in die Augen schaute, glaubte sie ihm.

Sie waren ein zerlumptes, bunt zusammengewürfeltes Pack. Einige hatten weder Sandalen noch Stiefel, aber sie trugen gute Nisibisiwaffen. Sie waren jung, diese acht, doch während sie so in den tiefen Schatten des Alten Marstalls gegenüber den Getreidespeichern kauerten, ließ ihre Bewaffnung Chenaya mit Schaudern an den Verrat und das Chaos denken, für das sie verantwortlich waren.

Jetzt jedoch war Zeit für ihren eigenen Verrat. Sie führte sie rasch die Straße der Satten hinunter und in die Tempelallee. Dann schlichen sie lautlos zum Tor der Götter, diese großäugigen Ratten, die es nicht erwarten konnten, an den Käse heranzukommen.

Sie blickte zu Zips Gesicht, das in der Dunkelheit kaum zu sehen war, und empfand fast etwas wie Bedauern. Er allein unter diesen Meuchlern meinte es offenbar ehrlich mit seiner ilsigischen Befreiungsaktion. Aber er hatte Rankaner gemordet – ihre Landsleute – und so viele andere, hatte Greuel im Namen der Freiheit begangen. Sie drehte ihm den Rücken zu und klopfte leise an das verschlossene Tor. Sie war froh, daß Sabellia noch nicht aufgegangen war und ihren Silberschein auf diesen Augenblick warf.

Das Tor öffnete sich einen Spalt. Leyn spähte unter dem Metallrand eines Wachhelms hinaus. Er musterte Zips Bande mißtrauisch, getreu seiner Rolle, und streckte die Hand hinaus. »Die andere Hälfte meiner Bezahlung, Lady«, forderte er flüsternd. »Sobald ich sie habe, lasse ich euch ein.«

Chenaya holte einen schweren Säckel zwischen Lederharnisch und Kittel hervor. Er klingelte, als sie ihn aushändigte. Leyn wog ihn stirnrunzelnd in der Hand und kaute an einer Schnurrbartspitze.

Zip drängte sich ungeduldig vor. »Beeil dich, Kerl, solange du noch eine Hand zum Zählen hast!« Die anderen drängten nach und ließen keinen Zweifel daran, daß sie durch das Tor kommen würden, ob der Posten nun zufrieden war oder nicht.

»Ist es auch soviel wie abgemacht?« brummte Leyn. »Verdammt, dann hinein mit euch allen zu den verdammten dreckigen Beysibern!« Er zog das Tor weit auf und trat aus dem Weg. Mit einer spöttischen Verbeugung winkte er sie herein. »Ich wünsch' euch viel Blut heut nacht, meine Herren, viel Blut.«

Chenays führte sie eilig hinein und geduckt über den Hof, auf des Statthalters Rasen und einen kleinen Eingang in der Westmauer des Palasts zu. Sie war schon einmal hiergewesen, während ihrer ersten Woche in Freistatt, um Kadakithis vor einem Attentäter zu schützen.* Diesen Weg hatte sie genommen. Sie empfand es als bittere Ironie.

Weil sie auf das Geräusch gewartet hatte, hörte sie, wie das Tor hinter ihnen geschlossen wurde und der Schlüssel sich im Schloß drehte.

Aber auch Zip hörte es. Sein Schwert glitt schlangenschnell aus der Scheide, als sich überall ringsum die Schatten vom Boden hoben, wo sie flach auf dem Bauch liegend im Dunkel gewartet hatten. Schrecken sprach aus seinen Augen, als er sie anblickte, und Grimm. Aber das schlimmste war die Anklage. Er erkannte Chenaya als das, was sie war, und sie wußte, daß er es wußte.

Das hielt sie nicht zurück. Wütend griff Zip an, seine Klingenspitze suchte ihr Herz. Chenaya wich seitwärts

* *Sonnentochter* von Robin W. Bailey in Geschichten aus der Diebeswelt: *Hexennacht*, Bastei-Lübbe 20113

aus und zog ihren Gladius. Mit der gleichen Rückhandbewegung schmetterte sie den Schwertknauf gegen seine Schläfe. Der Rebellenführer fiel wie ein Stein vor ihre Füße und rührte sich nicht mehr.

»Tut mir leid, Liebster«, murmelte sie ehrlich und stellte sich dem nächsten, der soviel Mut hatte, daß er versuchen wollte, Zip zu rächen. Klingen schlugen klirrend in einem hohen Bogen zusammen, dann duckte sie sich und zog die Schneide über seinen ungeschützten Bauch. Als er sich schreiend krümmte, schnitt sie aufwärts durch seine Kehle.

Die Vobfs schrien wie Wahnsinnige, als die Gladiatoren auf sie zustürmten. Die Rankaner stießen ihren eigenen Kampfruf aus, einen rachsüchtigen Schrei, aus dem ihre ganze Wut über die Ermordung ihrer Landsleute gellte. Sie kannten kein Erbarmen, und Zips Bande dachte nicht daran, um Gnade zu winseln. Klingen blitzten und klirrten, daß weißblaue Funken sprühten. Blut spritzte dick und schwarz in der Nacht. Schreie und Ächzen und Röcheln füllte den Palasthof. Walegrins Männer kamen angerannt.

Dann brach die Hölle aus. Ringsum loderten Flammen auf. Inmitten des glühenden Geysirs schrie ein Rankaner gellend, warf hilflos die Arme in die Höhe und rannte flammenzuckend dahin wie ein Dämon.

Eine weitere Bombe explodierte. Feuer breitete sich wie eine tödliche Flüssigkeit auf dem Boden aus. Rankaner und Vobfs schrien und brannten gleichermaßen. Jemand kam brüllend, ganz in Feuer gehüllt, auf sie zugerannt. Ob Freund oder Feind, war unmöglich zu erkennen, aber sie schenkte ihm einen schnellen Tod.

Sie hatte vorgehabt, bei Zip zu bleiben, ihn zu bewachen und dafür zu sorgen, daß er von dem Gemetzel verschont blieb. Doch nun wirbelte sie herum und hielt Ausschau nach dem Bombenwerfer. Er stellte jetzt die größte Gefahr dar.

Sie entdeckte ihn, als er gerade eine weitere Flasche mit der seltsamen Flüssigkeit warf. Der Blitz blendete sie; Hitze versengte ihre linke Gesichtseite. Der Geruch von verbranntem Haar stieg beißend in ihre Nase – ihres eigenen Haares, wie sie plötzlich erkannte. Und obwohl sie wußte, daß sie auf diese Weise nicht sterben konnte – Savankala selbst hatte ihr gezeigt, wie sie den Tod finden würde –, empfand sie in diesem Augenblick Angst.

Mit dem blutigen Schwert in der Faust ging sie auf ihn zu.

Aber plötzlich weiteten sich die Augen des Burschen, und sein Mund öffnete sich zu einem gräßlichen Schrei. Er hob die Hände, als wolle er die Götter anflehen. Dann kippte er nach vorn und war tot.

Daphne blickte Chenaya über den Hof hinweg an. Von ihrem Schwert troff das Blut des Bombenwerfers, und ein von Wahnsinn zeugendes Grinsen breitete sich über ihr kleines Gesicht. Als sie sicher war, daß Chenaya sie beobachtete, warf die rankanische Prinzessin den dunkelhaarigen Kopf zurück und lachte grauenvoll.

Chenaya blickte über die Schulter auf den Palast. Lichter waren in bisher dunklen Fenstern zu sehen. Köpfe blickten hinaus auf das Gemetzel. Bewaffnete Beysiber, kaum bekleidet, rannten heraus, um sich ins Getümmel zu stürzen.

Danach war es rasch zu Ende. Gladiatoren, Standortsoldaten, nackte Beysiber schauten sich nach weiteren Feinden um und entdeckten keine.

Verschlossen wie immer wischten die Fischäugigen ihre Klingen an der Kleidung von Toten ab und kehrten zurück ins Bett. Walegrin erteilte Befehle, und seine Männer zerrten die Toten davon.

Leyn eilte an Chenayas Seite und gab ihr den Säckel mit Gold zurück. Er hatte den Wachhelm weggeworfen oder im Kampf verloren. Seine blonden Locken schimmerten im Glühen der noch brennenden Feuer. »Herrin«, meldete er schwer, »wir haben zwei unserer Männer verloren.« Er nannte ihr die Namen.

Chenaya holte tief Atem. »Durch Feuer oder Schwert?« fragte sie.

Leyn wandte den Blick ab. »Einen durchs Feuer, den anderen durchs Schwert.«

Ihr Herz verkrampfte sich vor Leid um den, der verbrannt war. Das war keine Todesart für einen Krieger. »Wenn es möglich ist, dann laß dir von Walegrin die Leichen geben. Wir wollen das Bestattungsritual in Landende selbst durchführen und ihre Asche dann in den Fuchsfohlenfluß streuen.«

Leyn ging, um ihren Befehl auszuführen. Als sie einen Augenblick allein war, kämpfte Chenaya gegen Tränen des Zorns an. Alle ihre Gladiatoren waren ausgewählte Männer, und sie hatte zwei von ihnen in den Tod geführt. Der Tod selbst war nichts Neues für sie, doch diese Verantwortung für das Leben anderer schon. Plötzlich empfand sie es als schwere Last.

Sie blickte zum Himmel und wünschte sich, Sabellia würde kommen, um ihre Welt zu erhellen. Es waren jetzt nur zwölf Glieder an ihrer Kette – nein, nun nur noch zehn, aber bald sollten es hundert sein. Hundert Mann, an die sie gebunden sein würde.

Sie kehrte zu dem bewußtlosen Zip zurück. Inzwischen hatte sich bereits ein Bluterguß an der Stelle gebildet, wo ihr Schwertknauf ihn getroffen hatte. Sie kniete sich nieder und tastete nach seinem Puls, aus Angst, sie könnte zu fest zugeschlagen haben.

»Lebt er?«

Sie blickte zu Walegrin auf. Der Standortkommandant war blutverschmiert, aber offenbar nicht von seinem eigenen Blut. Er bot einen gräßlichen Anblick, und sie mußte sich abwenden.

Da sah sie ihre Hände. Sie schauten nicht besser aus als seine.

»Er lebt«, antwortete sie schließlich., »Ich wollte, daß er am Leben bleibt.« Ein Luftzug ließ Zips schwarze Lokken erzittern. Bewußtlos wirkten seine Züge fast unschuldig, so ruhig, so friedlich. »Er sollte für seine Verbrechen öffentlich vor Gericht gestellt werden«, sagte sie, erschüttert bis auf den Grund ihrer Seele. »Die Leute müssen wissen, daß die lange Schreckensnacht der VFBF zu Ende ist. Dann können wir die Stadt wieder zusammenhalten.«

Ein Lamm, dachte sie plötzlich von Zip. *Das Lamm, dessen Opferung uns wieder gesund und heil machen wird.* Sie nahm die stillen Hände in ihre, dann zog sie sie rasch zurück. Zum zweiten Mal in dieser Nacht verspürte sie Angst. Zip war auf sein Schwert gefallen, und eine lange Schnittwunde zog sich durch seinen Handteller. Sie war erleichtert, als sie keine ernsteren Verletzungen fand.

Nun klebte sein Blut im wahrsten Sinne des Wortes an ihren Händen.

Sie stand auf und versuchte, die Finger an ihrem Harnisch abzuwischen. »Nehmt ihn mit«, sagte sie zu Walegrin. »Und richtet Kadakithis und Shupansea folgendes aus«, sie blickte auf Zips ruhiges Gesicht, während sie sprach, als wären die Worte für ihn gedacht, »daß Zip mein Friedensangebot für sie und die Stadt ist. Ich werde die Beysa nicht mehr befehden, aber es ist nun ihre und Kadakithis' Aufgabe, die Faktionen von Freistatt zu vereinen.« Sie zögerte, schluckte und fuhr fort: »Sagt ihnen auch, daß sie das nicht tun können, wenn sie sich hinter den Palastmauern verkriechen. Es ist Zeit, daß sie sich endlich unter ihr Volk begeben und es führen, wie Führer es tun sollten.«

Sie wandte den Blick von Zips Gesicht ab und ließ ihn über den Hof wandern. Die Toten, die noch erkennbar waren, wurden getrennt von jenen gelegt, die es nicht mehr waren. Der grauenvolle Geruch verbrannten Fleisches erfüllte die Luft. Ihre Gladiatoren arbeiteten Hand in Hand mit den Garnisonssoldaten. Sogar ein paar Beysiber, die nicht ins Bett zurückgekehrt waren, halfen mit.

»Sonst wäre all dies vergebens gewesen«, sagte sie zu Walegrin.

Dann verließ sie ihn, und Leyn, der den Schlüssel hatte, öffnete das Tor der Götter für sie. Als niemand sie mehr sehen konnte, ließ sie ihren Tränen freien Lauf, aber weil sie sich ihretwegen schämte, fing sie zu laufen an. Sie wußte nicht, durch welche Straßen, auch nicht, wieviel Zeit verging, bis ihr Leid und ihr Zorn nachließen. Schließlich saß sie wieder auf dem Pier wie in der Nacht zuvor, und ihre Beine baumelten über dem tiefen Wasser, als Sabellia ihre Wanderung über den Himmel begann.

Sie konnte immer noch Zips Augen in ihrem Rücken spüren.

Sie fröstelte und schlug die Arme um die Brust und wünschte sich Reyk zur Gesellschaft. Aber der Falke war in der Voliere, und sie war allein.

Allein.

So allein wie Tempus Thales?

Tempus

In der Stille der Nacht

C. J. Cherryh

Haught öffnete das versiegelte Fenster unendlich vorsichtig, und erst da wurden aus den blassen Geistern Stühle und ein Tisch. Er gab keinen Laut von sich, versuchte nicht, die Bannzauber zu erforschen, die das ganze Haus versiegelten, ja berührte nicht einmal die geschlossenen Fensterläden. Für den Wind waren diese Bannzauber jedoch kein Hindernis. Zum erstenmal seit – wie lange? – kam wieder ein Lufthauch von außen in das Herrenhaus, berührte kaum merklich die Vorhänge und brachte schwüle Wärme in die abgeschlossene muffige Dumpfheit, in der er gehaust hatte.

Dieser Lufthauch stöberte die paar Staubkörnchen auf, die sich gesammelt hatten. (Es war ein erstaunlich sauberes Haus, wenn man bedachte, daß die Dienerschaft schon vor Monaten geflohen und es so lange versiegelt gewesen war.) Der Lufthauch streifte durch den Gang und in ein anderes Gemach, wo er über das Gesicht eines Mannes strich, der schlief – ebenfalls schon sehr lange. In dieser Dunkelheit, in dieser Stille, in der allein schon ein Lufthauch erstaunlich war, verlor dieses kalte, schöne Gesicht seine leichengleiche Starre. Die Nasenflügel blähten sich, die Augen öffneten sich unter langen Wimpern zum Schlitz, die Brust hob sich unter einem tiefen Atem.

Doch davon wußte Haught nichts. Er spürte Magie wie ein Zittern in den Grundmauern und ein Beben in sich selbst. Er spürte die Macht, die von den Trümmern auf der anderen Straßenseite kam, wo der größte Teil eines Blocks von Freistatts vornehmsten Häusern zu einer langgestreckten rußigen Ruine aus zusammengestürzten Ziegeln, Steinen und verkohlten Balken geworden war. Und er spürte sie auch anderswo dahinbrausen, lockend und erschreckend und seelenbedrohend. Er beugte sich, um durch die Schlitze des Fensterladens sehen zu können, hüllte sich jedoch in seine Tarnung, seine wirkungsvollste Gabe – sich vor anderen Zauberern und Kräften unbemerkbar zu machen. Dazu war seine Magie abgesunken. Er erforschte die Magie, die er gegenwärtig nicht zu beherrschen imstande war. Er verzehrte sich nach Macht und seiner Freiheit, wagte jedoch weder das eine noch das andere zu ergreifen.

Er sah, wie seine Feinde sich da draußen im Dunkeln sammelten, sah die aufs Haus gerichteten Blicke und spürte den Zug des Bannzaubers, den die Hexe Ischade um sein Gefängnis gewoben hatte. Er fröstelte und atmete die Luft ein, die der Wind herbeitrug. Sie war schwer von altem Brand und von gegenwärtigem Zauber und Exorzismus und von Rache. Plötzlich wußte er, daß dieses Haus das Ziel dieser Vorbereitungen war. Ungeheure Angst griff nach ihm, und er zitterte vor Haß. Er spürte, wie die Macht anschwoll und die Bannzauber in einem Augenblick der Auflösung aufflammten ...

Er war gelähmt, erstarrt von Selbstzweifel, während diese furchtbare Kraft das Haus einhüllte und die Bannzauber zu einer ungeheuren Fackel auflodern ließ.

Er schrie.

In dem anderen Gemach fuhr der Schläfer auf und wand sich. Er begann von Kopf bis Fuß zu rauchen – und dieser Rauch quoll durch den Gang zum Schornstein und ins Freie. Einen Augenblick später schlugen Licht und Lärm und Schmerz auf alles Lebende im Haus ein.

Der Schläfer fiel schlaff in die Kissen zurück; Haught sackte vor dem Fenster im vorderen Gemach zusammen. Als er wieder soweit bei Bewußtsein war, daß er sich auf die Arme stützen und den Schaden abschätzen konnte, war die Luft still und er selbst taub durch einen Ton, der vielleicht gar keiner gewesen war.

Er stemmte sich hoch, bis er sich am Fensterbrett festhalten konnte, dann richtete er sich immer noch zitternd ganz auf. Reglos blieb er am Fenster stehen, bis alles still war, bis die schattenhaften Gestalten sich aus den Trümmern auf der anderen Straßenseite zurückzogen und er es endlich wagte, das Fenster wieder zu schließen.

Eine Hand fiel auf seine Schulter. Er wirbelte herum und stieß einen Schrei aus. Nur gut, daß die Meute auf der anderen Straßenseite inzwischen verschwunden war.

Das ruhige schöne Gesicht, das ihn aus solcher Nähe anblickte – lächelte. Es war nicht das Lächeln des Mannes, dem dieser Körper gehört hatte. Es war nicht das der Hexe, die davon Besitz ergriffen hatte. Haught war immer noch ein Magier. Gegen eine andere Bedrohung könnte er seine Kräfte einsetzen; trotz der Schwächung aller Magie in der Stadt, war er noch erstaunlich mächtig.

Doch was hinter diesen Augen schlummerte, was dort wanderte – war der Tod. Der Gründe hatte, falls er sich daran erinnerte, langsame Rache zu nehmen und Magie gegen die Bannzauber zu schleudern (Haught spürte, daß sie erneuert waren), die diese Seele festhielten in …

Haught betete zu den fernen Göttern und drückte sich gegen den Laden, der ratterte, woraufhin er wieder zusammenzuckte. Ischade war da gewesen. Ischade war lange genug nahe genug gewesen, daß dieses – Ding, das wie Tasfalen aussah, es vielleicht wahrnehmen konnte und sich erinnerte und in einem Wutanfall Bannzauber und Seelen gleichzeitig zerschmetterte.

Aber der zurückgekehrte Geist hob lediglich die Hand und strich zärtlich über Haughts Wange. »Staub«, sagte er, das war sein einziges Wort. Täglich sammelte Haught den Staub, dem es gelang, ins Haus zu dringen, und siebte ihn nach dem magischen Staub durch, der möglicherweise dazwischen sein mochte – den Überresten der Machtkugel. Diesen Staub mischte er in einen Trank, den er dieser Kreatur gehorsam einflößte und von dem er nur ein bißchen für sich stahl. Er war sehr gewissenhaft in diesen Dingen. Er hatte Angst, es nicht zu sein. Haught hatte überhaupt viel Angst in diesen langen Monaten; er, der einmal ein paar unvergeßliche Augenblicke lang der größte Magier von Freistatt gewesen war, befürchtete Folgen, und die Ungewißheit lähmte ihn. Weil er die Wahl zwischen mehreren Möglichkeiten hatte, wagte er sich an keine, so groß war seine Angst. Das war seine Art von Hölle. »Alles in Ordnung«, sagte er jetzt. »Geh wieder ins Bett. Schlaf wieder.« Als spreche er zu einem Kind.

»Hübsch«, sagte der Geist. Aber es war weder die Stimme noch die Berührung eines Kindes. Er hatte ein neues Wort gefunden. Haught schauderte und überlegte, wie er sich unauffällig zuurückziehen könne, bis dieses Wesen wieder schlief. Aber es hatte ihn in die Enge getrieben. »Hübsch.« Die Stimme war nun klar, als wäre eine bisher vorhandene tiefere Klangfarbe verlorengegangen. Als wäre ein Teil des Wahnsinns weg. Aber nicht aller.

Haught wagte nicht, irgend etwas zu tun. Weder zu schreien noch davonzulaufen, vor allem nichts, was diesem Wesen das Gedächtnis zurückzubringen vermöchte. Er konnte Gedanken lesen, und er schützte sich vor diesem Geist mit allen Barrieren, die er nur zu errichten imstande war. Er *wollte* nicht wissen, was hinter diesen Augen vorging.

»Komm«, sagte er und versuchte den Arm des Wesens herunterzuziehen und es ins Bett zurückzuführen. Aber genausogut hätte es aus Stein sein können; und die ganze Hölle steckte in diesem tiefen Männerlachen.

Die langsamen Hufschläge hallten von den Wänden der engen Gasse wider. Eine andere Frau, die hier in diesem schwarzen Schlund von Freistatts dunklen Straßen überholt würde, hätte vielleicht daran gedacht, rasch irgendwo Zuflucht zu finden. Ischade drehte sich lediglich um und sah, daß ein Reiter in die Gasse eingebogen war und langsam näher kam.

Tatsächlich wußte sie jedoch, wer auf dem Pferd saß, noch ehe sie sich ihm überhaupt zugewandt hatte; und während eine andere Frau, die ihn erkannt hätte, sich nun erst recht versteckt hätte, schlang Ischade nur den schwarzen Umhang und die Arme um sich und blickte ihm mit müßiger Neugier entgegen.

»Folgt Ihr mir?« fragte sie Tempus.

Der Hufschlag des Trospferds auf den Kopfsteinen endete und hallte von den Ziegelwänden nach. Eine Ratte huschte über einen mondhellen Flecken und verschwand durch einen Spalt in der Tür eines alten Lagerhauses. »Keine vertrauenerweckende Gegend für einen Spaziergang«, sagte der Reiter.

Sie lächelte: wild und finster. Dann lachte sie, und auch das Lachen war finster, aber es schwang eine Spur Bedauern mit. »Ritterlich?«

»Vernunft. Ein Pfeil ...«

»Ihr habt mich nicht überrascht.« So viel sagte sie selten. Sie war es nicht gewöhnt, sich zu rechtfertigen oder sich überhaupt anderen mitzuteilen. Daß sie es bei diesem Mann tat, erstaunte sie selbst unbewußt. Sie verspürte so wenig direkt. Nur ihre Bewußtheit war allgegenwärtig wie ein ständig schwach zitterndes Netz. Aber möglicherweise wußte er das oder ahnte es. Vielleicht hatte sie ihm deshalb geantwortet, weil sie in dieser Bemerkung eine tiefere Frage vermutete, als die meisten hätten stellen können. Er war Schatten für sie. Sie war Schatten für ihn. Sie hatten keine und jede Identität in

Freistatt, der Stadt mitternächtlicher Begegnungen, ständigen Kämpfens, unentwegter Ränke.

»Ich heile«, sagte er leise in einem Ton, der bis zu den Knochen drang. »Das ist mein Fluch.«

»Ich brauche es nicht«, entgegnete sie ebenso leise. »Das ist meiner.«

Er schwieg einen Augenblick. Vielleicht dachte er darüber nach. Dann: »Ich sagte, daß wir sie ausprobieren werden – deinen und meinen Fluch.«

Sie schauderte. Er war ein Mann, der durch Schlachtfelder und Blut stapfte, der Sturm und Grau war gegenüber ihrer Stille und tiefen Schwärze; ein Mann, der fast immer von Männern umgeben war, der verflucht war mit zu viel Liebe und zu vielen Wunden. Er war der personifizierte Gegensatz: das Licht und die Finsternis. Und sie kehrte so schnell zu Stillstand und Kälte zurück, allein.

»Ihr habt die Verabredung versäumt«, sagte sie. »Und ich warte nie. Ihr braucht Euch an die Abmachung nicht gebunden fühlen. Das hätte ich Euch gleich da gesagt. Was ich tat, tat ich. Aus meinen Gründen. Am klügsten wäre es, wenn wir einander fernbleiben.«

Sie drehte sich um und ging weiter. Doch der Tros sprang vorwärts wie von einer Hornisse gestochen, und Tempus machte schattengleich einen Bogen, um sich ihr in den Weg zu stellen.

Eine andere Frau wäre vielleicht zurückgewichen. Sie aber stand ganz still. Vielleicht dachte er, sie ließe sich bluffen, vielleicht war es Teil eines finsteren Spiels; aber in seinem Schweigen las sie eine andere Wahrheit.

Es war die Herausforderung. Es war die nicht zu befriedigende Frau. Der Mann, der (wie viel zu viele andere) zu einem Teil sie fürchtete, zu einem anderen abgewiesen zu werden und dessen Gottum bereits durch ihre Existenz in Frage gestellt wurde.

»Ich verstehe«, sagte sie schließlich. »Es geht nicht um Eure Männer, die Ihr mir damit abkaufen wollt.«

Danach herrschte drohendes Schweigen. Das Pferd schnaubte heftig und bäumte sich leicht auf. Aber er verlor weder seine Fassung noch die Kontrolle über das Tier.

Gekränkt war er weniger Sturm denn Mann, ein anständiger Mann, dessen Selbstachtung auf dem Spiel stand, der nun tatsächlich an die Leben und Seelen dachte, die er sich entschlossen hatte zu kaufen. Er war *zwei* Männer; oder ein Mann und ein viel unvernünftigeres Wesen.

»Ich begleite Euch nach Hause«, sagte er wie der abgewiesene Freier einer Müllerstochter. Und in diesem Augenblick mit der gleichen Endgültigkeit und im gleichen entsagungsvollen Tonfall. Doch es würde nicht bei der Gartentür bleiben. Sie konnte zwar nicht in die Zukunft sehen, aber sie kannte Männer, und sie wußte, daß er das um seines Selbst willen gesagt und angeboten hatte, in seinem ewigen Privatkrieg – mit dem Sturm. Mann der Grau- und Halbtöne. Er quälte sich selbst, weil er nur so gewinnen konnte.

Einen solchen Kampf verstand sie. Sie führte ihn selbst in ihrer eigenen kalten Finsternis. Sie verschob Dinge nur von einem Tag auf den anderen, weil sie wußte, daß sie am nächsten ihrem Appetit nicht Herr werden konnte; aber am dritten würde sie die Dinge wieder im Griff haben. So lebte sie nach den Gezeiten und Rhythmen des Mondes, und weil sie das wußte, hielt es sie von zerstörerischen Verlockungen ab.

»Nein«, entgegnete sie. »Ich finde allein nach Haus. Morgen nacht. Kommt morgen.«

Sie wartete. In seinem prekären Gleichgewicht, in seinem Kampf, wies sie ihn auf eine Erprobung dieses Gleichgewichts hin, und sie wußte sogar, in welche Richtung seine Seele glitt.

Er kämpfte dagegen an. Sie hatte nicht gewußt, ob er es könnte, aber sie war sicher gewesen, daß er es versuchen würde. Sie kannte den stummen Grimm in ihm, eine Hälfte gegen die andere, und beide befürchteten Schmach. Aber da war das, was er ihr schuldete. Er ließ den Tros rückwärts aus der Gasse gehen, während sie allein weiterschritt.

Bei einer anderen Frau wäre vielleicht der Pulsschlag gerast, und sie hätte Schwäche in den Knien verspürt, wenn sie wußte, wer und welche Augen zornig auf ihren Rücken starrten. Aber sie wußte genau, was er tun würde, nämlich ganz still auf dem Trospferd sitzen bleiben, bis sie außer Sicht war. Und daß er warten würde, nur um zu beweisen, daß er warten konnte, wenn seine Integrität bezweifelt wurde. Und im Gegensatz zu ihr kannte er keine Gezeiten.

Er rührte sie, auf vage und theoretische Weise. Sie empfand Achtung für ihn. Sie ging ein ungeheures Risiko ein, indem sie sein Angebot der Bezahlung annahm, denn sie wußte wirklich nicht, ob sie beide oder auch nur einer von ihnen überleben würden. Vielleicht kannte er die Gefahr, vielleicht auch nicht. Um sich selbst empfand sie vage Angst. Es war wieder diese schreckliche Langeweile, diese Fessel der Gezeiten.

Roxane fehlte ihr auf sonderbare Art. Sie vermißte ihre Dienstboten, die sie betrogen hatten. Sie vermißte sie mit dem Gefühl, das ihrem entkräfteten Körper entsprang, der uralten Langeweile, die nun um so schwerer zu ertragen war, da sie eine kurze Zeitlang – solange sie eine Feindin und eine Herausforderung gehabt – wirklich gelebt hatte.

Nur ihre Liebhaber konnten sie berühren, wenn die Langeweile am schwersten war. Es war nicht der Sex, wofür sie tötete. Es war der Augenblick der Seelenqual, des Schreckens, der Macht oder der Furcht oder des Kummers – es war nicht wichtig, was. Es hielt nie auch nur lange genug an, es zu erkennen. Da war lediglich der

Augenblick, der immer wieder versucht werden mußte, um zu erkennen, was es war.

Vielleicht war das der einzige Augenblick, in dem sie lebte.

Das Trospferd donnerte fort von der Gasse, sein Reiter warf nicht einen Blick zurück; und der Stiefsohn Straton drückte sich an die Mauer und blickte Tempus nach, bis Pferd und Reiter mit der Nacht verschmolzen.

Dann drehte er sich abrupt um und spähte durch die dunkle, leere Gasse, obwohl er wußte, daß Ischade sie bereits wieder verlassen hatte.

Daß sie ihn in die Hölle schicken würde, weil er ihr nachspionierte.

Er hörte Gerüchte über sie, hatte unzählige Gerüchte gehört, ohne sie wirklich zu hören. Es hatte ihn entsetzlich mitgenommen, und er war lange genug durch die Hölle gegangen, daß es das Vertrauen in ihm selbst erschütterte, in seine Entscheidungen, in den törichten Einfall, der ihn in blindem Ärger, ohne seine übliche Vorsicht, ohne seinen Verstand zu benutzen, auf die Straße getrieben hatte. Jetzt würde er den Rest seines Lebens unter plötzlichen Stichen in der Schulter leiden, wenn er seinen Arm falsch bewegte. Es war ein unvorhersehbarer Schmerz, der ihn wütend machte, wenn er durch ihn schoß und ihn zwang, in einer unnatürlichen Haltung zu verharren, bis er schließlich nachließ. Er kam so plötzlich und war so unbestimmbar, daß er nicht spüren konnte, ob es von den vernarbten Sehnen und dem Gelenk kam, die in einer bestimmten Bewegung plötzlich erstarrten, oder ob es lediglich der Schmerz war, der den Arm im Augenblick des Zusammenzuckens lähmte. Er versuchte es mit Übungen und entschlossenem Widerstand, wenn der Arm zu erstarren drohte; aber in üblen Augenblicken verriet er ihn doch.

Sein Selbstvertrauen war bereits auf der Straße gestorben, noch ehe Haught ihn in die Finger bekam. Es war die Beschädigung eines Körpers, für den er immer geschäftsmäßig gesorgt und den er gut behandelt und heil und gesund gehalten hatte, bis zu diesem Ende seines Lebens, da er begann, voll Neid auf Krämer und Kaufleute und ihre Gattinnen und Bälger zu blicken. Söldnerdienst war für junge Männer, er hatte bereits ein anderes Leben in Betracht gezogen, solange sein Körper und sein Verstand noch heil waren. Bei seinem Einfallsreichtum, seiner Erfahrung und seinen Beziehungen ...

Bis ein einziger Moment der Unüberlegtheit ihn verkrüppelt und ihn vor den Augen ganz Freistatts auf das Pflaster geschleudert hatte. Nicht die Alpträume, aus denen er schweißgebadet erwachte, waren so schlimm; nicht die Angst; sondern die Befürchtung, daß er es verdient und daß Crit recht hatte: Seine ganze Welt war ein Gespinst aus Spinnweben und Mondschein.

Die Frau, deren Gesicht er im Liebesakt sah, das bezaubernde dunkle Gesicht, das schwarze Haar, das wie feinste Seide auf dem Kissen ausfächerte – das Gesicht, das im sanften Schein von Feuer und Kerzen nachdenklich über ihm lächelte ...

... er vermochte es nicht an der zu sehen, die durch die Straßen wanderte; die wahllos einen Liebhaber nach dem anderen in den verkommensten Gassen Freistatts nahm – der Mörderin.

Er folgte ihr. Er hatte Dinge gesehen, die er nicht vergessen konnte. Er hatte sich für die Vernunft entschieden, für Crit, dafür, sie zu verlassen, wenn die Stiefsöhne aus der Stadt abzogen. Er würde nicht zurückblicken und allmählich diese Träume verlieren. Der Arm würde heilen, und er würde wieder zu sich finden, irgendwo, irgendwann.

Aber an diesen Betrug hätte er nie gedacht, diesen *doppelten* Betrug – sie mit seinem Befehlshaber.

Er wünschte die Verdammnis auf sie beide herab. Er hatte sich eingebildet, er hätte alle Gefühle gekostet, die es nur gab. Er hatte bisher nicht daran gedacht, daß er eine wirkliche Macht in Freistatt gewesen war, noch ehe sie ihn in ihr Bett mitgenommen hatte. Daß sie ihn fast zu einem wirklich Mächtigen gemacht hatte. Aber das hatte sich geändert. Er war nutzlos für sie. Also warf sie ihre Netze aus und fing sich einen, der geeigneter für ihre Zwecke war.

Er stürmte um die Ecke, den Bürgersteig entlang, und zuckte zusammen. Es war dieselbe Straße. Es war die gleiche blinde Wut. Wiederholung, ein neues Mal. Der Braune wartete auf ihn: er wartete immer, eine Farce der Treue, ihr Geschenk, das ihn nie verlassen würde. Er brachte ihn in die Stallung, und dann hörte er mitten in der Nacht seinen Hufschlag auf den Kopfsteinen unter seinem Fenster. Im Traum hörte er ihn trotten, hörte seinen Atem, hörte, wie er von einem Huf auf den anderen trat. Und da war diese kleine Stelle auf seiner Hinterbacke, die – nicht da war. Sie hatte keine Farbe, war nur ein Schönheitsfehler, und wenn man auf diesen münzengroßen Fleck starrte, bildete man sich ein, daß gar kein Pferd da war, nur das Kopfsteinpflaster oder die Mauer dahinter, oder ein Schimmer, hinter dem vielleicht die Wahrheit sichtbar wurde. Im Licht seines verlorenen Selbstvertrauens waren diese Treue und Beharrlichkeit beängstigend.

Er ging zu ihm, griff nach den herunterhängenden Zügeln und legte den linken Arm um seinen Hals, den linken wieder, um festzustellen, ob er weh tun würde; er drückte den warmen Pferdehals fest an sich, tätschelte ihn, um festzustellen, ob der Braune nach ihm schnappen und sich als eine Kreatur der Hölle erweisen würde. Ja, nun quälte ihn Schmerz, aber mit Ärger vermischt; und er war wieder ein verdammter Narr, auf derselben

Straße, wo ihn schon einmal ein Heckenschütze erwischt hatte.

»Strat!«

Er wirbelte herum, von eisiger Furcht getrieben, die sich in Zorn verwandelte. »Verdammt! Was machst du hier?«

Sein Partner Crit stand einen Augenblick lang nur stumm da und fixierte ihn. Er hatte Crit am Ende des Blocks, bei den niedergebrannten Häusern zurückgelassen.

»Wie bin ich unbemerkt so nahe herangekommen?« fragte Crit scharf. »Du weißt es nicht. *Das* mache ich hier!«

»Ich will den Hundesohn finden, der auf mich geschossen hat«, brummte Strat. »Ich muß Genaueres wissen!« Es gab da eine Verbindung! Crit konnte fast alle Stücke richtig aneinanderlegen. Das war es, was Crit auf der Welt tat, kleine Stücke zu einem großen Bild zusammenfügen. Crit hatte so ein Bild gemacht, das zeigte, was Strat doch für ein Narr war. Und diesen Mann sah Crit jetzt in ihm. Er aber wollte ihm den alten Straton wieder zeigen, die Sache bereinigen, den Schmerz bewältigen und nicht zulassen, daß die Schmerzen ihn noch länger bei der Arbeit behinderten.

Ja, die Sache abschließen, damit er, wenn die Stiefsöhne abzogen, diese mörderische Stadt verlassen konnte, ohne das Gefühl, daß er getrieben wurde.

Raus aus dieser Stadt, unter Tempus' Kommando, ohne ein weiteres Wort und ohne daß etwas unerledigt blieb. Mehr wollte er nicht.

Der Braune stupste ihn sanft in die Rippen, streifte mit samtigen Lippen über seine Hand, zeigte ihm beharrlich seine Zuneigung.

Nichts milderte die dumpfe Schwüle, kein Windhauch strich durch das schmale Fenster, durch das nichts weiter als ein Luftschacht zu dem kahlen Hof zu sehen war. Irgendwo schrie ein Baby, und eine Ratte stieß ihren Todesschrei in den Fängen eines nächtlichen Jägers aus. Auf dem Dachboden unmittelbar darüber raschelten Flügel. Irgend etwas hatte wohl die Vögel geweckt, die nun ihrem Unmut Luft machten, da sie ja ein Recht auf ihren Schlaf hatten. Und plötzlich flatterten alle panisch auf. Stilcho, der im Dunkeln nackt vor diesem Fensterschlitz stand, zuckte zusammen. Die Vögel drängten sich flügelschlagend durch die schmale Öffnung hinaus in die Dunkelheit. Etwas hatte die Vögel, die sonst nur tagsüber den Dachboden verließen, in Panik versetzt.

Er schauderte, verkrampfte die Hände um das Fensterbrett und blickte auf die Frau, die ohne Decke auf dem verschwitzten Bettuch lag. In diesem Loch im zweiten Stock war man eher bewußtlos, als daß man schlief. Die abgestandene Luft stank nach menschlichen Ausscheidungen und Generationen von ungewaschenen Bewohnern. Aber eine andere Unterkunft hatten sie nicht, Moria und er. Er war noch am Leben. Moria hatte alles verkauft, was sie hatte, und ging ihrem alten Handwerk nach, was ihm furchtbare Angst machte, denn auch in Freistatt hängte man Diebe, wenn man sie erwischte, und Moria war aus der Übung.

Sie rührte sich. »Stilcho«, murmelte sie. »Stilcho.«

»Schlaf weiter.« Wenn er jetzt zu ihr ging, würde sie seine Verkrampfung spüren und wissen, daß ihn grauenvolle Angst quälte. Aber sie stand auf. Die Holzstützen, um die sie einem Netz gleich Seile gespannt hatten, knarrten. Sie kam zu ihm, schmiegte den schweißgebadeten, müden Körper an seinen und schlang die Arme um ihn. Trotzdem hörte sein Zittern nicht auf, und sie spürte es.

»Stilcho!« Nun schwang Angst aus ihrer Stimme. »Stilcho, was ist los?«

»Ein Alptraum«, antwortete er. »Nur ein Traum, nichts weiter.« Er hielt sie fest, war dankbar für ihre feuchte Wärme an seiner Haut. Wärme des Lebens. Glut der Leidenschaft. Er war Ischade entflohen, Magiern entflohen und jenen Kräften, die ihn als ihren Boten zur Hölle benutzt hatten. Er lebte wieder, aber ein Auge war tot; eines sah die Lebenden, doch das andere …

Wieder erschauderte er. Er hatte heute nacht in die Hölle geblickt.

»Stilcho.«

Er drehte sich mit dem Rücken zum Fenster. Es fiel ihm schwer, seine nackten Schultern waren der Nachtluft ausgesetzt, aber schlimmer noch, sein Gesicht war der tieferen Dunkelheit im Raum zugewandt, in der sein lebendes Auge blind war. Dann sah sein anderes um so deutlicher – und was sich dort bewegte, nahm plötzlich klarere Form an.

»O Götter! Sie haben etwas auf die Stadt losgelassen! Moria, etwas bewegt sich durch die Stadt …«

»*Was?* Was denn?« Moria, die Diebin, faßte seine Arme mit plötzlich harten Händen und schüttelte ihn, soweit sie ihn überhaupt zu bewegen vermochte. »Stilcho, hör auf, hör auf, hör auf!«

Das Baby brüllte jetzt aus dem Fensterschlitz weiter unten im Luftschacht. Die Armen teilten notgedrungen ihren Krach, ihre Auseinandersetzungen mit den Nachbarn, die wie sie in Elendsquartieren hausten, wo selbst leise Stimmen durch die dünnen Wände zu hören waren.

»Pst«, sagte er. »Es ist schon gut.« Doch das war eine Lüge.

»Wir sollten zu IHR zurückkehren. Wir sollten …«

»Nein!« In diesem Punkt war er eisern. Und wenn sie beide verhungerten.

Doch manchmal, in Nicht-ganz-Träumen, spürte er Ischades Berührung so fest, wie er sie immer gespürt hatte, und vermutete voll Unbehagen, daß sie genau wußte, wo ihre entflohenen Dienstboten sich aufhielten.

»Wir hätten ein Haus«, gab Moria zu bedenken und brach in Tränen aus. »Wir wären sicher vor dem Gesetz.« Sie grub ihr Gesicht in seine Brust und drückte ihn ganz fest an sich. »Ich komme von hier! *Ich kann nicht mehr so leben, es stinkt, Stilcho, es stinkt, und ich stinke, und ich bin müde und kann nicht schlafen …*«

»Nein!« Da war wieder seine Vision. Rote Augen stierten ihn aus der Schwärze an. Er versuchte, den Blick davon abzuwenden, aber es wurde immer wirklicher. Er wollte es verdrängen; er drehte sich zu dem Rest Sternenlicht um und krallte die Finger ins Fensterbrett, bis sie schmerzten. »Zünd die Lampe an.«

»Wir haben kein …«

»Zünd die Lampe an!«

Sie ging, und er hörte sie mit der Zunderschachtel und dem Docht hantieren, und er versuchte an Licht zu denken, an irgendein reines, gelbgoldweißes Licht: das der Sonne am Morgen, das der brennenden Sommersonne, irgendwas, das die Kraft hatte, die Dunkelheit zu vertreiben.

Doch die Sonne, die er sich dort in der Dunkelheit mit seinem lebenden Auge ausmalte, rötete, spaltete sich, dehnte sich aus und erlosch in tiefster Finsternis, kehrte jedoch in vertrautem Schein zurück.

Es dauerte eine Zeitlang, bis die Lampe allmählich kräftig, verschwenderisch brannte. Er drehte sich um und sah Morias Gesicht, hager, schweißnaß und furchtgequält. Einen Moment lang war sie eine Fremde, eine Erscheinung, deren Anwesenheit er sich genausowenig erklären konnte wie die Vision, die ihn geweckt hatte: die von *etwas*, das in den Himmel über Freistatt geschleudert worden war und nun frei dahinschoß. Doch dann stellte Moria die Lampe auf das kleine Nischenbrett, und nun verwandelte ihr Schein ihren Körper ganz in Schatten und rosige Farbtöne, ihr Haar zu feinem Goldgespinst. Haughts Magie war gründlich. Sie sah immer noch wie eine rankanische Dame aus, wenngleich eine gefallene.

Sie brauchte ihn, hier an diesem Ort, das glaubte er jedenfalls. Er brauchte sie unbedingt. Manchmal befürchtete er, wahnsinnig zu werden, manchmal glaubte er, daß er es bereits war.

Das Schlimmste war, wenn er träumte, sie würde aufwachen und eine Leiche an ihrer Seite finden, die sterblichen Überreste einer in die Hölle gezerrten Seele; und die Leiche war, wie sie nach zwei Jahren im Grab aussehen mußte.

Am Tag lastete die brütende Hitze in der seit den Regengüssen unbewegten Luft über Freistatt. Die wenigen Kunden auf dem Markt tätigten lustlos ihre Einkäufe. Die Händler fächelten sich Kühlung zu und hielten sich im Schatten, während ihr Gemüse welk wurde und der Fisch noch mehr stank. Es gab schlimme Probleme in der arg mitgenommenen Stadt. Gerüchte breiteten sich durch alle Straßen und Gassen aus, und überall raunte man dieselben Namen.

Oben auf dem Hügel erhielt ein Offizier der Garnison von höherer Instanz einen Befehl, den er weiterleiten sollte.

In der Rattenfalle rührte sich etwas, und gewisse Kaufleute erhielten Warnungen.

Und eine Frau schlich durch die Straßen, um wieder zu stehlen, doch voll entsetzlicher Angst, weil sie wußte, daß sie nicht mehr so geschickt war wie früher, aber auch, weil der Mann, mit dem sie zusammenlebte, einer

Krise entgegensah, die sie nicht verstand. Diese Frau mußte immer einen Mann haben, ohne einen fühlte sie sich verloren. Sie brauchte Liebe, diese Frau, und fand stets Männer, die sie brauchten – oder die überhaupt etwas *brauchten* – und mit denen irgend etwas war, wie es nicht sein sollte. Moria verstand nie, weshalb es jedesmal dazu kam, daß sie alles, was sie hatte, Männern gab, die nichts zurückgaben.

Stilcho war bisher der Beste, dieser tote Mann, der ihr mehr Zärtlichkeit schenkte als je ein anderer außer ein ungewöhnlicher, nun toter Edelmann, der auch jetzt noch ihre Träume füllte. Stilcho hielt sie sanft in den Armen. Stilcho forderte nie, schlug sie nie. Stilcho gab auch, aber er nahm – Shipri und Shalpa, er nahm! Er brachte sie an den Rand ihrer Geduld und Kraft, weckte sie des Nachts mit seinen Alpträumen, erschreckte sie mit seiner wilden Phantasie und seinem Gerede von der Hölle. Sie konnte nicht genug verdienen, sie aus diesem Elend herauszuholen, aber die geringste Erwähnung, Hilfe von Ischade zu erbitten, löste einen Wutanfall bei ihm aus, daß er sie anschrie. Ihre früheren Männer hatten sie in einem solchen Fall immer verprügelt. Deshalb verhielt sie sich ganz still und ging wieder hinaus, um zu stehlen. Ihr helles rankanisches Haar unter einem braunen Tuch verborgen, ihr Gesicht ungewaschen und ihre Figur unkenntlich in unförmiger Lumpenkleidung.

Doch jetzt trieb Verzweiflung sie. Sie dachte ständig an die herrlichen Dinge und den Luxus, die sie in dem schönen Haus gehabt hatte, und an das Gold und Silber, das zweifellos in dem Feuer geschmolzen war, in dem es niederbrannte. Selbst Freistatts berüchtigtste Diebe und Einbrecher wagten sich nur mit Zaudern in die rußige Ruine. Sie durchsuchten sie natürlich; aber für sie war eine Ruine wie die andere, keiner wußte, wo sich die Innenwände befunden oder wo bestimmte Tische gestanden hatten.

Als es dunkel wurde, kehrte sie wieder dorthin zurück und begann aufs neue ihre Suche, verstohlen wie die Ratten, die sich in dieser vom Feuer heimgesuchten Gegend eingefunden hatten, und versteckte sich vor anderen Suchern. Sie hatte bisher nie etwas gefunden, weder das Silber noch das Gold, das doch irgendwo als flaches Stück kalten Metalls unter den Trümmern liegen mußte. Seit Wochen schon buddelte sie in der Ruine, dort wo die Eingangshalle gewesen war.

Deshalb kam sie immer so spät nach Hause. Und diesmal – ihr Götter, sie zitterte so sehr aus Angst vor all den Schrecken auf der Straße, daß ihr kaum noch genug Kraft für die Treppe blieb –, ja, diesmal brachte sie einen Klumpen Metall von der Größe ihrer Faust mit. Stilcho empfing sie besorgt, fragte heftig, wo sie so lange gewesen und warum sie so schmutzig war und wieso sie so achtlos war, daß ein paar blonde Strähnen unter dem Tuch hervorlugten …

»Stilcho«, sagte sie und streckte ihm den Klumpen entgegen. Tränen rannen über ihre Wangen. Nach den Begriffen der einfachen Leuten von Freistatt war das ein Vermögen. Wo sie den Klumpen gerieben hatte, glänzte er golden im Schein der Lampe, die er während des langen Wartens auf sie angezündet hatte.

Endlich konnte sie einem ihrer verzweifelten Männer etwas wirklich Wertvolles geben, das ihr die ersehnte Zärtlichkeit sichern würde. »O Moria«, sagte er und verdarb ihr die Freude daran. »Ihr Götter! Von *dort*! Verdammt, Moria! Närrin!« Aber er umarmte sie und drückte sie an sich, bis es weh tat.

Das Haus am Fluß wartete. Durch das eine Fenster, dessen Laden nicht geschlossen war, warf es Licht über den Wildkräutergarten, die Bäume und Sträucher und auf die Rosenbüsche am eisernen Zaun und der Gartentür.

Im Innern, im Licht der Kerzen, die nie niederbrannten, in einem wirren Durcheinander kostbarer Seiden und prächtiger Gewänder, die, sobald erstanden, vergessen herumlagen, saß Ischade völlig in Schwarz, schwarzes Haar, schwarze Augen, schwarze Kleidung, doch in ihren Händen war Farbe: ein blauer Stein, der aus dem Feuer kam. Sie hatte ihn abwesend aus der Asche gehoben – sie war auch eine Diebin, das war ihr eigentliches Handwerk; und wenn ihre Finger durch die heiße Asche Brandwunden davongetragen hatten, so hatte der Stein rasch alle Hitze in sich gesogen und ruhte kühl in unversehrten, dunklen Fingern.

Es war das größte Stück der ehemaligen Kugel. Es war Macht. Es war von Feuer geformt, und Flamme war das Element ihrer eigenen Magie, Feuer und Geist. Es war gut, daß es sich hier befand, und es war angebracht, daß niemand in Freistatt davon erfuhr.

Hufschlag hallte dröhnend von den Wänden der Lagerhäuser gegenüber ihrem Häuschen wider, an dessen Hinterseite der Schimmelfohlenfluß vom Regen angeschwollen vorbeirauschte. Sie schloß die Hand, bis Fleisch auf Fleisch traf; und der blaue Stein war verschwunden, ein Magiertrick.

Sie öffnete die Gartentür für ihren Besucher und die Haustür, als sie seine Schritte auf den Stufen davor hörte.

»Guten Abend«, sagte sie. Er achtete nicht auf ihre Geste, Platz zu nehmen, und blieb stehen. Ganz offensichtlich wollte er die Bedingungen der Abmachung rasch erfüllen. »Setzt Euch doch«, sagte sie da. »Ihr seid mein Gast.«

»Magie!« sagte er im tiefsten Brustton. »Ich warne Euch, Weib ...«

»Ich dachte ...« Sie machte ihre Stimme zu einem höheren Echo der seinen und gab ihr einen Hauch Spott: »Ich dachte wahrhaftig, daß Ihr Euch besser beherrschen könnt.«

Er stand da inmitten ihrer verstreuten Seiden, den Teppichen und den Sesseln, über die wirr Kopf- und Halstücher geworfen waren. Sie schloß die Tür hinter ihm, ohne sich von ihrem Platz zu bewegen. Er starrte sie an, und ein Funke des Aufbegehrens blitzte in seinen Augen. Vielleicht war es aber auch nur das Flackern der Kerzen gewesen. »Ich hatte mehr von Eurer Gastlichkeit erwartet.«

Das Feuer war in ihr, war es immer; und es rührte sich, wuchs auf die Weise, die sie vergangene Nacht auf die Jagd geschickt hätte. »Ich habe auf Euch gewartet«, sagte sie. »Es könnte nicht schlimmer sein.«

»Keine verdammten Tricks!«

»Erfüllt Ihr so Eure Verpflichtungen? Ich *kann* warten, wißt Ihr. Und Ihr auch, denn wenn nicht, wärt Ihr leichte Beute für Eure Feinde. Und Ihr seid so eitel.« Sie deutete auf den Wein auf dem Tisch. »Ich auch. Möchtet Ihr? Oder wollen wir beide Tiere sein?«

Er hätte versuchen können, sie zu vergewaltigen und dann zu töten. Überraschend lächelte er.

Er kam, setzte sich ihr gegenüber und trank ihren Wein in bedächtigem Schweigen. »Wir werden abziehen«, sagte er nach einer Weile, während sie tranken und plauderten. »Wir werden die Stadt – hiesigen Schutztruppen überlassen. Meine Leute nehme ich alle mit.«

Das war eine Herausforderung. Er meinte Strat. Sie blickte ihn an und spannte die Mundwinkel kaum merklich. Ihre Hand kam um den Fuß des Weinglases zu ruhen. Seine Hand legte sich auf sie, und es war wie die Berührung von Feuer. Er saß da und ließ das Feuer wachsen. *Warten, demnach. Das Warten genießen.* Bis es schwerfiel, gleichmäßig zu atmen, und das Gemach vor den sich weitenden Augen verschwamm.

»Wir können die ganze Nacht warten«, sagte er, während der Puls in ihren Schläfen hämmerte und viel zu wenig Luft im Gemach zu sein schien. Sie lächelte ihn an, ein langsames Entblößen der Zähne.

»Andererseits«, sagte sie und streifte sein Bein mit ihrem unter dem Tisch, »könnten wir es am Morgen bedauern.«

Er stand auf und riß sie an sich. Es war keine Zeit zum Ausziehen, keine, an etwas anderes zu denken. Er führte sie mit groben, fiebrig heißen Händen zur nahen Couch. Er schlüpfte nicht einmal aus seinem Kettenhemd. Es widerstand ihren Fingern, als sich ihre Hände in die Kleidung darüber krallten. »Vorsichtig!« mahnte sie, »langsam, ganz langsam …« als er sich auf sie warf. Mit dem letzten bißchen klaren Verstand mahnte sie ihn.

Das Gemach wurde weiß und blau und grün, Donner krachte, wirbelte sie durch die Dunkelheit, durch die linde Sommerluft, durch …

… nirgendwo, bis sie wieder zu sich kam und benommen unter dem Sternenhimmel lag, mit den windschiefen Häusern Freistatts ringsum. Eine Zeitlang spürte sie nichts, überhaupt nichts. Sie schloß die Augen, dann blinzelte sie wieder zu den Sternen hoch, während ihre Finger nach etwas tasteten, das Seide sein müßte, aber staubiges Kopfsteinpflaster war. Ihr Hinterkopf, auf den sie gefallen war, schmerzte, sie spürte, daß ihr Rücken ein einziger Bluterguß war, und wo er sie berührt hatte, spürte sie ein Brennen wie von Säure.

Er verlor das Bewußtsein nicht. Einen Augenblick lang war er anderswo, dann lag er halb betäubt auf Pflaster, und ein Randstein drückte gegen seine Rippen. Er war hart aufgeschlagen und er hatte Schmerzen. Auch er brannte, nicht zuletzt, als ihm allmählich bewußt wurde, daß er sich nicht in dem Haus am Fluß befand, sondern auf einer mitternächtlichen Straße irgendwo in der Oberstadt lag, und daß ihm alles verdammt weh tat.

Er fluchte nicht. Er hatte Geduld gegenüber Göttern

und Magiern gelernt. Er dachte nur daran zu töten, sie, irgend etwas in Reichweite und vor allem jeden Narren, den seine Lage belustigte.

Als er das Gesicht vom Pflaster gehoben, sich aufgeplagt und sein Gleichgewicht wiedergewonnen hatte, brauchte er keinen Augenblick lang zu überlegen, wohin er nun gehen würde.

Es war ein endloses Gewirr von Straßen, ein langer, hinkender Weg nach Hause, bei dem sie reichlich Zeit hatte, ihre Fassung wiederzugewinnen. Ihr Kopf schmerzte. Ihre Wirbelsäule war pure Pein. Und für ihr ärgstes Unbehagen fand sie keine Linderung, bis sie um eine Ecke bog und sich unmittelbar einem von Freistatts ungewaschenen Rüpeln gegenübersah.

Der messerschwingende Spitzbube ließ ihr keine Wahl, und das befriedigte sie über alle Maßen. Sie ließ ihn in der Gasse zurück, wo er ihr hatte Gewalt antun wollen und wo man ihn wahrscheinlich für einen der armen Teufel hielt, der den viel zu vielen Drogen Freistatts allzusehr zusprach. Seine Augen hatten diese Art von Leere. Nach einer Weile, wenn seine Widerstandskraft nachließ, würde er ganz einfach zu leben aufhören. Die Armen und Obdachlosen starben am schnellsten: ihre Gesundheit war von vornherein angegriffen, und seine war schon schlecht gewesen, ehe sie ihn dort liegenließ, ohne daß er sich erinnern konnte, daß er etwas mit einer Frau gehabt hatte.

Sie konnte deshalb wieder vernünftiger denken, als sie auf der Straße an der Brücke ankam und den Weg hinaufschritt, den die meisten mieden, zu ihrer Hecke und ihrem Zaun. Aber sie war nicht die erste.

Tempus war bereits da. Mit dem Schwert in der Hand ging er am Zaun entlang. Mitten im Schritt hielt er an, als sie hinter den Bäumen hervor in das schwache Sternenlicht trat und in den Schein, der durch ihren Fensterladen herausfiel. Alles an ihm drückte Wut aus. Aber sie ging ruhig weiter, humpelte ein wenig, bis sie einander dicht gegenüberstanden. Er musterte sie von Kopf bis Fuß. Die Schwertspitze neigte sich allmählich dem Boden zu.

»Wo seid *Ihr* gewesen?« fragte er. »Und wo zur Hölle ist mein Pferd?«

»Pferd?«

»Mein Pferd!« Er deutete mit dem Schwert zum Zaun und der Hecke. Da war kein Pferd, aber er war hierhergeritten, das hatte sie gehört. Sie sammelte ihre Kräfte und hinkte zur Vorderseite ihres Heckenzauns, wo der Boden, noch weich vom Regen, von großen Hufen aufgewühlt und zertrampelt war.

Und wo einer ihrer Rosenbüsche völlig zertreten war.

Sie stand da und starrte auf die Verwüstung, und das Licht in ihrem Haus, hinter den Fensterläden, loderte auf, brannte blendend weiß. Es erlosch langsam, während sie sich umdrehte. »Ein Mädchen«, sagte sie. »Ein Mädchen hat es gestohlen. An meinem Zaun! Von meinem Gast!«

»Ihr steckt nicht dahinter?«

Seine Stimme war ruhiger, beherrscht.

»Nein«, sagte sie leise und gemessen. »Das versichere ich Euch.« Sie richtete sich zu voller Größe auf, als er nach ihr langte. »Nein danke, mir reicht es.«

»Es hat Euch ebenfalls hinfortgeschleudert.«

»Bis hinter die Magiergilde.« Mit geblähten Nasenflügeln holte sie zischend Luft, die nach Pferd und Schlamm, zertrampelten Rosen und einem Weibsbild roch. Und in diesem hünenhaften Mann waren gleichermaßen Zorn und Verdruß. Der Zorn wurde zur Verlegenheit. »Unsere Flüche sind offenbar nicht miteinander vereinbar«, sagte sie. »Sturm und Feuer. Und es hatte so gut begonnen.«

Er schwieg und atmete schwer. Dann pfiff er durchdringend schrill. Sie fing den Pfiff für ihn, holte tief in ihr aus und warf ihn zu den Winden. Er zuckte zusammen und blickte sie verwundert an.

»Wenn der Pfiff Euer Pferd ruft, wird es ihn nun hören, wo immer es ist.«

»Er wird es zurückbringen«, sagte Tempus. »Falls es noch lebt.«

»Eine junge Frau hat es gestohlen. Ihr Geruch ist überall. Und der von Krrf. Riecht Ihr es nicht?«

Er holte tief Luft. »Eine junge Frau.«

»Keine, die ich kenne. Aber sie wird mich kennenlernen! Meine Rosen werden sie teuer zu stehen kommen!«

»Ein verdammtes kleines Miststück!« Das hörte sich an, als kenne er sie. Er kniff die Augen zusammen.

»Chenaya«, sagte er.

»Chenaya.« Sie wiederholte den Namen und prägte ihn sich gut ein. Sie öffnete die Gartentür. »Ein Glas Wein, Tempus Thales?«

Er steckte das Schwert in die Scheide zurück und ging mit ihr, bot ihr den Arm und stützte sie, als sie flüchtig schwankend die Stufen hinaufstieg. Sie wünschte die Tür auf und ein helles Licht in das dunkle Dickicht des Gartens.

»Setzt Euch«, sagte er im Gemach. Seine Stimme war ein Wunder an selbstbeherrschter Sanftheit. Er schenkte Wein für sie ein, dann für sich. »Ich muß mich bei Euch entschuldigen«, sagte er, als koste ihn jedes einzelne Wort etwas. Abrupt bemerkte er: »Ihr habt Schlamm im Haar.«

Sie brach in Lachen aus, atmete tiefer und wurde hellwach. Es war kein freundliches Lachen, genausowenig wie Tempus' Miene freundlich war. »Ihr habt Schlamm am Kinn«, stellte sie fest. Er wischte ihn mit einer Hand ab, die ebenso schmutzig war. Beide stanken nach der

Straße. Plötzlich grinste er wölfisch. »Ich würde sagen, daß wir Glück gehabt haben«, meinte sie.

Er leerte sein Glas. Sie schenkte ihnen beide nach.

»Werdet Ihr betrunken?« fragte er ohne Umschweife.

»Nicht leicht. Ihr?«

»Nein.« Sein Ton hatte sich geändert. Keine Arroganz. Oder Stolz. Er blickte ihr gerade in die Augen, und es war klar, daß es heute nacht nichts mit einem Verhältnis zwischen Mann und Frau zu tun hatte. Ihre Anschauung war gleich. Es war ein seltener Augenblick, das spürte sie, daß jemand Tempus Thales so nahe kam. Und eine Frau – vielleicht zum ersten Mal.

Sie erinnerte sich an seine Haltung in der Gasse, seine Einstellung, etwas zu beweisen.

Doch geschlagen, bestohlen und beleidigt, war er erstaunlich vernünftig. Und er hatte vor, es zu bleiben; und wieder spürte sie die überlagernde Gemütsruhe, das genaue Gegenteil der tobenden Wut, die darunter nach den Zügeln greifen wollte. Er lächelte sie an und trank ihren Wein. Was zwischen ihnen war, würde ungeklärt bleiben.

Von einem Mann mit solcher Lebensspanne erwartete man, daß er rätselhaft war. Oder wahnsinnig, zumindest in den Augen jener, denen es an Einblick mangelte. Sein Fluch war Vitalität aller Art: Selbstheilung, Sex, Unsterblichkeit.

Vernichtung war ihrer. Und die Anpassung ihrer beider Flüche war unmöglich.

Sie lachte, stützte den Ellbogen auf den Tisch und wischte sich den Mund mit schmutziger Hand ab.

»Was belustigt Euch?« Das Mißtrauen flammte rasch auf.

»Wenig. Euer Pferd und meine Rosen. Wir.« Und als ferner Hufschlag auf den Straßen erklang und in ihrem Bewußtsein widerhallte: »Wollen wir um das Weibsstück würfeln?«

Auch er hörte das Pferd. Er hatte sich wieder gefangen und ging zu ihrer Tür.

Das war ihr auch recht.

Sie trat einen Augenblick später hinaus, als das Pferd herbeigedonnert war, und brachte einen Umhang mit, der monatelang am Boden herumgelegen hatte. Er war aus Samt, nicht ganz sauber, aber richtig für ein Pferd, das schweißig sein mußte, nachdem es durch ganz Freistatt galoppiert war. »Da«, sagte sie, als sie sich an der offenen Gartentür zu ihm gesellte. »Für das Pferd.« Das die Augen rollte, die Zunge heraushängen ließ und nach Krrf roch. Tempus löste den Gurt, nahm ihm den Sattel ab, riß ihr den Umhang aus der Hand und rieb den Tros ab.

»Verdammt, verdammt, verdammt«, fluchte Tempus immer wieder.

»Gestattet«, sagte sie und trat heran, trotz der Unberechenbarkeit der beiden. Sie streckte die Hand aus und legte sie auf die gesenkte Stirn des Trospferds; es war anstrengend. Ihr Kopf pochte, und es forderte mehr von ihr, als sie angenommen hatte. Aber der Tros beruhigte sich und atmete regelmäßiger. »Na also.«

Tempus wischte und rieb und führte das Pferd im Kreis auf dem ebenen Boden, ohne ein einziges Wort zu sagen.

»Er ist völlig in Ordnung«, versicherte sie ihm. Er kannte ihre Magie, wußte, daß sie zu heilen vermochte – andere mit viel Geschick; sich selbst nicht so gut. Er hatte ihr schon einmal beim Heilen zugesehen.

Er blickte sie an. Sie verlangte keine Dankbarkeit, erwartete auch keine. Dieser Mißbrauch des Tieres verursachte einen bitteren Geschmack in ihrem Mund. Über ihren und Tempus' Fehlschlag konnte sie ironisch lachen. Nicht über das!

Sie stand mit verschränkten Armen, während Tempus dem Tros behutsam die verschwitzte Decke und den Sattel auflegte. Das Tier senkte den Kopf und rieb mit dem Vorderbein die Wange, als ob es sich schämte.

Er schnallte den Gurt fest, griff nach den Zügeln, blickte einmal in ihre Richtung und saß auf.

Wortlos ritt er davon.

Sie seufzte und hüllte sich trotz der Schwüle der Nacht noch fester in ihren Umhang. Das Hufklappern auf dem Kopfsteinpflaster wurde leiser.

Der Weitblick war verschwunden, zusammen mit der Langeweile. Im Osten dämmerte es bereits. Sie schloß die Gartentür hinter sich und kehrte mit gesenktem Kopf und verschränkten Armen ins Haus zurück.

Ihr klarer Blick und ihre Langeweile waren seit dem Augenblick verschwunden, da sie sich in der Gasse getroffen hatten. Und seit dieser Zusammenkunft in den Ruinen nagte etwas an ihr, das auf Gefahr hinwies, eine, die nichts mit menschlicher Bosheit zu tun hatte, wohl aber etwas mit ihren Aktivitäten in der Oberstadt; irgendein Mißgeschick, das sie und vielleicht Tempus betraf.

Seit die nisibisischen Machtkugeln ihren Einfluß über die Stadt verstreut hatten, tat sich allerlei Überraschendes. Zauberer versagten manchmal, Magie wurde viel mehr vom Zufall beherrscht als früher, und die normalen Sterblichen hatten viel mehr Glück in ihrem Leben, als sie gewohnt waren, erstaunlich für Freistatt; aber bestürzend für die Stadt stellten Magier fest, daß ihre Kräfte beschnitten waren und die Ergebnisse ihres Wirkens oft ganz anders als geplant ausfielen.

Deshalb hatte sie Abstand von bedeutenderem Zauber genommen, bis sie sich zu dieser Austreibung hatte überreden lassen, hauptsächlich durch den Hasard Randal, dessen berufliche und persönliche Redlichkeit sie ohne jeden Tadel fand – ein Magier mit so wenig Eigennutz war selten.

Und nun quälte sie eine unaufhörliche Unruhe, die vermutlich durch den Umstand noch erhöht wurde, daß sie von einem Ende Freistatts zum anderen geschleudert worden war. *Närrin!* Daß sie sich auf so etwas eingelassen und blind diesen Fluch herausgefordert hatte, den sie lange Zeit, während der Blüte von Freistatts Zauberkräften, durchaus im Griff gehabt hatte.

Die Kopfschmerzen waren eine gerechte Strafe. Es hätte viel schlimmer kommen können.

Beispielsweise wäre es viel schlimmer gewesen, hätte sie Straton behalten, hätte ihn ihre Blindheit und unverzeihliche Fehleinschätzung in ihr Bett zurückgebracht und diese alte Wunde geöffnet.

Dann wäre er am Morgen so tot gewesen wie dieser besoffene Rüpel in einer Freistätter Gasse.

»Wir können nicht beide weg«, schloß Stilcho. Sie konnten keinen Schlaf finden. Heiser und erschöpft, mit trüben Augen saßen sie sich an dem wackligen Tischchen gegenüber. »Ich kann dich hier nicht alleinlassen mit diesem Ding.«

»Ich habe es *gefunden*, verdammt!« Moria wischte sich eine feuchte Strähne aus dem Gesicht und schlug auf den Tisch. »Behandle mich nicht wie eine verfluchte Närrin, Stilcho! Sag mir nicht, wie ich es machen muß! Ich habe es durch die ganze Stadt getragen! Wir schmelzen es ...«

»*Womit*, im Namen der Götter? Etwa auf dem kleinen Feuertopf, den wir als Herd benutzen? Wir würden bloß einen verdammt heißen Klumpen ...«

»Psssst!« Sie drückte hastig die Hand auf seinen Mund und verzog wütend das Gesicht. »Diese Wände, verdammt! Wie oft muß ich dir noch sagen, daß du ganz leise reden sollst? Ich *stehle* für uns! Wie glaubst du, daß wir sonst zu *irgendwas* kämen? *Ich* stehle es, und *du* lebst davon. Sag du mir nicht, was ich tun muß! Mein ganzes Leben lang hat man mich herumkommandiert! Ich lass' es mir nicht mehr gefallen, weder von dir noch sonst jemand!«

»Sei nicht so verdammt eigensinnig! Wenn du in dieser Stadt Goldstückchen sehen läßt, kriegst du die Gurgel durchgeschnitten! Das ist kein Silber, verdammt, hör zu. *Hör zu!* Du ...« Plötzlich schoben sich Bilder seines verlorenen Auges vor die des lebenden. Er hielt abrupt inne, und sein Herz hämmerte vor Angst.

»Stilcho?« Morias Stimme klang erschrocken. »Stilcho?«

»Etwas geht vor«, murmelte er. Vor seinem inneren Auge strömten durchscheinende Gestalten wie Rauch durch das Tor – die Feuer, die verlorenen Regionen ... »Eine Menge Leute sind soeben gestorben.« Er schluckte schwer, kämpfte gegen sein Zittern an, versuchte Moria zu sehen, nicht diese entsetzliche Vision, in der *Etwas* lauerte, in der am Fluß – im Dickicht ...

»Stilcho!« Ihre Nägel krallten sich in seine Hand. Er blinzelte, versuchte sich erneut auf sie zu konzentrieren, schließlich gelang es ihm, sie wie durch einen schwarzen Schleier zu sehen.

»Hilf mir. Moria ...«

Sie sprang auf, daß der Stuhl umkippte und krachend auf dem Boden aufschlug, während sie ihn packte und mit aller Kraft an sich drückte. »Nein, nein, nein, verdammt, komm zurück!«

»Ich will nicht da hinunter! Ich will nicht wieder sterben – ihr *Götter,* Moria!« Seine Zähne wollten nicht zu klappern aufhören. Er konnte sein lebendes Auge schließen. Über sein totes hatte er keine Macht. »Es ist in der Hölle, Moria! Ein Stück von mir ist in der Hölle, und ich kann nicht blinzeln, ich kann es nicht zumachen, ich werd' es nicht los ...«

»Sieh mich an!« Sie riß seinen Kopf am Haar heran und blickte ihm ins Gesicht. Noch einmal zog sie heftig an seinem Haar. »Sieh mich an!«

Sein Blick klärte sich. Er faßte sie um die Taille, drückte sie fest an sich, preßte seinen Kopf an ihre Brust, in der ihr Herz wie das eines gefangenen Vogels klopfte. Ihre Hand strich zärtlich über seinen Kopf, und sie wisperte beruhigende Worte; aber er spürte ihr Herz so stark hämmern, daß es ihren ganzen zierlichen Körper schütteln könnte. Solange sie bei ihm war, gab es keine Sicherheit für sie, und er war nirgendwo sicher.

»Geh fort«, sagte er oft zu ihr. Aber er fürchtete den Tag, da er davongleiten und Moria nicht da sein würde, ihn festzuhalten; er fürchtete die Einsamkeit, in der er vielleicht den Verstand verlor. Wenn er tapfer wäre, ließe er sie gehen. Aber nicht heute. Sie würden gemeinsam aus diesem Loch klettern; soweit brauchten sie einander – er ihre Fähigkeiten und sie seine Vorsicht und seinen Schutz, damit sie das Gold ausgeben konnten; aber danach würde er eine Möglichkeit finden, sie gehen zu lassen.

»Verdammt!« zischte Crit. Die Neuigkeit war in Windeseile vom Hügel heruntergekommen, wie es anscheinend nur bei schlechten Botschaften möglich war; aber Straton sagte überhaupt nichts. Er ging durch die Tür auf den Kasernenhof hinaus und pfiff seinem Braunen, der gleich kam; natürlich kam er. Er machte Krach in der Stallung, dann sprang er über den Stallungszaun wie eine davonfliegende Möwe. Er kam zu ihm in diesem Morgengrauen, und Straton ging in die Sattelkammer, um seine Sachen zu holen.

»Wohin willst du?« fragte ihn Crit, als Strat auf den staubigen Hof herauskam, den Sattel in der Rechten, während die unberechenbare Linke nur Zaumzeug und Decke trug. Crit war zur Zeit ungewöhnlich geduldig und behutsam mit ihm, als ginge er auf Eierschalen.

»In die Stadt.« Auch Strat bemühte sich um Geduld. Er bemerkte Crits forschenden Blick, wußte, daß er an das kleine Haus auf dem Weg dachte. Ihm selbst war es zuvor gar nicht in den Sinn gekommen, doch jetzt ließ ihn der Gedanke nicht mehr los, daß Mächte in Freistatt, die gewarnt werden sollten, vielleicht einen beruhigenden Einfluß auf die Stadt ausüben könnten …

… verdammt, sie hatte Beziehungen zu allen wichtigen Stellen: zu Moruth, dem Bettlerkönig; zu den Ratten, den Rebellen, die das Gemetzel in der Oberstadt am schwersten nehmen würden. Zip verhaftet! *Das* würde nicht lange so bleiben. Am günstigsten wäre, wenn er verhaftet blieb, bis jemand eine Chance hatte, vernünftig mit ihm zu reden. Walegrin am besten.

»Halt dich fern vom Ufer«, sagte Crit. Er legte eine Hand auf seinen Arm und hielt ihn kurz zurück. In früheren Monaten hätte Strat sie abgeschüttelt oder ihm brüsk geantwortet. Aber Crit kämpfte um Strats Seele, und Strat wußte es und empfand Dankbarkeit gegenüber dem Freund, der sich für eine hoffnungslose Sache einsetzte oder zumindest eine, welche die Mühe nicht wert war, die Crit sich machte. *Ich bin ein Krüppel, verdammt! Du hast mich zurückgeholt, hast deinen verdammten Hals riskiert, mich herauszuholen, aber du mußt dir einen anderen Partner suchen, Crit, einen, auf den du dich im Ernstfall verlassen kannst. Du weißt es, und ich weiß es. Das Feuer brennt nieder, und ich werde nie wieder sein, was ich war, das ist mir klar, wenn ich diese Schmerzanfälle habe. Morgen werde ich es dir sagen. Wenn wir raus sind aus dieser verdammten Stadt, werde ich es dir sagen. Und du wirst antworten, daß ich ein verdammter Narr bin, aber das bin ich genausowenig, wie du einer bist. Wird Zeit, daß wir uns trennen. Daß ich mich allein durchs Leben schlage. Du brauchst mich nicht mehr verhätscheln, Crit.*

Crit ließ die Hand fallen. Er machte eine besorgte Miene. Das verursachten Strats Blicke in letzter Zeit häufig. Und gewöhnlich machte das Crit wütend, während andere Provokationen nichts nutzten. Diesmal stand er nur da.

»Du kannst dich darauf verlassen«, sagte Strat, »daß ich mir auf dem Rückweg ein paar Stunden Zeit nehmen werde. Ich muß ein paar Beziehungen spielen lassen.« Er hängte sich das Zaumzeug über die Schulter und warf die Decke über den Rücken des Braunen, ohne länger als unbedingt nötig auf den münzgroßen Fleck an der Hüfte des Pferdes zu blicken. »Vielleicht rede ich mit ihr. Ich nehme an, daß ich auch wieder herauskomme. Es ist abgekühlt. Sie hat ihre Wahl getroffen, ich habe meine getroffen.« Er legte den Sattel auf, ohne daß der Braune sich rührte. Er hätte eine Statue sein können, die wie ein Pferd atmete und roch. »Sie schläft sich durch. Wir haben Leichen, die es beweisen.«

»Sei kein verdammter Narr!«

»He!« Er drehte den Kopf und blickte Crit an. »Überlass' mir, was ich tue. In Ordnung? Du bist nicht meine Mutter.«

Crit schwieg.

Verdammter Fehler, Crit. Sag's doch. Mein Verstand ist wie die verdammte Schulter, unberechenbar. Ich kann nicht denken, weiß nicht, wann ich zuschlagen und wann ich ausweichen soll.

Sie hat sich einen anderen Liebhaber angelacht. Einen, gegen den ich nicht ankomme, oder?

Ich kann zu ihr gehen und wieder wegreiten. Du weißt nicht, wie leicht das ist. Ich habe sie auf der Straße gesehen, Crit. Wie die anderen Huren. Mit einem Fluch, der tötet.

Er legte dem Braunen das Zaumzeug an, schnallte den Sattelgurt fest und schwang sich auf den Braunen, ohne daß seine Schulter sich auflehnte. »Bis später«, sagte er und ritt zum Tor.

»Wo?« fragte Tempus heftig. Er war eben erst auf dem Hügel, eben erst in Molins Studiergemach angekommen. Es war auch für Molin kein guter Tag, aber für Tempus versprach es ein noch schlimmerer zu werden. »Wann und wer?«

»Ungefähr sechs von den Vobfs. Zip hat überlebt. Er ist zu seiner eigenen Sicherheit eingesperrt. Walegrin wird mit ihm reden müssen.«

»Wer hat es getan?«

Molin holte Atem und sagte es ihm.

Die Kopfschmerzen hatten nachgelassen. Das Unbehagen hielt an und raubte ihr die Lust an tiefsinnigen Betrachtungen. Ischade blieb zu Hause. Ihr Haar war makellos, der Schmutz von ihrer Haut gewaschen, die Rosen des zertrampelten Busches, die noch zu retten gewesen waren, standen in einer Vase auf dem Tischchen, nicht ihrer Schönheit wegen (sie waren schwarz und die Wassertropfen auf ihren Blütenblättern leuchteten blutrot in einem bestimmten Licht), sondern zur Erinnerung an eine Aufgabe, die sie in ihrer gegenwärtigen Stimmung und mit ihrem Kopfweh nicht ausführen wollte.

Sie hatte, was sie selten tat, eine Bestandsaufnahme ihrer Sachen gemacht und ein wenig aufgeräumt. Haught hatte immer alles in Ordnung gehalten. Stilcho hatte es versucht. Sie vermißte sie mit einer rührseliger Schwermut, die beide sehr überrascht hätte.

Stilcho war geflohen, verschwunden. Sie dachte, daß sie ihn finden könnte.

Der Gedanke, während sie mit dem Besen in der Hand innehielt, wurde verlockend. Stilcho hatte das Bett mit ihr geteilt – in vielen Nächten.

Und war gestorben und wiederauferstanden. Doch

das war, als ihre Magie unnatürlich mächtig gewesen war. Es jetzt zu tun könnte sein Ende sein. Und er war loyal gewesen, er hatte Strat das Leben gerettet. Er hatte es sich verdient, sein Schicksal selbst zu entscheiden. Offenbar hatte er beschlossen, nicht zu ihr zurückzukommen.

Eine Wesenheit näherte sich ihrer Gartentür. Freudige Erregung durchfuhr sie. Sie kannte sie aus dem ganzen Mittagsverkehr auf der Straße heraus.

Sie wußte urplötzlich, wer es war, noch ehe sie das Pferd deutlich hörte, oder spürte, wie jemand das Schmiedeeisen berührte. Sie stellte den Besen zur Seite, riß die Tür auf und trat entgegen ihrer Gewohnheit im vollen Sommertageslicht hinaus auf die Stufen.

»Geh weg«, sagte sie zu Strat und hielt den Schutzzauber gegen ihn aufrecht.

»Ich muß mit dir reden. Geschäftlich.«

»Ich habe keine Geschäfte mit dir.«

Er hob beide Hände, daß sie sie sehen mußte. »Keine Waffen!«

»Führ mich nicht in Versuchung. Ich habe dich gewarnt. Ich habe dir gesagt, daß du nicht anders sein würdest als die anderen.«

»Gut. Öffne jetzt die Gartentür. Ich möchte nicht von der Straße aus brüllen müssen. Es geht um Unannehmlichkeiten. Hörst du?«

Sie schwankte. Die Tür gab unter seinem Druck nach und öffnete sich knarrend. Er kam bis zu den Eingangsstufen, mit mürrischem Gesicht und schmalen Lippen.

»Nun?« fragte sie.

»Es hat ein Gemetzel gegeben, in der Oberstadt.«

»Ich habe mich heute noch nicht umgehört.«

»Sechs Vobfs. Du verstehst.«

Sie verstand. Der Faktionskrieg war wieder ausgebrochen. Und das, obwohl die Hand des Reichs bereits schwer auf der Stadt lastete.

»Darf ich reinkommen?«

Es war nicht ratsam. Aber es war auch nicht ratsam, die Neuigkeit zu mißachten. Sie drehte sich um und ging ins Haus. Die Tür ließ sie offen, und er folgte ihr.

Es war wieder Nacht. Eine Gestalt stolperte durch das Gestrüpp und Röhricht am Ufer. Sie schniefte manchmal und schlug nach den Mücken und anderen Insekten, die hier in riesigen Schwärmen schwirrten. Jemand, der Zip kannte, hätte ihn vermutlich nicht wiedererkannt: Ein Auge war so stark geschwollen, daß er es nicht öffnen konnte, und das andere tränte; seine Nase war geschwollen und lief. Vielleicht weinte er aber auch. Er selbst wußte es nicht. Er schniefte und wischte sich die Nase an einem schlammigen Ärmel – er war ausgerutscht und hatte sich im Morast hochgestemmt –, der Schlamm an der Hand dieses Arms verkrustete bereits.

»Lauf!« hatte seine Stiefsohneskorte ihm geraten, als sie sich in der Dämmerung der Brücke genähert hatten. Er erwartete einen Pfeil im Rücken, aber er hatte keine Wahl: Walegrin hatte gesagt, daß sie ihn laufenlassen würden. Also rannte er um sein Leben, als sie ihm die Chance gaben, stürmte durch Dickicht und zerkratzte sich sein Gesicht an Dornengestrüpp und Zweigen. Er war gelaufen, bis er ausrutschte und auf dem schlammigen Ufer lag, dann war er wieder gerannt, bis seine Seite so stark stach, daß er langsam durch die Dunkelheit kriechen mußte.

Mann, sagte etwas zu ihm, nur dieses Wort, immer und immer wieder, und die Richtung, die er nahm, so daß er das gute Auge kaum offenzuhalten brauchte und nur die

Zweige mit den Händen abwehren und auf die Stimme zugehen mußte, die ihn leitete. *Rache*, sagte sie da.

Er wußte nicht, wo er war, bis er über die herumliegenden Steine eines uralten Altars stolperte. Er erkannte ihn nicht gleich, sondern stand schniefend da und schluckte das unaufhörliche dünne Rinnsal seines eigenen Blutes im Mund, blinzelte in den Dunst und versuchte, sich zu konzentrieren. Es war der Altar, zu dem er seine Opfergaben gebracht und um Erfüllung seiner Rache gebetet hatte, weil er ein Ilsiger war und weil die alten Götter, die die Rankaner in ihren Tempeln duldeten, allesamt Kollaborateure waren. Ilsig hatte einst einen Kriegsgott gehabt. Einen Rachegott. Und wenn sie alle tot und ihre Statuen nur noch Statuen waren, hatte er doch ein ganz besonderes Gefühl gehabt, hier an diesem alten geweihten Ort, den kein Rankaner je berührt hatte, wo keine andere Kraft als ein Erdbeben den Altar zum Einsturz gebracht hatte – und kein Rankaner hatte je den Namen gekannt, daß er ihn hätte beschmutzen können. So hatte er hier den angebetet, dessen Altar es gewesen war, und er hatte ihm Menschenfleisch gebracht, weil das früher so üblich war. Er hatte nie eine Antwort erhalten. Aber in jenen Tagen war er alles für ihn gewesen, bis er zum Führer eines Teils von Freistatt geworden war.

Jetzt töteten Rankaner seine Brüder, andere Rankaner entschuldigten sich und ließen ihn laufen, und er war hier, auf den Knien, hier, wo er angefangen hatte; seine Rippen schmerzten, sein Gesicht war pure Pein, seine Ellbogen hatte er sich wie seine Knie blutig geschlagen, als er bei dem Massaker auf den Boden gestürzt war. Er weinte und schniefte und wischte sich Nase und Augen und versuchte, zu Atem zu kommen.

Rache, wisperte etwas in ihm. Er hob den Kopf und holte rasselnd Luft, als er ein Murmeln und Rumpeln in der Erde hörte. Etwas war in der Dunkelheit hinter dem Altar.

Er blinzelte. Zwei rote Schlitze erschienen in der Dunkelheit, und das gleiche rote Glühen zeichnete den Schnitt eines menschenähnlichen Mundes, als brenne Feuer in einem absolut dunklen Gesicht. Es lächelte ihn an.

Mein Anbeter, sagte es.

Und wisperte andere Dinge, über Macht und daß es in der Hölle gefangen gewesen war, bis es seine Freiheit erlangte. Der Schmerz ließ nach. Nicht aber die Kälte.

»Ich gehe«, sagte Zip zu ihm. »Ich muß zu meinen Leuten. Ich muß ihnen berichten ...«

Berichte ihnen, daß sie einen Gott haben. Was würdest du dafür geben, daß Ilsig wieder aufersteht? Du hast Leben bezahlt. Du würdest deines geben. Aber was ich will, ist Anbetung. Ich will nichts von Seelen hören. Ich will einen Tempel. Das ist alles. Was für einen Tempel du auch da drüben an der Allee bauen kannst. Dort können wir anfangen. Klein. Bis wir die Dinge im Griff haben.

Zip wischte sich die Nase. Er sollte davonlaufen, nur hatte er keine Kraft mehr dafür. Nur, daß dieses – Wesen *echt* war und daß es in einer Welt, in der Magie und Macht herrschten, von Ilsig sprach und von einer Macht jener Art, wie sie Ranke schon zu verdammt lange für sich allein beansprucht hatte.

Ich, dachte er. *Ich. Und dieses – Wesen.* Er wußte nicht so recht, was es war. Gott war nicht ganz das richtige Wort, aber es hatte ohne Zweifel den Ehrgeiz, einer zu werden.

Einen Tempel könnten die Ilsiger schon bauen. Mit einer anderen Priesterschaft als diesen verdammten Eunuchen und Tempelprostituierten und dem, was die Rankaner als ilsigische Götter bezeichneten. Eine Priesterschaft mit Schwertern. Und mit wirklicher Macht!

Er schniefte und fuhr mit der Zunge über den übel zugerichteten, geschwollenen Mund. »Wenn du ein Gott bist«, sagte er, »dann schick meine Männer zu mir. Wenn du ein Gott bist, weißt du, wer sie sind. Wenn du ein Gott bist, kannst du sie für mich hierherrufen.«

Willst du sie wirklich jetzt schon hier haben? Wir sollten uns erst über Strategie unterhalten, Mann. Wir sollten Pläne ausarbeiten. Du hast einen teuren Fehler begangen. Sammle nicht deine ganzen Kräfte an einem Ort. Arbeite mit diesen Fremden zusammen. Mit allen. Kümmere dich um Information. Verhandle nur mit jenen, die wirklich etwas zu sagen haben, oder benutze Untergebene. Du mußt lernen zu delegieren.

»Beweis mir …«

O ja. Die roten Schlitze kräuselten sich an den Winkeln, als der Mund sich zu einem breiten, breiten Lächeln dehnte. *Klar, daß du das verlangen würdest.*

Chenaya schrie in der Dunkelheit, in einem plötzlichen Nirgendwo, als wäre die Welt unter ihren Füßen verschwunden. Sie fiel und fiel …

… und schlug schmerzend auf einer Oberfläche auf, die sich öffnete und sich mit ungeheurem Druck über ihr schloß. Wasser stieß ihre Nase hoch, füllte ihren Mund und die Ohren, drohte Augen und Trommelfell einzudrücken. Instinktiv versuchte sie, Arme und Beine zu bewegen und zu schwimmen, aber die Geschwindigkeit war zu groß, und je tiefer sie gerissen wurde, desto stärker wurde der Druck.

Ihr Verstand versuchte ihr zu versichern, daß sie schlafend in ihrem Bett lag.

Aber Kälte und Druck nahmen zu, als sie nach dem Aufschlag tiefer und tiefer glitt, bis der Sturz endlich langsam genug wurde, daß sie mit den Füßen stoßen und durch den natürlichen Auftrieb ihres Körpers wieder nach oben tauchen konnte. Salz brannte in ihren Augen und ihrer Kehle; ihre Lunge verlangte schmerzhaft nach Luft, und ihre Magen versuchte, ihre Luftröhre hochzukriechen, während sie mit letzten Kräften gegen den Druck des Wassers ankämpfte.

... nicht schaffen, nicht schaffen; das Bewußtsein schwand dahin in roten und grauen Explosionen, ihre Lunge brannte, wollte bersten, um sich zu entleeren, und wieder zu füllen mit dem kalten salzigen Tod.

Savankala! wimmerte sie.

Doch nichts beschleunigte ihren Auftrieb. Sie stieß und trat und stieß, und ihre Gedärme verkrampften sich: sie zwang die letzten Blasen aus ihrer Nase, versuchte Zeit zu gewinnen, kämpfte gegen den Instinkt an, der Luft forderte, wo es keine gab. Sie würde das Bewußtsein verlieren, dann würde ihr Körper durch diesen Instinkt einatmen ...

Ihre Hand stieß aus dem Wasser. Sie klammerte sich förmlich fest an der Oberfläche und stemmte ihr Gesicht in einer letzten verzweifelten Anstrengung halb aus den Fluten, und Gischt aus Wasser und Luft drang ihr in Nase und Hals. Sie hustete und schlug um sich, versuchte das Wasser auszuspucken und Luft einzuatmen, während ihre Schläfen zu bersten drohten und ihre Gedärme sich in Krämpfen quälten. Stoß um Stoß holte sie ihr Leben zurück, schnappte keuchend nach Luft und übergab sich, schwamm und atmete und würgte in den stürmischen Wellen. Ihr Blick zeigte ihr nur Dunkelheit, abgrundtiefe Dunkelheit.

»Hilfe!« schrie sie heiser. Und schluckte Luft und Wasser, als ein Brecher ihr ins Gesicht schlug und über sie hinwegspülte. Ihre kraftlose Stimme verwehte im Wind und in nächtlicher Finsternis.

Sie fand gerade genug Kraft, sich umzusehen, und blinzelte, als sie beim Umdrehen die Lichter entdeckte:

die ferne Linie des Kais, die beysibischen Schiffe, die vor Anker lagen. Sie war nackt, durchgefroren, blau geschlagen und halb ertrunken, und sie hatte nicht die geringste Ahnung, wie in aller Welt sie hierhergekommen war, oder ob Wahnsinn von ihr Besitz ergriffen hatte.

Sie fing zu schwimmen an, erst mit langsamen, schmerzhaften Stößen, bis sie sich erinnerte, daß es in diesen Gewässern Haie gab. Dann tauchte sie so schnell sie konnte durch Freistatts Hafen auf die fernen Lichter zu.

Originaltitel: In the Still of the Night

Jubal

Nur Toren setzen auf Gladiatoren

Robert Lynn Asprin

Chenaya fröstelte, zum einen weil sie nackt war, zum anderen aus Furcht, als sie die fadenscheinige Decke enger um sich wickelte. Furcht? Nein, eher nervöse Erwartung.

Das Ganze war bisher unwirklich, alptraumhaft gewesen. Zuerst das rauhe Erwachen, splitternackt, tief in Freistatts stinkende Bucht, dann die weite Strecke, die sie zum Ufer zurückschwimmen mußte, beflügelt von Gedanken an die hungrigen Meeresräuber in diesem Gebiet. Dann hatten drei Männer am Pier auf sie gewartet, einer mit der Decke, in die sie sich gehüllt hatte. Nervosität hatte sie veranlaßt, ungefragt ihren Namen zu nennen, einschließlich all ihrer Titel und Ränge, doch die Burschen beeindruckte das offenbar ebensowenig wie ihre Nacktheit. Die Decke war ein stummes Zeichen von Freundschaft oder zumindest Mitgefühl, trotzdem hielt sie es für ratsam, den dreien widerspruchslos zu folgen, als sie durch ein verwirrendes Labyrinth von Nebenstraßen und Gassen zu diesem großen Gemach eilten, wo sie jetzt saß.

Ohne auf die Kerzen und Öllampen zu achten, die flakkernde Schatten um sich warfen, blickte sie wieder auf den thronartigen Sessel, der das Zimmer dominierte. Alles deutete darauf hin, daß sie endlich den Mann kennenlernen würde, den sie seit ihrer Ankunft in der Stadt treffen wollte. Nun, sie hatte ihm ja ausrichten lassen, daß sie Zeit und Ort *ihm* überlassen würde.

Ihre Gedanken wurden durch den Auftritt eines Mannes unterbrochen, der durch eine Tür schritt, die sie in den Schatten nicht bemerkt hatte. Obwohl seine Züge hinter einer blauen Falkenmaske verborgen waren, erkannte sie ihn sofort. Er war groß und mager und dunkel, sie hatte ihm oft in der rankanischen Arena applaudiert und neben ihm in dem »Tribunal« gestanden, das Tempus für Zip einberufen hatte.

»Jubal«, sagte sie voller Ehrfurcht.

Er hatte sie, während sie wartete, heimlich gemustert und wider Willen bewundert. Obwohl sie allein und nackt gewesen war, hatte sie keine Furcht gezeigt, nur Neugier. Es würde nicht leicht sein, bei diesem Gespräch die Oberhand zu behalten.

Ohne zu bestätigen oder zu leugnen, daß er es war, stellte er eine der beiden Tonflaschen, die er mitgebracht hatte, in ihre Reichweite.

»Trinkt!« forderte er sie auf. »Das hilft gegen die nächtliche Kälte.«

Sie wollte nach der Flasche greifen und zögerte. Ihr Blick kehrte zu ihm zurück, als er es sich in seinem Sessel bequem machte.

»Solltet Ihr das Getränk nicht vor mir kosten? Als gastliche Geste, daß es kein Gift enthält? Ich hörte, das sei hier so üblich.«

Er nahm einen tiefen Schluck aus seiner eigenen Flasche, ehe er ihr mit einem freudlosen Lächeln antwortete. »Ich bin nicht gastlich. Der Wein, den ich trinke, ist ein viel besserer als Eurer. Ich habe dem billigen Zeug abgeschworen, als ich die Arena verließ, und ich beabsichtige nicht, diesen Schwur zu brechen, nur damit Ihr Euch wohler fühlt. Wenn Ihr mir nicht traut, dann trinkt eben nicht. Mir ist es völlig egal.«

Belustigt bemerkte er ihren flüchtigen Ärger. Chenaya war eine echte rankanische Edelfrau und nicht gewöhnt, daß jemand ihr ins Gesicht sagte, es interessiere ihn nicht, was sie tat oder ließ. Jubal erwartete fast, daß sie ihm den Wein ins Gesicht schütten und davonstürmen würde – oder es wenigstens versuchte. Aber sie war aus anderem Holz. Oder sie war erpichter auf dieses Treffen, als Jubal vermutet hatte.

Herausfordernd hob sie die Flasche an die Lippen und nahm ebenfalls einen tiefen Schluck. Es war der einfache Rotwein, den Gladiatoren tranken.

»Roter Mut«, stellte sie fest. So nannten die Arenakämpfer dieses Gesöff spöttisch. Sie wischte sich den Mund mit dem Handrücken ab und ließ die Decke über eine nackte Schulter rutschen. »Tut mir leid, Euch zu enttäuschen, aber ich bin nicht schockiert. Ich koste ihn nicht zum ersten Mal, tatsächlich mag ich ihn recht gern und trinke ihn oft mit meinen Männern.«

Jubal schüttelte den Kopf.

»Ich bin nicht enttäuscht. Ein bißchen verwundert, vielleicht. Arenasklaven trinken dieses Gesöff, weil sie nichts Besseres bekommen. Oder weil sie nie etwas hatten, mit dem sie es hätten vergleichen können. Warum jemand, der von hoher Geburt und Feineres gewöhnt ist, Roten Mut in sich hineinschüttet, wenn es so viel Besseres für die Kehle gibt, werde ich wohl nie begreifen. Aber Ihr habt wohl immer schon Dinge vorgezogen, über die andere Eures Standes die Nase rümpften.«

Seine Worte waren mit voller Absicht beleidigend, doch diesmal ließen sie Chenaya ungerührt.

»Ich verbeuge mich vor dem Meister.« Sie lächelte. »Denn wer versteht mehr von Dingen, über die andere die Nase rümpfen, als Jubal?«

Ohne daß sie es ahnte, hatte ihre schlagfertige Antwort Jubal an seinem empfindlichsten Punkt getroffen: seiner Eitelkeit.

»Ich wurde als Sklave geboren«, zischte er und lehnte sich in seinem Sessel vor. »Und in diesem Stand gibt es nur ein hartes Leben und nicht die feinsten Sitten. Ich habe gelernt, zu lügen und zu stehlen und schließlich auch zu töten, nicht als Sport, sondern um zu überleben. Es hat mir nicht gefallen, aber es war nötig. Sobald ich mir meine Freiheit errungen hatte, tat ich alles, um aufzusteigen, nicht weit in den Augen Hochgeborener, aber so hoch ich es konnte. Man sagt von mir, ich verachte jene unter mir, die sich nicht wie ich aufraffen konnten, sich aus der Gosse zu heben, und nicht die Zähigkeit hatten, es zu etwas zu bringen. Mag sein, aber ich achte sie mehr als Hochgeborene, die sich mit voller Absicht in der Gosse suhlen!«

Jubal biß sich auf die Zunge und verfluchte innerlich seinen Mangel an Beherrschung. Der Zweck dieses Treffens war keineswegs, Chenaya zu zeigen, wie sie ihn aus der Fassung bringen konnte. Ein solches Wissen könnte in den falschen Händen gefährlich sein.

Glücklicherweise war das Mädchen durch seinen Gefühlsausbruch eher bestürzt, als daß sie aufgehorcht hätte.

»Bitte«, sagte sie in ungewohnt entschuldigendem Ton. »Es ist nicht meine Absicht, Euch zu beleidigen oder gar herauszufordern. Ich – ich ließ Euch wissen, daß ich mich gern mit Euch treffen wollte, weil ich hoffte, daß wir zusammenarbeiten könnten.«

Das gefiel Jubal schon besser. Er hatte diesen Vorschlag auch erwartet, seit man ihn zum erstenmal darauf aufmerksam gemacht hatte, daß ihr an einem Treffen mit ihm lag.

»Sehr unwahrscheinlich«, entgegnete er grimmig. »Ich habe Euch beobachten lassen, seit Ihr in die Stadt gekommen seid, wie ich es bei allen tue, die über die Möglichkeiten verfügen, das gefährdete Gleichgewicht der Kräfte in dieser Stadt zu beeinflussen oder ins Schwanken zu bringen. Bisher habt Ihr mit allem, was Ihr getan habt, nur bewiesen, daß Ihr ein verzogenes Balg seid. Boshafte Streiche wechseln bei Euch mit kindischen Wutanfällen ab. Ich habe nichts an Euch entdeckt, das Euch als Verbündeten empfehlen würde.«

»Warum habt Ihr mich dann herbringen lassen?«

Jubal zuckte die Schultern. »Als ich von Eurer mißlichen Lage erfuhr, hoffte ich, daß Euch diese plötzliche Demonstration Eurer Verwundbarkeit, oder vielmehr Euer Schock darüber, zum Nachdenken anregen würde. Doch jetzt, da Ihr hier seid, sehe ich, daß Ihr noch viel zu sehr von Euch überzeugt seid, als daß Ihr anderen zuhören oder wenigstens mit ihnen, statt zu ihnen sprechen würdet. Euer Wert bleibt Null, so groß das Potential auch sein mag.«

»Aber ich habe viel zu bieten ...«

»Ich habe keinen Bedarf an einer Hure oder einer Pferdediebin. Davon sind die Straßen voll, und die meisten sind in ihrem Gewerbe offenbar besser und schlauer als Ihr.«

Jubal erwartete eine wütende Entgegnung oder zumindest ein Argument, was ihren Wert als Verbündete betraf. Statt dessen versank das Mädchen in Schweigen und forschte anscheinend in sich, ehe sie antwortete.

»Wenn Ihr an mir als Verbündete nicht interessiert seid, kann ich Euch da vielleicht zumuten, mich zu beraten? Ihr habt mich beobachtet und wißt, was ich habe und was ich kann. Aber wo ich Kraft sehe, gesteht Ihr mir nur Potential zu. Dürfte ich Euch um Einblick in Eure Gedanken bitten, damit ich eventuell aus Eurer Erfahrung lernen kann?«

Der Unterweltkönig musterte sie, während sie aus ihrer Flasche trank. Vielleicht war Chenaya weiser, als er gedacht hatte.

»Das ist die erste vernünftige Äußerung, die ich von Euch höre. Nun gut, ich werde Eure Fragen beantworten, und sei's nur, um Eure neue Bescheidenheit zu ermutigen.«

Während sie überlegte, nahm Chenaya wieder einen Schluck aus ihrer Flasche und verzog unwillkürlich das Gesicht, als schmeckte ihr der saure Wein nicht mehr.

»Unter meinem Befehl stehen fast ein Dutzend Gladiatoren, und ich werbe gegenwärtig weitere an. Ich war immer der Ansicht, daß Gladiatoren wie Ihr einer gewesen seid, die besten Kämpfer des Reiches waren. Habe ich recht?«

»Nein.«

Geschmeidig erhob Jubal sich aus seinem Sessel und stapfte hin und her. »Jede Kampftruppe oder -schule ist überzeugt, daß ihr Stil der beste ist. Das müssen sie, um das nötige Selbstvertrauen im Kampf aufzubringen. Euer Vater bildet Gladiatoren aus, deshalb seid Ihr in dem Glauben aufgewachsen, daß ein Gladiator es mit drei Gegnern ohne eine solche Ausbildung gleichzeitig aufnehmen kann.«

Er blickte sie fest an.

»In Wirklichkeit ist es jedoch so, daß bestimmte Personen besser für den Kampf geeignet sind als andere. Schlechte Kämpfer sterben bald, ob sie nun Gladiatoren sind oder Soldaten. Die Überlebenden, vor allem jene, die zahlreiche Schlachten überstanden hatten, sind durch den Prozeß der Ausscheidung die Besten, doch das liegt mehr am einzelnen selbst als an der Ausbildung.«

»Aber meine Beauftragten haben die strikte Anweisung, erfahrene Gladiatoren zu rekrutieren«, unterbrach ihn Chenaya. »Berufskämpfer, die aus unzähligen Kämpfen als Sieger hervorgegangen sind. Ist das nicht Garantie genug, daß ich die besten Kämpfer kriegen werde?«

Jubal bedachte sie mit eisigem Blick.

»Wenn Ihr mir gestattet, zu Ende zu sprechen, erfahrt

Ihr die Antwort auf diese Frage. Ich dachte, Ihr wollt meine Meinung hören, nicht Eure eigene.«

Chenaya nickte nur stumm, um ihn weiter reden zu lassen.

Der Unterweltkönig wartete noch ein paar Augenblicke, dann lief er wieder hin und her. »Wie ich sagte, hängt es von den Fähigkeiten des einzelnen ab, wie gut er einmal als Kämpfer werden wird. Die Ausbildung bereitet ihn auf eine bestimmte Kampfweise vor. Gladiatorentraining ist gut für den Zweikampf in der Arena, doch es lehrt den Kämpfer nicht, auf Heckenschützen auf Dächern zu achten, wie es im Straßenkampf unabdingbar ist, oder mit manövrierenden Truppen fertig zu werden. Andererseits können in manchen Situation sogar militärische Manöver nutzlos sein, wie beispielsweise, als sich der Mob während des Pestaufruhrs sammelte. Jede Ausbildung ist von begrenztem Wert, wenn sie außerhalb ihres Elements genutzt wird.

Was Eure sogenannten Berufsgladiatoren betrifft, nun, ich mag sie nicht und würde nie meinem Namen und meinem Ruf damit schaden, daß ich ihresgleichen einsetze. Egal, wie Ihr dazu steht, Gladiator ist kein erstrebenswerter Beruf. Ein Soldat oder ein Dieb kann eine lange und erfolgreiche Laufbahn haben, ohne vielleicht überhaupt kämpfen zu müssen. Durch die Art, auf die ein Gladiator seinen Lebensunterhalt verdient, setzt er sein Leben regelmäßig im Kampf aufs Spiel. Wenn man Sklave ist, wie ich es war, ist es eine zweifelhafte Weise, sich Unterkunft und Verpflegung zu verdienen. Aber sich freiwillig dafür zu entscheiden, wie Eure ›Gladiatoren‹ es tun, ist undenkbar. Sie sind entweder Narren oder Sadisten, und weder mit den einen noch mit den anderen kann man sonderlich gut auskommen.«

»Ihr haltet mich also für töricht, daß ich Gladiatoren anstelle?«

»Wenn das Euer einziger Maßstab ist. Ich würde Euch zumindest raten, daß Ihr Euch auch die Männer gründlich anseht. Einige Eurer Leute haben fragwürdige Vorgeschichten. Kümmert Euch erst einmal darum, bevor Ihr zuviel Vertrauen in sie setzt. Außerdem würde ich Euch empfehlen, einen Ausbilder zu nehmen, der Eure Truppen in Taktiken drillt, die geeigneter für die Straße als für die Arena sind. Dann haben sie eine größere Chance zu gewinnen.«

»Ich – ich muß mir das alles durch den Kopf gehen lassen«, sagte Chenaya nachdenklich. »Was Ihr sagt, klingt vernünftig, aber es widerspricht allem, womit ich aufgewachsen bin.«

»Laßt Euch Zeit.« Jubal lächelte. »Ihr müßt alles gut durchdacht haben, ehe Ihr Euch festlegt. Männer in den Kampf zu schicken ist kein Spiel.«

Sie blickte ihn scharf an. »Mir ist, als höre ich eine verschleierte Warnung aus dieser letzten Bemerkung. Ich nehme an, Ihr habt von meiner besonderen Gabe gehört: daß ich nie verliere. Sie ist vorhanden, nicht nur potentiell, und ich würde meinen, diese Gabe rechnet sehr zu meinen Gunsten als Führerin – oder Verbündete.«

Der Unterweltkönig blickte sie nicht an, als er sich in seinen Sessel zurücksetzte.

»Ich habe davon gehört«, bestätigte er. »Nach meiner Meinung macht sie Euch sowohl arrogant wie verwundbar. Beides sind Eigenschaften, die ich bei jemandem, der mich führt oder mir den Rücken deckt, nicht schätze.«

»Aber …«

»Nehmen wir für den Augenblick an, daß es stimmt – daß Ihr nie verliert. Ich werde mich dessen später vergewissern, aber wir wollen es momentan für gegeben ansehen. Ihr werdet also jeden Wettkampf gewinnen. Na und? Denkt doch mal wie eine Erwachsene, nicht wie ein

Kind. Das Leben ist kein Spiel. Ein Pfeil aus dem Dunkeln in Eurem Rücken ist kein Wettkampf. Ihr könnt Euren lückenlosen Siegesrekord behalten und trotzdem so tot sein wie jeder Verlierer.«

Statt ihm zu widersprechen, legte Chenaya nur fragend den Kopf schief.

»Das ist das zweite Mal, daß Ihr Schützen erwähnt, Jubal. Nur zur Befriedigung meiner Neugier, hattet Ihr etwas mit dem Pfeil zu tun, der Zip das Ohr geritzt hat?«

Jubal verfluchte sich insgeheim. Er mußte aufhören, dieses Mädchen zu unterschätzen, nur weil sie jung war. Sie hatte einen wachen Verstand, der selbst gar nicht zusammenhängende Bemerkungen festhielt und und zu einem Ganzen zusammenfügte.

»Nein«, entgegnete er vorsichtig, »aber ich weiß, wer den Pfeil abgeschossen hat. Sie hat früher für mich gearbeitet, und wenn ihre Geschicklichkeit inzwischen nicht sehr nachgelassen hat, dann war das getroffene Ohr auch tatsächlich das Ziel.«

Chenaya zog die Brauen hoch, und er erkannte zu spät, daß er unabsichtlich das Geschlecht des Schützen preisgegeben hatte. Es war Zeit, das Gespräch in weniger bedenkliche Bahnen zu lenken.

»Wir sprachen von Eurem unfehlbaren Glück. Ihr glaubt offenbar, daß Ihr nie versagt, nur weil Ihr nie verliert. Diese Einstellung ist gefährlich, sowohl für Euch als auch für jeden auf Eurer Seite. Etwas wie einen unaufhaltsamen Angriff oder eine undurchdringliche Verteidigung gibt es nicht. Es führt nur zur Selbstüberschätzung und Katastrophe, wenn man von dem einen oder dem anderen überzeugt ist.«

»Aber ich habe im Kampf immer Glück ...«

»Wie bei Eurem Angriff auf Theron?« Der Unterweltkönig lächelte.

»Der Angriff war ein Erfolg. Wir hatten lediglich das falsche Ziel vor uns«, entgegnete sie eigensinnig.

»Erspart mir derartige Erklärungen. Jeder, der mit Magie oder Göttern zu tun hat, wird recht geschickt mit Ausreden. Ich weiß nur, daß übernatürliches Eingreifen einen Zoll fordert, der höher ist, als intelligente Menschen zu zahlen bereit sind.«

»Ihr sprecht natürlich mit dem Sachverstand, den Ihr Euch durch die verschiedensten Erfahrungen mit Göttern und Magiern erworben habt.«

Als Erwiderung nahm Jubal seine Maske ab.

Eitelkeit veranlaßte ihn, seine unnatürlich gealterten Züge vor allen, außer seinen nächsten Mitarbeitern, zu verbergen, doch in gewissen Momenten konnte sein Aussehen viel beredter sein als Worte.

»Ich hatte einmal mit Magie zu tun«, sagte er grimmig, »und das sind die Folgen. Der Preis dafür, daß ich kein Krüppel wurde, waren Jahre meines Lebens. Ich bereue diesen Handel zwar nicht, aber ich würde es mir gut überlegen, bevor ich einen neuen einginge. Ist Euch schon einmal der Gedanke gekommen, daß *Ihr* früher oder später für Euer Glück bezahlen müßt – für jeden Würfel, den Ihr so gleichmütig rollt, nur um mit Eurer sogenannten Gabe zu prahlen?«

Die Demonstration hatte die gewünschte Wirkung auf Chenaya. Sie schüttelte stumm den Kopf und wandte den Blick vom Gesicht des viel zu rasch gealterten Mannes ab, dem sie einst zugejubelt hatte.

»Eure edle Geburt sorgte für natürlichen Hochmut«, fuhr der Unterweltkönig unerbittlich fort und ließ seine Maske absichtlich auf dem Schoß. »Und Eure hochmütige Überzeugung, daß Ihr unfehlbar seid, sorgt dafür, daß es einem den Magen umdreht und man die Geduld mit Euch verliert. Ihr bildet Euch anscheinend ein, daß Ihr mit jedem tun könnt, was Euch gerade einfällt, ohne auch nur einen Gedanken an die Folgen oder Auswirkungen. Eure arroganteste Annahme ist vielleicht, daß Ihr glaubt, Euer undisziplinierte Benehmen sei sogar bewundernswert. Die Wahrheit ist, daß die Leute Eure Kapriolen abwechselnd belustigend und beleidigend finden. Wenn ihre Duldsamkeit entweder ihre Grenze erreicht oder es Euch je tatsächlich gelingt, etwas auf die Beine zu stellen, was als wirkliche Bedrohung angesehen werden kann, dann werden die wahren Mächte dieser Stadt Euch zerquetschen wie einen Floh.«

Sein Spott riß Chenaya aus ihrem Schock. »Sollen sie es doch versuchen!« brauste sie auf. »Ich kann ...«

Jubal beobachtete lächelnd ihr Gesicht, als sie sich mitten im Satz unterbrach, weil ihr ihre Arroganz zum ersten Mal selbst bewußt wurde.

»Seht Ihr, was ich meine? Und das, während Ihr nur in eine Decke gewickelt hier sitzt, nachdem Ihr mitten in die Bucht geschleudert wurdet. Ich nehme an, wer das getan hat, war lediglich verärgert. Wäre er wirklich zornig gewesen, hätte er Euch viel weiter draußen fallen lassen. Und trotzdem bildet Ihr Euch immer noch ein, daß Ihr Euch anlegen könnt, mit wem Ihr nur wollt.«

Chenaya hüllte sich fester in die Decke, als könnte die Decke sie vor Worten und der Wahrheit ebenso schützen wie vor der Kälte. »Bin ich wirklich so unbeliebt?« fragte sie, ohne aufzublicken.

Einen Augenblick lang empfand Jubal Mitleid mit dem Mädchen. Auch er hatte eine Zeit mitgemacht, da er sich verzweifelt Freunde wünschte, um dann feststellen zu müssen, daß seine Bemühungen mißachtet oder gar falsch ausgelegt wurden. Ein Teil von ihm wollte Chenaya trösten, aber statt dessen fuhr er unerbittlich fort und nutzte ihre Schwäche.

»Ihr habt anderen wenig Grund gegeben, Euch zu mögen. Durch unsere neuen beysibischen Bürger ist Geld in die Stadt geflossen, aber die alten Einheimischen erinnern sich noch allzu gut, wie knapp es war und wie schwer es ist, zu Geld zu kommen. Ihr werft damit herum, fordert mit voller Absicht Angriffe von Bedauernswerten heraus, die verzweifelt welches brauchen, nur damit Ihr Eure Geschicklichkeit und Euer Glück beweisen könnt, indem Ihr sie tötet. Sollte es einem von ihnen gelingen, Euch in dunkler Nacht die Kehle durchzuschneiden, bezweifle ich, daß man es irgendwo bedauern würde. Tatsächlich würden die meisten nur denken, daß Ihr es verdient habt. Und sicher gibt es auch einige, die insgeheim hoffen, es würde dazu kommen, um den rankanischen Edelleuten, die die Gefahr in dieser Stadt immer noch unterschätzen, eine heilsame Lektion zu erteilen. Dann sind da Eure sexuellen Ambitionen. Die Geschmäcker sind verschieden in der Stadt und häufig durch das Überangebot abgestumpft, doch selbst die billigste Hure, die in den Straßen um das Himmlische Versprechen um Freier wirbt, würde ihnen nicht gleich in aller Öffentlichkeit zwischen die Beine fassen.«

»Das sagt Ihr nur, weil ich eine Frau bin!« protestierte Chenaya. »Männer tun es ...«

»Das macht es auch nicht bewundernswürdig«, unterbrach Jubal sie fest. »Ihr sucht Euch ständig die schlimmsten Beispiele für Euer Benehmen aus. Ihr habt Euch gegen weibliche Feinheit und für männliche Grobschlächtigkeit entschieden. Ich vermute, daß Ihr Gladiatoren in der Nacht vor ihren Arenakämpfen beobachtet habt, wenn man ihnen Frauen gegeben hat. Bedenkt, daß Gladiatoren von den meisten als viehisch erachtet werden. Sie wissen, daß sie den nächsten Tag möglicherweise nicht überleben werden, folgedessen verschwenden sie kaum einen Gedanken an die Zukunft, geschweige denn daran, einen guten Eindruck auf ihre Bettpartner zu machen. Dann ist da noch zu bedenken, daß Gladiatoren gewöhnlich mit strafgefangenen Huren oder Sklavinnen zu tun haben. Wenn sie ihre üblichen

Annäherungsversuche bei einer freien Frau in einer Schenke versuchten, bezweifle ich, daß diese oder die anderen Gäste es sich gefallen ließen. Wenn Ihr wollt, daß Euch jemand mag oder bewundert, dürft Ihr ihn nicht in aller Öffentlichkeit in peinliche Verlegenheit bringen – übrigens auch nicht, wenn Ihr allein mit ihm seid. Vergewaltigung ist nicht bewundernswürdig, egal, ob Mann oder Frau sie versucht.«

»Aber Tempus ist hochgeachtet, und er ist dafür bekannt, daß er Frauen Gewalt antut!«

»Tempus ist als Soldat geachtet, trotz – nicht wegen – seines Benehmens gegenüber Frauen. Ich habe noch nie gehört, daß jemand seine sexuellen Gewohnheiten bewundernswert findet. Erinnert Ihr Euch, was ich über den Preis gesagt habe, den Magie fordert? Wenn meine Information stimmt, gehört zu dem Preis, den Tempus für die Gunst der Götter bezahlen muß, daß er eine Frau nur mit Gewalt nehmen kann. Zumindest ist das die Entschuldigung, die er selbst für sein Benehmen gibt. Welche habt Ihr für Eures?«

Während er sprach, hatte Jubal Zeit, über die Ironie nachzudenkan, daß ausgerechnet er Tempus verteidigte. »Verzeiht, wenn meine Kritik der Arroganz scheinbar kein Ende nimmt, aber es ist meine feste Überzeugung, daß sie der schlimmste Wesenszug ist, den jemand in Freistatt haben kann. Vor einer Weile habt Ihr nach meiner Erfahrung mit Magie gefragt. Nun, an Erfahrung mit Arroganz mangelt es mir keineswegs. Ich lernte ihre Gefahren am eigenen Leib kennen.«

Ungebeten schoben sich Bilder aus der Vergangenheit vor sein inneres Auge. Bilder, die sich gewöhnlich auf seine Träume beschränkten.

»Früher, ehe Euer Vetter nach Freistatt kam, hatte ich mit meinen Leuten die Zügel von Freistatt in der Hand. Der Statthalter und die Garnison waren korrupt und unfähig, sich durchzusetzen; und jeder, der stark genug war, konnte die Macht an sich reißen. Wir waren stark genug und konnten sie auch halten. Doch das führte uns dazu, vor allem mich, uns einzubilden, wir wären unbesiegbar. Wir flanierten durch die Straßen, prahlten mit unserer Macht und mißbrauchten sie auch gelegentlich. Dadurch kam es, daß wir für Tempus, als er in der Stadt ankam, zur Zielscheibe wurden, zunächst für ihn allein, dann, als sie sich ihm anschlossen, auch für die Stiefsöhne. Mein Landgut wurde überfallen und beschlagnahmt, meine Leute, die überlebt hatten, in alle Winde verstreut und ich mit den Verletzungen zurückgelassen, deren Heilung mich so viel kostete.* Und all das durch den einen Mann, den Ihr so gleichmütig mit Euren Spielchen herausfordert.«

»Und doch achtet Ihr Tempus und seid bereit, Euch mit ihm zu verbünden?« staunte Chenaya laut.

Abrupt wurde Jubal sich bewußt, wohin seine Erinnerungen ihn geführt hatten.

»Ihr begreift das Wesentliche nicht«, sagte er brüsk. »Es war meine Schuld. Es war meine offen zur Schau gestellte Arroganz, die mir diese sowohl unerwartete wie unerwünschte Aufmerksamkeit einbrachte. Wenn Ihr von Euch aus die Hand in eine Falle legt, haßt Ihr dann die Falle, weil sie zuschnappte, oder verflucht Ihr Eure eigene Dummheit, die Eure Hand überhaupt erst in Gefahr gebracht hat?«

»Ich würde meinen, daß Ihr Euch an dem rächen möchtet, der Euch so viel gekostet hat.«

»Ich gebe zu, daß ich keine große Zuneigung für Tempus empfinde. Falls sich mir irgendwann einmal die Gelegenheit bieten sollte, es ihm heimzuzahlen, ergreife ich

* *Schmerzen und Qualen* von Robert Lynn Asprin in Geschichten aus der Diebeswelt: *Verrat in Freistatt,* Bastei-Lübbe 20101

sie wahrscheinlich.« Jubal gönnte sich ein flüchtiges Aufflammen des Hasses, den er sich so sehr zu unterdrücken bemühte. »Ganz gewiß aber werde ich es nicht zu meiner Lebensaufgabe machen. Rache ist eine verlockende Nebenstraße, die sich gewöhnlich als Sackgasse erweist. Sie lockt einen jedoch nur weiter vom eigentlichen Weg fort. Ihr tätet gut daran, bei Euren eigenen Absichten mit Theron daran zu denken.«

»Aber er hat meine Familie ermorden lassen!«

»Ist das nicht ein Risiko, mit dem jeder Edle rechnen muß?« Er zog eine Braue hoch. »Erinnert Ihr Euch, daß ich sagte, alles hat einen Preis? Eure Familie hat ein Leben in Luxus geführt, doch der Preis dafür war die Verknüpfung Eurer Zukunft mit der Machtstruktur im Reich zu der Zeit. Als sie fiel, fiel auch Eure Familie. Es war ein Glücksspiel. Eines, das Ihr verloren habt. Möchtet Ihr wahrhaftig den Rest Eures Leben damit zubringen, den Gewinner zu hassen und zu verfolgen?«

»Aber ...«

Der Unterweltkönig hob abwehrend die Hand. »Ich bin noch nicht fertig, über meine eigene Arroganz zu sprechen. Wenn Ihr die Güte hättet, es mir zu gestatten.«

Chenaya biß sich auf die Lippe und nickte.

»Ich dachte, ich hätte meine Lektion gelernt. Als ich meine Organisation wieder aufbaute, gab ich mich damit zufrieden, im Verborgenen zu arbeiten, und hielt mich zurück, um nicht aufzufallen. Das funktionierte im großen und ganzen auch, und die verschiedenen Faktionen der Stadt beschäftigten sich miteinander. Ich schaute ihnen zu, wie sie Leichen häuften, und leckte mir die Lippen – ja, ich sorgte sogar unbemerkt dafür, daß sie einander nicht von der Kehle gingen. Ich hoffte, sie würden sich allmählich gegenseitig so schwächen, daß ich schließlich wieder über Freistatt herrschen könnte.«

Er hielt inne, um einen Schluck Wein zu trinken, während er sich erstaunt fragte, was an diesem Mädchen war, daß er ihr seine Gedanken und Pläne anvertraute.

»Erst als mich jemand kritisierte, ein alter Mann, dessen Meinung ich hoch achte,* wurde mir bewußt, daß ich der Arroganz wieder in die Falle gegangen war. Das Reich hat sich verändert und Freistatt hat sich verändert. Die Dinge werden nie wieder sein, wie sie waren, und es war töricht, es mir einzubilden. Ich werde nie wieder die Herrschaft über diese Stadt haben, und alle meine Machenschaften, meine Rivalen zu schwächen, haben Freistatt nur noch verwundbarer gemacht, wenn es zur unvermeidlichen Konfrontation mit Theron kommt. Deshalb war ich bereit, bei Tempus' Plan mitzumachen, einen Waffenstillstand zwischen den sich bekriegenden Faktionen herbeizuführen. Es geht um viel mehr als um persönliche Rache oder Ehrgeiz.«

Er bemerkte, daß Chenaya ihn eigenartig anblickte. »Diese Stadt bedeutet Euch viel, nicht wahr?«

»Es ist ein Höllenloch oder eine Diebeswelt, wie die Geschichtenerzähler sie nennen, aber ich bin an sie gewöhnt, so wie sie ist. Ich möchte nicht, daß die Laune eines neuen Kaisers sie umkrempelt. Insoweit bin ich bereit, eine Zeitlang meine persönlichen Ambitionen und meinen Stolz zum Wohl der Stadt zu vergessen.«

Chenaya nickte, aber Jubal vermutete, daß sein Versuch, seine Gefühle für Freistatt abzuwerten, sie nicht im gerigsten getäuscht hatte.

»Tempus möchte, daß ich die Verteidigung der Stadt organisiere, sobald er und seine Truppen Freistatt verlassen.«

Jubal verzog das Gesicht bei dieser Erklärung, als hätte man ihm etwas aufgetischt, das nicht nach seinem Geschmack war.

* *Die Schrecken des Winters* von Robert Lynn Asprin in Geschichten aus der Diebeswelt: *Armeen der Nacht,* Bastei-Lübbe 20140

»Unwahrscheinlich. Ein so schlauer Taktiker Tempus auch sein mag, das Herz Freistatts kennt er nicht. Er ist ein Fremder in der Stadt, genau wie Ihr. Die Bürger mögen es nicht, daß jemand von auswärts daherkommt, sich als Helfer aufspielt und ihnen sagt, wie sie ihre Probleme zu lösen haben. Sogar seine eigenen Männer beginnen gegen seine selbstherrlichen Entschlüsse nach so langer Abwesenheit aufzubegehren. Auf die Waffenruhe hat man sich geeinigt, weil sie vernünftig ist, nicht weil Tempus sie vorschlug. Ich bezweifle, daß *Ihr* die Einheimischen tatsächlich vereinigen könntet, weil Ihr für sie eine Fremde seid. Jegliche Zusammenarbeit wäre im besten Fall widerwillig.«

Er überlegte, ob er sie darauf aufmerksam machen sollte, daß sie sich durch ihren Verrat an Zip in den Augen aller, die davon wußten, in Mißkredit gebracht hatte, entschied sich aber dagegen. Sie kamen nun zu einem der Hauptgründe, weshalb er ihr diese Unterredung überhaupt gewährt hatte, und er wollte nicht, daß das Gespräch abschweifte.

»Wer dann? Ihr?«

Er schüttelte den Kopf. »Ich sagte Euch bereits, daß ich nie wieder über diese Stadt herrschen werde. Ich bin ein Gesetzloser und ein ehemaliger Sklave. Selbst wenn das nicht ins Gewicht fiele, hegen doch zu viele der Faktionen alten Groll gegen mich und meine Leute. Nein, sie würden zwar Seite an Seite mit mir kämpfen, sich aber nicht von mir befehligen lassen.

»Dann wäre also nach Eurer Meinung der beste Führer …«

Sie ließ die Frage in der Luft hängen. Jubal holte unmerklich tief Atem und wappnete sich.

»Euer Vetter, Prinz Kittycat. Er ist schon lange genug hier, daß er als Einheimischer angesehen wird, und er ist sehr beliebt bei den einfachen Leuten, mit denen er persönlich zu tun gehabt hat. Noch mehr zählt jedoch, daß er wahrscheinlich die einzige Machtperson ist, die nicht direkt gegen irgendwelche der Faktionen vorgegangen ist. Wenn das nicht genügt, hat er von allen in der Stadt auch noch die engste Beziehung zu den Beysibern, von den Fischern möglicherweise abgesehen. Die Stadt wird die Unterstützung der Fischäugigen brauchen, sowohl finanziell wie militärisch, wenn wir uns gegen Theron stellen wollen. Die angekündigte Vermählung Kadakithis' mit Shupansea wird dieses Bündnis besser besiegeln als …«

»Ich weiß, aber *ich* muß ja nicht dafür sein.«

Chenaya war aufgesprungen. »Mein Vetter wird diese barbusige Monstrosität nie heiraten! Bei den Göttern, er ist kaiserlichen Geblüts …«

»Genau wie sie!« grollte Jubal und sprang ebenfalls zornig auf. »Eine solche Verbindung wäre nicht nur gut für die Stadt, sondern vielleicht sogar notwendig. Bedenkt das, Chenaya, bevor Ihr Eure Zunge von Eurer kindischen Eifersucht lenken laßt. Wenn Ihr Euch weiterhin gegen diese Verbindung stellt, könnten die Mächte von Freistatt eine so große Gefahr in Euch sehen, daß sie Eure Unbesiegbarkeit auf die Probe stellen.«

»Droht Ihr mir?« Furcht und Aufbegehren paarten sich in ihrer Stimme, als sie einander fixierten.

»Ich warne Euch – wie ich es schon versuche, seit Ihr hier seid.«

Einen Moment herrschte ein angespanntes Schweigen. Dann holte Chenaya tief und fast zitternd Luft.

»Ich glaube nicht, daß ich dieser Heirat meinen Segen geben könnte, so gut sie auch für die Stadt sein mag.«

»Ich habe nicht verlangt, daß Ihr sie billigt oder gar fördert«, entgegnete Jubal beruhigend und bemühte sich, seine Erleichterung nicht zu zeigen. »Hört nur ganz einfach auf, sie zu hintertreiben, und laßt die Dinge ihren natürlichen Lauf nehmen.«

»Ich werde nicht mehr versuchen, sie zu verhindern. Aber ich habe viel zum Nachdenken.«

»Gut.« Er nickte. »Es wird auch höchste Zeit, daß Ihr endlich nachdenkt. Und nun, glaube ich, habt Ihr für eine Nacht an Rat genug, den Ihr Euch durch den Kopf gehen lassen könnt. Meine Leute warten draußen, sie werden Euch nach Hause bringen – und sagt ihnen, sie sollen Euch etwas zum Anziehen geben. Es erscheint mir nicht schicklich, daß jemand von Eurem Stand nur in eine Decke gehüllt durch die Straßen schreitet.«

Chenaya bedankte sich mit einem Kopfnicken und ging zur Tür, doch dann, drehte sie sich noch einmal um.

»Jubal, darf ich – werdet Ihr mir auch in Zukunft mit Rat helfen? Ihr sagt mir ehrlich Dinge, über die andere schweigen oder hinwegsehen.«

»Vielleicht liegt das nur daran, daß Ihr bereit seid, mir eher zuzuhören als Euren anderen Beratern. Ich bin jedenfalls überzeugt, daß sich unsere Wege hin und wieder kreuzen werden.«

»Aber wenn ich Euch irgendwann einmal dringend sprechen muß ...«

»Sollte das wirklich der Fall sein, so gebt im Wilden Einhorn Bescheid. Ich werde mich dann irgendwie mit Euch in Verbindung setzen.«

Es war eine ganz gewöhnliche Bitte, sagte sich Jubal. Es gab wahrhaftig keinen Grund, daß er sich geschmeichelt fühlen sollte.

»Also, was für einen Eindruck macht sie auf dich?«

Saliman hatte sich zu Jubal gesetzt, sie tranken Wein miteinander, den guten Wein, und unterhielten sich über Chenayas Besuch.

»Jung«, sagte Jubal bedächtig. »In vieler Weise jünger, als ich erwartet hatte. Sie hat viel zu lernen und niemanden, sie zu lehren.«

Jubals langjähriger Freund, seine rechte Hand und sein Adjutant, zog eine Braue hoch. »Sie scheint dich beeindruckt zu haben.«

»Was willst du damit sagen?«

»Du hast eine Zeitlang geradezu väterlich geklungen. Ich dachte, du wolltest dir ein Bild von ihr als mögliche Verbündete oder Gegnerin machen, aber sie nicht gerade adoptieren.«

Jubal wollte aufbrausen, doch dann lachte er statt dessen rauh.

»Ich habe mich ganz so angehört, nicht wahr?« Er verzog das Gesicht. »Das muß meine Reaktion auf fehlgeleitete Jugendliche sein. So wenig könnte einen so großen Unterschied machen. Aber du hast recht, das hat nichts mit unseren Zielen zu tun.«

»Also, was hältst du von ihr? Wird sie eine Führungsrolle übernehmen können?«

»Später vielleicht, aber nicht früh genug, um jetzt von Nutzen zu sein.«

»Was machen wir jetzt?«

Jubal starrte auf die Wand, ehe er antwortete.

»Wir können es uns ganz einfach noch nicht leisten, daß Tempus und seine Truppen abziehen. Wir müssen uns etwas einfallen lassen, damit sie hierbleiben. Wenn wir es nicht durch andere arrangieren können, werden wir möglicherweise selbst eingreifen müssen.«

Saliman sog den Atem durch die Zähne ein.

»So oder so kann es teuer werden.«

»Nicht so teuer wie eine unwirksame Verteidigung. Wenn die Stadt sich gegen Theron stellt, muß sie gewinnen. Es zu versuchen und zu versagen wäre katastrophal.«

»Also gut.« Der Adjutant nickte. »Ich werde unsere Informanten beauftragen festzustellen, wer in Frage käme, und ob ihr Preis Gold oder die Befriedigung ihrer Rache ist.«

»Etwas habe ich noch nicht erwähnt, was Chenaya betrifft«, sagte Jubal beiläufig. »Ich habe mich einverstanden erklärt, sie in Zukunft zu beraten. Ich hielt es für angebracht, sicherzugehen, daß ihre Entwicklung einen Weg nimmt, der gut für unsere Ziele ist.«

»Natürlich.« Saliman nickte. »Es ist immer das beste, weit vorauszuplanen.«

Sie waren schon so lange beisammen, darum wußte Saliman, daß er Jubal jetzt nicht darauf aufmerksam machen durfte, daß er versuchte, sich der Logik zu bedienen, um seine Sentimentalität zu verbergen.

Personenregister

Am Ende jedes Eintrags wird auf den Band verwiesen, in dem die jeweilige Figur zum ersten Mal vorgestellt wurde. Die Abkürzungen bedeuten im einzelnen:

DF	=	Die Diebe von Freistatt (Band 20089)
BS	=	Der Blaue Stern (Band 20091)
WE	=	Zum Wilden Einhorn (Band 20093)
RW	=	Die Rache der Wache (Band 20096)
GF	=	Die Götter von Freistatt (Band 20098)
VF	=	Verrat in Freistatt (Band 20101)
KD	=	Der Krieg der Diebe (Band 20107)
HN	=	Hexennacht (Band 20113)
SF	=	Sturm über Freistatt (Band 20122)
AN	=	Armeen der Nacht (Band 20140)
FZ	=	Die Farbe des Zaubers (Band 20149)
SFE	=	Die Säulen des Feuers (Band 20155)

Arton – Sohn Illyras und Dubros, jetzt Spielgefährte des Sturmkindes Gyskouras. Zur Zeit zur Erziehung auf den Banderanischen Inseln. (VF)
Chenaya – Kusine des Prinzen Kadakithis und erklärte Gegnerin der Beysa. Gilt als beste Gladiatorin im ganzen rankanischen Reich, die nie einen Kampf verliert. (HN)
Critias – gehört zu den Stiefsöhnen, früher der Partner Stratons, ging mit seinem Befehlshaber Tempus zum Hexenwall, um dort zu kämpfen. (KD)
Dubro – der große, ruhige Schmied des Basars und Beschützer Illyras. (DF)
Eindaumen – der Wirt der Kneipe ›Zum Wilden Einhorn‹ im Herzen des Labyrinths, ein großer kräftiger Mann, dem der Daumen an der rechten Hand fehlt. Er kontrolliert den Krrf-Drogenhandel. (BS)

Enas Yorl – einer der mächtigsten Magier des rankanischen Reiches. Erkennbar nur an seinen rot leuchtenden Augen, da er durch den Fluch, der auf ihm lastet, in unregelmäßigen Abständen seine Gestalt wechselt. Er lebt in einer palastartigen Residenz im Juweliersviertel, die, wie es heißt, von Basilisken bewacht wird. (DF)
Gilla – Lalos Frau, dick und häßlich wie ein Rhinozeros, geht für ihren Mann durch dick und dünn. (GF)
Gyskouras – eines der Sturmkinder, das jetzt im Todesschlaf liegt. Zur Zeit auf den Bandaranischen Inseln. (SF)
Hakiem – der ehemalige Geschichtenerzähler Freistatts, danach Berater der Beysa Shupansea. (DF)
Hanse Nachtschatten – ein junger, dunkelhaariger und außergewöhnlich geschickter Dieb. (DF)
Haught – ehemaliger Sklave, Gehilfe der Magierin Ischade, der aber seine Herrin verraten wollte und nun den Preis dafür zahlen muß. (VF)
Illyra – eine Seherin, die die Vergangenheit und Zukunft aus den Karten liest. Lebt mit dem Schmied Dubro zusammen. (DF)
Ischade – Magierin, Schrecken von Freistatt und Gegenspielerin der Hexe Roxane. (RW)
Jihan – Gischttochter und frühere Geliebte von Tempus, umsorgt die Sturmkinder. (KD)
Jubal – ein riesiger Neger. Ungekrönter König der Unterwelt Freistatts, bis er von Tempus besiegt wurde, schaffte es aber, seine Schergen, die Falkenmasken, wieder an sich zu binden. (BS)
Kadakithis, Prinz – Statthalter von Freistatt. Er wurde nach Freistatt gesandt, weil sein Onkel, der mittlerweile gestürzte Kaiser von Ranke, ihn aus dem Weg haben wollte. Die Beysiber haben ihn entmachtet, doch unterhält er mit deren Herrscherin, der Beysa, ein inniges Liebesverhältnis. (DF)
Kama – eine Kriegerin des 3. Rankanischen Kommandos

und Tochter von Tempus. Gelegentlich Liebhaberin von Zip und Molin Fackelhalter. (HN)

Lalo – ein Porträtmaler, der über erstaunliche Fähigkeiten verfügt. Ein Zauber Enas Yorls befähigte ihn dazu, nicht das Äußere der Menschen, sondern ihr wahres Selbst abzubilden. Doch nachdem er unter Göttern geweilt hat, vermag seine Malerei sogar, den Dingen Leben einzuhauchen. (GF)

Molin Fackelhalter – Hohepriester des Gottes Savankala. Er wurde mit Kadakithis nach Freistatt entsandt, um den rankanischen Göttern Tempel zu errichten. Seit der Invasion vermittelt er zwischen den Beysibern und den Freistättern. (DF)

Moria – einst Sklavin Ischades, nun von Haught äußerlich zu einer Edeldame gemacht. (DS)

Nikodemus, genannt Niko – gehörte zu den Stiefsöhnen, bandarischer Adept, verlor seinen Partner Janni durch Roxane. (KD)

Randal – rankanischer Magier, der einzige, dem Tempus vertraut. (HN)

Roxane – eine Nisibisihexe; als die Magie aus Freistatt getrieben wurde, kam sie beinahe ums Leben. Im Körper eines Toten gefangen. (KD)

Schnapper Jo – ein Dämonenwesen, überlebte die Vernichtung seiner früheren Herrin Roxane. (FZ)

Shulpansea – genannt die Beysa, die Herrscherin der Beysiber, von diesen als Göttin verehrt, Geliebte des Prinzen Kadaktithis. (HN)

Stilcho – Untoter, einer der Gefangenen Ischades, wurde ›geheilt‹, als die Magie aus Freistatt wich. (KD)

Tasfalen – Lord von Ranke, wird von Ischade getötet, in ihm ist Roxane gefangen. (SFE)

Tempus – eine rätselhafte Gestalt, die ihr Leben ganz in den Dienst Vashankas, des rankanischen Kriegsgottes, gestellt hat. Er ist mehr als drei Jahrhunderte alt und besitzt die Fähigkeit, seine Wunden zu heilen und seine Gestalt zu tarnen. Kämpfte mit seinen Stiefsöhnen am Hexenwall, bevor er von Abarsis nach Freistatt zurückgerufen wurde. (WE)

Theron – neuer rankanischer Kaiser, kam mit Hilfe von Tempus aus den Thron. (AN)

Zip – einer der Führer der Volksfront zur Befreiung Freistatts von den fischäugigen Beysibern, arbeitete mit der Todeskönigin Roxane zusammen. (HN)

Band 20 149

Robert Asprin/ Lynn Abbey (Hg.)

Die Farbe des Zaubers

Deutsche Erstveröffentlichung

Die Todesfee Roxanne webt ihren dunkelsten Zauber, um Freistatt endlich in den Untergang zu treiben: Ein teuflischer Orkan verheert die Stadt, ein Wolkenbruch verwandelt die Straßen in tödliche Sümpfe. Die fischäugigen Besatzer fliehen auf ihre Boote, und selbst die Rebellen der Volksfront ziehen sich in ihre Verstecke zurück. Niemand gibt mehr einen Silberling für die Stadt. Doch da werden Roxannes finstere Pläne durchkreuzt . . . Ein Mann taucht auf, den die meisten in Freitstatt schon längst abgeschrieben hatten: Tempus, die lebende Legende, kehrt zurück!

Neue Abenteuer aus der Stadt der Diebe, wo die Farben des Zaubers so unheimlich schillern, daß Ihnen Hören und Sehen vergeht.

BASTEI LÜBBE

Sie erhalten diesen Band im Buchhandel, bei Ihrem Zeitschriftenhändler sowie im Bahnhofsbuchhandel.